阿宫

党益民 著

陕西新华出版传媒集团
太 白 文 艺 出 版 社

图书在版编目（CIP）数据

阿宫 / 党益民著. — 西安：太白文艺出版社，2017.3
ISBN 978-7-5513-1123-6

Ⅰ. ①阿… Ⅱ. ①党… Ⅲ. ①长篇小说 - 中国 - 当代 Ⅳ. ①I247.5

中国版本图书馆CIP数据核字(2017)第016995号

阿　宫
EGONG

作　　者　党益民
责任编辑　申亚妮
整体设计　可　峰
封面、插页绘画　党益民
出版发行　陕西新华出版传媒集团
（西安北大街147号 710003）
太白文艺出版社
经　　销　新华书店
印　　刷　西安建明工贸有限责任公司
开　　本　787mm×1092mm　1/16
字　　数　195千字
印　　张　13.75
版　　次　2017年3月第1版
书　　号　ISBN 978-7-5513-1123-6
定　　价　36.00元

阿宫

目录

1. 宫女　1
2. 墨面客　13
3. 桃花刀　33
4. 莲子　55
5. 观音土匪　74
6. 银簪子　85
7. 牛娃子　99
8. 小生张青　109
9. 硬弦　125
10. 上官云秀　141
11. 三根金条　156
12. 半分地　167
13. 伙计　183
14. 曹老师　197

后记　212

1. 宫　女

大娥和小娥逃出咸阳城时，阿房宫的大火已经熊熊燃烧了一个多月。惊魂未定的她们，回头瞭望远处焦黑的城郭时，长长嘘了一口气。

这个时候，刘邦仍然驻军在灞上。这个深谋远虑的男人，眼睁睁地看着项羽杀了秦王子婴，烧了天下最美的阿房宫殿，却始终一声不吭。他知道，秦始皇嬴政当年征灭六国后，便征发俘虏刑徒数十万人，开始在渭河之南的上林苑建造阿房宫。关于宫殿的名称，据说是因为秦始皇在赵国邯郸做质子时，爱上了一个名叫阿房的女子，他统一天下做了皇帝后，想立阿房为后，却遭到了众大臣的极力反对。原因只有一个：阿房是赵女。性情刚烈的阿房，为了不让秦始皇为难，上吊自杀了。为了纪念阿房，秦始皇将宫殿取名为“阿房宫”。其实关于阿房宫还有另外几种说法，但刘邦愿意相信赵女阿房的传说。因为这起码说明，秦始皇曾经是一个有情有义的男人。不像他的儿子胡亥，在赵高、李斯合谋下篡得皇位，做了秦二世便假拟遗诏，赐死了长兄扶苏，又相继杀死了几十个兄弟姐妹。这种骨肉相残的事，刘邦并不惊讶。但让他倍感痛惜的是，这座恢宏无比的阿房宫尚未建成，便被项羽一把火化为灰烬。面对霸气十足的项羽，刘邦能做的唯一一件事，就是等待。

尽管当初楚怀王让项羽去解巨鹿之围、让刘邦西攻关中时，约定“先破秦入咸阳者王之”，但是最先攻入关中的刘邦，并没有进驻秦都咸阳，而是将他的军队驻扎在灞上，等待盟友项羽的到来。不仅如此，为了争取民心，他还下令废除了秦朝苛法，并与关中父老约法三章：杀人者死，伤人及盗抵罪。他因此赢得了秦地民心。而项羽的军队进驻咸阳后，斩杀子婴，火烧阿房宫，将没有逃脱的宫女配发给他的将领，把可疑的男人统统杀掉，扔进渭河，或者活活坑埋。坑埋俘虏是项羽一贯的作风。进军关中的路上，项羽便在新安城外，一次坑埋了20万秦军降卒。面对强大而残忍的项羽，刘邦只能选择示弱与等待。

大娥和小娥准备逃往渭北的频阳东乡，因为那里是大娥的恩人王翦将军的家乡。尽管此时王翦与他的儿子王贲早已去世，但王翦的孙子武城侯王离还在，他们强大的家族还在。那里或许可以让她们安全栖身。但身居秦宫的大娥并不知道，王翦的孙子武城侯王离，早在一年前的巨鹿之战中被项羽俘获，至今生死不明。为了掩人耳目，她们装扮成小夫妻。大娥对小娥说，你这么年轻，细皮嫩肉的咋看也不像男人，还是让丑陋的我来装扮男人吧。

大娥说这话时很豪爽，但神情却有些黯然，因为她脸上有一块所有女人都不愿意拥有的伤疤。那是她从宫里出逃时为了保护小娥，被突然倒塌的燃烧着的门楣烫伤的。虽然现在已经痊愈，但却在左脸颊上留下了鸡蛋大的一块黑疤，而且因为伤疤的牵扯，使得她的左眼角有点朝下耷拉，这让原本美丽的她看上去不再那么美丽了。

其实，三十岁的大娥除了脸上的那块黑疤人，还很妖娆，很容易吸引男人的目光。所以，她用麻布一圈一圈地将自己的胸束裹了起来，外面穿件男人的黑色大襟窄袖长袍，腰间系上一条粗糙的革带，又从地上抓起一把尘土，涂抹在自己和十七岁的小娥脸上。

然后，她对小娥说：从现在起，我就是你的男人。

天黑时，她们逃到渭北一个偏僻的村庄，歇息在村头的一间草房里。一路逃亡的她们，早已疲惫不堪，刚躺下就睡着了。迷迷糊糊之中，一种声音隐约传来，但她们实在太困了，没有力气醒过来。可那声音一声接一声，丝毫没有罢休的意思。大娥终于被吵醒了，小娥也跟着醒了。这时她们才听清，那是碎娃的哭声，似乎就在隔壁。

小娥翻了个身，嘟囔道：烦死了！

她用手捂住耳朵，但声音还是从指缝间钻了进来。她赌气地闭上眼睛，冲着黑暗竟唱了起来。唱的是宫里的曲调，想用这曲调淹没碎娃的哭声。大娥怕人听见引来麻烦，摇晃着小娥的肩膀，让她别唱了。可这时，奇迹发生了，碎娃的哭声突然消失了。小娥也觉得好奇。但没过多久，那哭声又响了起来。小娥不顾大娥的劝告，又咿咿呀呀地唱了起来。哭声又消失了。小娥刚一停下，哭声又响起来。大娥说，看来娃儿喜欢这调调，你就接着唱吧。

可是小娥实在太困了，不想唱了。碎娃的哭声又响了起来。这时，草房门口突然一暗，月光里出现了一个黑影。她们吓了一跳，翻身坐了起来。

大娥问：谁？

我。一个男人的声音。

小娥抱着大娥，身子直发抖。

大娥问，你是谁？

男人说，我是我。你们是谁？咋睡在我家草房？

我们是过路的，在你这里歇歇脚。

刚才谁在唱歌？

我们。

你们跟我走！

去哪儿？

去我家。

干啥？

我家有个夜哭郎，吵得人睡不着，你们刚才一唱，她就不哭了。我想让你们去家里唱，哄她睡觉。

借宿在人家草房，不去似乎没有道理。她们只好跟着男人去了。

一进屋门，那娃的哭声越发嘹亮。炕上坐着一个二十多岁的女人，怀抱一个几个月大的娃儿。女人看了大娥小娥一眼，愣了一下，接着骂怀里的娃儿：号丧哩号，我让你号，我让你号！说着，“啪啪”在娃儿屁股上就是两巴掌。那娃儿哭得更凶了。

男人说，甭打娃，娃懂啥?!

扭头对大娥小娥说，你们唱吧，就唱刚才那调调。

小娥一哼唱，女娃的哭声戛然而止。男人笑了，呆呆地看着小娥。渐渐地，女娃在小娥的歌声里睡着了。不久，天也麻麻亮了。

吃罢早饭，大娥与小娥准备继续前往频阳东乡。可是这时村外的官道上的兵马突然多了起来，腾起满天灰尘，其中一队兵马闯进了村子，巷道上一时鸡飞狗跳。她俩急忙跑到后院，躲藏在一堆柴火后面。这时她们才发现，那男人也藏在里面。男人低着头，红着脸。男人年龄不大，身体健壮，没想到胆子比女人还小。大娥心里有点儿鄙视这男人。不一会儿，巷道里恢复了平静，他们从后院回到屋里。女人正在奶娃儿，没有责怪男人，只是说：

朱鹳啊，你总这样躲躲藏藏，也不是事呀。

原来男人叫朱鹳。

朱鹳说，躲一天算一天，总比死在外面强。

又说，死倒不怕，可我死了，谁照管你们娘俩?

大娥心里说，哼，你这样胆小，咋照管她们?

巷道里消停了，但村外的官道上依然兵荒马乱。漫长的一天里，先后有四队兵马闯进村里，他们喝干了井里的水，抢走了猪鸡牛羊。有一伙兵士闯进来，藏在柴火堆里的大娥和小娥紧张得几乎窒息，彼此听到了对方的心跳，感觉到缩在一边的男人朱鹳也在颤抖。好在那些兵士没有发现他们，也没有找到值钱的东西，便在娃儿刺耳的哭声中离开了。

傍晚时分，官道上终于消停了。夜幕遮蔽了朱鹳的羞愧，男人的自信又重新回到了他的脸上。他的目光在小娥身上扫来扫去，吃晚饭的时候，往小娥碗里夹了一团菜。大娥心想，朱鹳是在同情小娥。一个年轻貌美的女子，怎会嫁给这么丑陋的一个男人？大娥内心深处被刺痛了一下，心想夜长梦多，明天早上必须离开这里！

可是天还没有亮，官道上又开始闹腾了。好像那些兵马躲在附近的什么地方歇息，天快亮又冒出来了。没办法，还得继续提心吊胆地等待。好在这一天没有兵马闯进村子。午后，大娥和小娥坐在后院的枣树下，一边倾听外面的动静，一边小声聊天。

大娥说，你不觉得朱鹳有些怪？

小娥问，哪儿怪了？

他看你的眼神就不对。

是吗？小娥红着脸问。

他喜欢上你了。

不会吧？他有老婆。

男人都是这样，吃着碗里的，看着锅里的。

可他看上去面善，不像个坏男人。

坏男人脸上又没刻字。有人喜欢是好事，但是我们现在这个样子，喜欢就是麻烦。我们要尽快离开这里，到了频阳东乡就没事了。

可是外面兵荒马乱的，路上麻烦会更多。

大娥叹息一声说，是啊，还得等等。

又说，你不觉得他们夫妻有点怪吗？

没觉得呀，咋怪啦？

他宁愿夜里睡草房，也不愿意跟女人睡一个屋，这不奇怪吗？

或许，他是怕娃儿夜里哭闹吧。

娃儿以前也哭闹，他为啥不睡草房呢？

这个……我还真没想过。

俩人正说着，娃儿又开始哭闹了，朱鹳跑来叫小娥去哄哄。

小娥一走，丢下大娥一个人在枣树下发呆……

三年前，小娥被选进宫时还不满十四岁，而那时大娥已经在宫里待了整整十六年。十七年前，王翦率军攻入楚国都城寿春，俘获了楚王，十三岁的大娥与楚宫里的宫女四散而逃。大娥躲在一口古井旁的石墙后面，被三个秦兵捉住。他们撕光了她的衣裳，将她按倒在井台冰凉的石板上。这时，一位骑马的将军路过，大喝一声，手起刀落，斩下一个秦兵的头，滚烫的鲜血喷了她一脸。那将军怒吼道：把这两个也捉到队前斩首，看谁还敢乱我军纪！大娥如梦方醒。为了她，已经死了一个，怎忍心让另外两个丧命？她跪伏在地，浑身哆嗦着乞求老将军说，他们没奈何我，将军饶过他们一命吧。将军叹息一声说，我堂堂秦兵，倒不如一个楚女。也罢，看在这楚女面上，饶过你们！

后来大娥才知道，这老将军便是大名鼎鼎的王翦。

十几年过去了，大娥至今还记得王翦当年手握长剑、威风凛凛的样子：头戴深紫色鹖冠，橘色冠带系于颌下打成八字结，身穿长襦、外披铠甲，足蹬方口齐头翘尖履，胁下佩戴一柄雕花短剑。大娥跟随王翦一起行军打仗，占领了吴楚全境。大娥以为王翦会纳她为妾，可谁知道他们一到咸阳，在秦王举行的盛大庆功宴上，王翦就将她和众多女子献给了秦王。更出乎意料的是，王翦谢绝了秦王的一切赏赐，提出告老还乡，回了老家频阳。

听说灭楚是王翦攻灭六国的最后一战。出征前，秦王将年少的华阳公主嬴元曼，嫁给了年迈的王翦。王翦出关前先后五次向秦王请赐美人宅园，朝野议论说，王翦太贪心了。也有高人猜测说，不是王翦贪心不足，而是为了向秦王表明他除却美女钱财，别无他求，以此消除秦王惧怕他拥兵自立的疑心。王翦如此谨慎，既已娶了华阳公主，怎敢纳她为妾？

大娥入秦宫后结识了小娥。尽管大娥比小娥大十三岁，但依然美艳，甚至更有魅力。偌大的秦宫里不缺美女，像她们这样的女子成千上万。秦王灭六国之后，将各国宫殿的式样绘成图纸，仿建了一百四十五个宫室，又将六国的妃嫔媵嫱美姬尽收其中，朝歌夜弦，醉生梦死。那些歌姬将各地的乐曲唱腔带进秦宫，杂糅演变，渐渐形成了秦宫特有的歌舞唱腔。这种唱腔有严格的乐曲规制：皇帝上场时用《朝天子》，玉皇上场时用《一气清霄》，诸王上场时用《石榴花》，官宦上场时用《画眉序》，黑虎上场时用《太极阴阳》。

阿房宫腾起大火时，宫女歌姬惊慌失措，四散奔逃。大娥逃出殿门时，听见后面的小娥“啊呀”一声，扭头一看，只见小娥扑在殿门上，动弹不得。小娥朝她哭喊：姐姐，救我！大娥跑回去拉小娥，却怎么也拉不动，猛一用力，小娥的裙裾被撕裂了，露出了怀里的一把腰刀，那刀闪电般“啪”地被吸附在殿门上。大娥突然明白是怎么回事儿了。当年荆轲行刺秦王后，为了防备刺客，用磁石垒砌殿门，如果有人携带铁器入殿，就会被吸附在殿门上。大火燃烧起来时，小娥正在砍削表演歌舞时所用的道具，逃跑时慌乱中忘了丢掉刀子，顺手揣进了怀里。俩人转身朝外奔跑，一截燃烧的门楣掉落下来，戳在了大娥的脸上。她们逃出秦宫后，在城中躲藏了一个月，大娥脸上的伤才渐渐结了痂……

娃儿的哭声停止了。小娥又回到了枣树下。

大娥问，娃儿睡着了？

睡着了。小娥说，我发现他们不是夫妻，是姐弟。

姐弟？大娥有些吃惊，看着小娥。

小娥说，刚才我听见他叫那女人姐，我很好奇，问他，他说姐夫是个军吏，两个月前战死了，他姐便投靠他来了。他还有个哥哥，一年前也战死了。他原来也在军中，半年前偷跑回来了。他怕被抓住砍头，所以一看见官军就要躲藏起来。

大娥“哦”了一声。

这天夜里，小娥听到窗外有动静，推了推大娥。大娥屏气侧耳听了听，咬着小娥耳朵小声说，一定是朱鹳，他在偷听我们哩。小娥哆嗦了一下。她们没敢再睡，后来朱鹳走了，也没有睡着，睁眼一直到鸡叫。她们摸黑穿上衣裳，蹑手蹑脚拉开了屋门……

日上树梢的时候，远远看见前面走着一队人马，隐约听见鼓乐声。她们追上去，原来是迎亲的队伍。一打问，迎亲的队伍是频阳东乡的。她们欣喜若狂，没想到已经走到了东乡地界。她们很高兴，跟着迎亲队伍朝前走。到了东乡，却不见想象中的王翦家族强大的军队，只有残垣断壁和村外孤寂的王翦墓冢，以及埋在旁边的六国王侯衣冠的六座小冢。她们有些失望。她们跟着迎亲队伍走进村子，被一个男人拦住了。

你俩是干啥的？

大娥说，我们是过路的，会唱戏，来给主家凑个热闹。

男人说，那你们唱一段听听。

小娥便清了清嗓子，唱了起来。她那窄音细嗓，清丽婉转，带着很长的“咿也”“哪咿呀哎”“哎咿也”的拖腔，村民们从未听过这么动听的腔调，一个个张大了嘴巴，好像他们不是用耳朵，而是用嘴巴在听。

唱得不错。就这么唱！男主人一指大娥说，你也跟着唱！

大娥将声音压低，用男腔哼唱起来。村民越聚越多，一连声叫好……

村民们从来没有听到过这种奇特动听的腔调，将大娥和小娥留了下来。这里尽管没有了王翦家族的军队，但村民们的善良与好客让她们安下了心，她们不再假扮夫妻，告诉了村民自己的来历。听说她们是宫女，唱的又是阿房宫里的腔调，村民对她们既同情又稀罕，纷纷拿来了米面，安顿她们在村头的一处空屋住了下来。

当时，项羽的军队已经东撤回楚。项羽回到楚地，诛杀了楚怀王，自立为楚王，并分封各路诸侯为十八王。离开关中前，项羽将关中一分为三，封秦降将章邯为雍王，统管咸阳以西；封秦降将司马欣为塞王，统管咸阳以东；封秦降将董翳为翟王，统管关中以北。将为灭秦立下汗马功劳的刘邦封为汉王，立都南郑，统管汉中。很显然，他是想用关中三王封锁刘邦。但不管怎么说，关中暂时平静了下来。

为了报答好客的东乡人，大娥与小娥天天为村民们唱戏。大娥换上了女子衣裙，恢复了本来面目，唱的却是男腔。听说东乡来了两个会唱戏的宫女，周围村子的人都跑来看稀奇。

走，去东乡听宫女唱阿房宫里的腔调去！

走，听阿房宫腔调去！

走，听阿宫腔去！

后来，她们所唱的腔调，被人们简化成了“阿宫腔”。

小娥这天正唱着，突然看见人群里有一个熟悉的身影，她拽了拽大娥的衣袖，大娥一看，竟是朱鹳。朱鹳站在人群里，袖着手，看着她们唱戏，好像并没因她们的不辞而别生气。后来，朱鹳天天来看戏。再后来，他却突然消失了。

小娥问大娥，他咋不来了？

谁不来了？

朱鹳。

大娥意味深长地笑了，用指头点了一下小娥的额头。

后来，关中又开始纷乱了，各种传言不断从外面涌来。听说刘邦率军攻入关中，任曹参、樊哙为先锋，自己与韩信率周勃、灌婴为本队，留丞相萧何驻守巴蜀；没过多久，又听说关中大部分地区归降汉军，只有雍王章邯据守废邱，负隅顽抗，刘邦留下韩信继续进攻废邱，自己率军东渡黄河。后来又听说刘邦东进失败，重返关中，率军围攻废邱，樊哙派兵掘开渭水河堤，引水浇灌废邱城，城墙坍塌，汉军乘势攻入，章邯见大势已去，自杀身亡。不久，听说周勃的军队驻扎在东乡以南十五里的地方……

这天，村里突然闯进一队兵马。大娥和小娥用木杠插死屋门，但是屋门还是被人从外面撞开了，十几个身穿盔甲的兵士冲了进来，领头的是一个满脸胡碴的军吏。他扫了一眼大娥和小娥，然后用下巴一指小娥说：

你，跟我们走！

小娥吓得直哆嗦，躲到大娥身后，大娥用手臂护住小娥。那军吏一把将大娥推开，拉起小娥就往外走。大娥冲过去拦住军吏。

你们不能带她走！

军吏说，你个丑八怪，滚开！

大娥被“丑八怪”激怒了，一头撞向军吏。军吏推开大娥，抽出一把长刀，只见刀光一闪，大娥的头便飞离了肩膀。小娥惊叫一声，昏厥了过去……

小娥醒来时天已经黑了，她发现自己躺在一间马厩里。周围弥漫着干草和马尿味儿。想起大娥被杀的那骇人一幕，她禁不住浑身哆嗦，伤心地哭泣起来。大娥死了，我活着还有啥意思？她想死，可她动不了。她的手脚被绳索捆着。厩里还有另外几个女人，她们瑟缩在黑暗的角落里唉声叹气，有的跟小娥一样，也在小声哭泣……

第二天清晨，几个士兵走了进来，解开了她们的绳索，将她们带到了伙房，让她们为士兵烧火做饭。开饭的时候，小娥看见院子里蹲满了士兵，她便留心寻找那个砍死大娥的军吏，但她没有找到。傍晚，小娥从伙房出来，突然听见有人叫她，她扭过头一看，只见朱鹳朝她走了过来，心里吃了一惊：他咋也在这里？

朱鹳问她，你咋在这里？

被他们抓来的。你呢？

我也是。那天看完你们唱戏往回走，路上碰到一队兵马，被他们掳来当了马夫。朱鹳说着朝小娥身后看了看，问她，大娥呢?

小娥的泪水涌了出来。

她死了。

死了? 咋死的?

被人砍死了。

谁砍死的?

一个军吏。

该死的军吏!

你能帮我杀了军吏，为大娥报仇吗?

朱鹳吃惊地看着小娥。

你杀了他，我一辈子给你当牛做马!

朱鹳脸色煞白，没有说话。

你不敢，我自己去!

小娥转身要走，朱鹳一把拉住了她。朱鹳把小娥带进紧靠围墙的一个马厩，小声对说，我已经在墙上掏好了洞，你看，用柴草苫着哩。今黑半夜，你悄悄过来，我带你逃走。

小娥说，大娥的仇不报，我哪儿也不去!

说完，转身走出了马厩。

第二天，队伍一队接一队开向南边。小娥怀揣菜刀，站在门口。可是队伍快要走完了，还是没有看见那个军吏。小娥很失望。兵营里还有几十个士兵，正在往牛车上装粮草。就在这时，小娥看见那个军吏。他就站在牛车后面。小娥的心怦怦直跳。你害怕啥? 不就是一死吗? 你死都不怕，还怕啥? 她很快让自己镇定了下来。她将菜刀从怀里掏出来，右手握紧，藏在身后，慢慢朝军吏走去。军吏身披铠甲，头戴长冠，腿扎护腿，足蹬浅履，腰间挂着那把长刀，正在指挥士兵装粮草。小娥对自己说，我要若无其事地走到他跟前，在他没有抽出长刀之前一刀砍死他。我是一个女人，他不会想到我去杀他。他的身上有铠甲，我不能乱砍，只能砍他的脖子。我不能手软，必须一刀砍死他！可是我的手心为啥出汗？我的腿为啥这么沉？可是我不能停下，我不能害怕，我必须砍死他，必须为大娥报仇！

军吏看见小娥朝他走来，愣住了，接着笑了起来，等待小娥走近。小娥慢腾腾地走到军吏跟前，军吏猥亵地笑了起来，朝小娥伸出了双臂，想拥抱她。旁边的士兵哈哈笑了起来。小娥站在军吏面前，气喘吁吁，满脸通红，就在军吏的手臂快要抱住她的时候，她突然挥起菜刀，朝军吏的脖子砍去。军吏往旁边一闪，捉住了小娥的手，微笑着打量着小娥。

军吏说，哦，我想起来了，你是被我捉来的那个女人。

装草料的兵士们围过来看热闹。小娥想挣脱军吏的手，却怎么也挣不脱。

军吏扭头对士兵们说，便宜你们了，拉到一边去吧。

那伙士兵一哄而上，正要将小娥带走，只听有人喊道：

等等啊军爷，她是我女人，求军爷饶了她吧……

朱鹳跌跌撞撞跑了过来。

军爷呀，她是疯子，别跟她一般见识，要罚就罚我吧。

军吏说，你想替她受罚？

只要军爷放了她，咋罚我都行啊……

咋罚都行？

咋罚都行，只要军爷放过我的女人。

军吏笑着说，是条汉子！那好，我就成全你！

说着，手起刀落，朱鹳的一只胳膊被砍下来，掉落在尘土里。

小娥见状，惊叫一声，昏厥了过去……

后来，小娥和朱鹳游走在渭北土塬上，以唱阿宫腔为生。

再后来，他们有了一个儿子，取名朱雀。

2. 墨面客

明末天启年间，渭北关中连年灾荒，久旱不雨，草木枯焦，疫病流行，饿殍遍野。官府不但不减免租赋，赈济灾民，反而增派“新饷”“均输”等赋役。饥民纷纷起义反抗官府，以求生路。

第一个举起义旗的是渭北白水农民王二，他纠集数百灾民，手持刀枪棍棒，斩杀贪官污吏，劫仓放粮。怕官府认出，给自己和家人惹来麻烦，每次行动前，他们都将锅黑涂抹在脸上。所以，人称“墨面客”。

起义军迅速壮大，官府十分惶恐，派出上万官军围剿。起义军一直转战渭北韩城、蒲城、宜君、洛川、白水、频阳等地，与官军周旋。

第二年，也就是明崇祯元年，秦北府谷农民王嘉胤也揭竿起义。王二得知后，为摆脱官军的剿杀，领军北上，与王嘉胤会合。秦北沟壑纵横，官军不敢擅自闯入，给了王二喘息的机会。起义军经过短暂的休整后，很快发展到了六千余人，羽翼渐丰，向南拓展。他们先攻占了黄龙山，然后南攻关中，进军终南山，杀贪官，破牢狱，开粮仓，沿途百姓一呼百应，饥民们尾随其后，起义队伍转眼汇集了上万人。

紧接着，安塞的高正祥，宜川的王左桂、“飞山虎”“大红狼”，洛川的王虎、“黑煞神”也纷纷起义。官军东奔西杀，首尾不能相顾。明王朝紧急增派数万官军，诏令杨鹤为陕西三边总督，围剿起义军。杨鹤带兵多年，老谋深算，用兵诡秘，起义军哪儿是他的对手！不久，“墨面客”王二在商洛道被杨鹤诱杀，“墨面客”残部退守终南山中，等待东山再起的机会。

这年夏天，米脂农民李自成的起义军从陕北“三边”（定边、靖边、安边）席卷而下，攻破白水马家渡。蒲城县武举王文昌率兵丁迎战，被李自成捉拿斩首，将头颅挂在城门示众半月。官军集中兵力堵截李自成。两军你来我往，在渭北展开了拉锯战。隐匿在终南山的“墨面客”们想与李闯王取得联络，以形成南北夹击之势，从而攻克渭南城。他们派出一名暗探，装扮成补锅匠，游走于渭北一带，寻找李自成的队伍。

这暗探，就是顺子。顺子二十来岁，是朱家最后一根独苗。朱家世代以唱阿宫腔皮影戏为生，少说也有上百辈。据说阿宫腔的鼻祖朱大就是他们的先人。可是不知道为啥，到了顺子的爷爷朱子清那一辈儿，却不再唱戏了，而是开了铁匠铺，开始叮叮当当地打铁。

顺子家的铁匠铺在武家坡算不上是最好的，起初，他们跟其他铁匠铺一样，只打些铁锹、镢头、菜刀等铁器，后来父亲朱义与龙虎镖局镖头洪升拜了把兄弟，便开始替洪升打飞镖。

洪升从小习武，善使飞镖，三十步之外，可扎中母鸡。兔子从身边跑过，也能一镖扎中。洪升使的飞镖与众不同，只有寸半长，握在手中根本看不见，所以常常能出奇制胜。

顺子的父亲朱义是个慢性子，心又很细，打出的飞镖小巧而锋利，令洪升非常满意。洪升在道上名气越来越大，顺子父子的飞镖也跟着远近闻名。有人慕名而来，也想要他们打飞镖。可朱义不干，给多少钱也不干。他们只给洪升打飞镖，洪升自然不胜感激，“走镖”回来，常到铺子来看看他们父子俩，有时提只羊腿，有时提只兔子，或者带些各地的特产吃食。

没事的时候，洪升也教顺子练飞镖。天长日久，顺子的飞镖也甩得有模有样。打好一批飞镖，洪升还没来取，顺子就拿到后院里，往桐树上甩，那桐树常常被他扎得泪水长流，浑身刀眼，不到一年就干枯了。

三年前，洪升带着三个镖师和七八个手脚利落的伙计“走镖”去宝鸡，七箱银货锁在镖车里，车头插着“龙虎”镖旗。宝鸡一带绺子（土匪）多，但是洪升并不害怕，因为他经常“走镖”，跟这些人大多已经相熟。即使遇到不相熟的新绺子，他也不怕，只小声对镖师下令“轮子盘头”（镖局黑话：将镖车围成一个圈，准备御敌）。然后先是用黑话跟绺子沟通，无外乎说大家都在道上混，与人方便，与己方便，请赏我们一碗饭吃之类。不到最后关头，一般不会硬碰硬“破盘”（撕破脸，动手）。如果好话说尽，对方仍不罢休，那就只好抄家伙，“亮青子”（拔出刀剑）“挡风”（把对方赶跑），不到万不得已，绝不会“鞭土”（打死人）。若打死了人，结了“梁子”（仇），日后走镖也是个麻烦。

这回“走镖”，洪升没有遇到“绺子”，却遇见了追赶“墨面客”的官军。那军头看见他们押着银货，起了歹心，硬说他们是“墨面客”，一声令下，士兵包围了镖车。洪升再三解释，军头不听，非要收缴镖车，将他们缉拿回去。洪升被逼无奈，只好跟镖师们拼死“破盘”。他一刀扎中了军头的脸，“嗖嗖”甩完身上的飞镖，撂倒十几个官军，逃出一条命来。可是银货被官军抢了去，如何向镖局主人交代？

几天后的夜里，洪升潜回武家坡，去找拜把兄弟朱义。进门一看，堂屋摆着一副棺材，顺子一身白孝跪在一旁。原来那军头的一只眼睛被洪升的飞镖扎瞎，又丢了十几条人命，很是窝火，拿着洪升留下的飞镖，顺藤摸瓜找到顺子家的铁匠铺。那天顺子正好去邻村送打好的镢头。军头见朱义正在打飞镖，问这飞镖的主人在哪，朱义说，我就是飞镖的主人。军头一怒之下，一刀劈了朱义。洪升与顺子连夜掩埋了朱义，投奔了王二的队伍。王二被杀后，洪升带着剩余的人马隐匿终南山中。

顺子怀揣几只飞镖，肩挑一副担子，游走于关中渭北。担子一头是小风箱，另一头是煤炉匣，匣子里装有焦炭、碎生铁和铁钳、铁夹、破布等补锅的工具。

家里开个铁匠铺子，却并不补锅，好在补锅跟打铁差不了多少，出发前他跟人学了几天就会了。

走进一个村子，就喊：轱辘——锅！从村子这头一直喊到那头。

这一天，顺子来到美原镇。这镇子不大，东西只有一条街，一袋烟的工夫就能从这头走到那头。但这镇子却很有名，原是秦始皇赐给战将王翦的封地，因平原千亩，土地肥沃，又有频水流经其间，故称美原。

见有人提着锅出来，顺子便放下担子，选一小块空地支起摊子，将煤砟子或焦炭放进小煤炉里，“嚓嚓”打着火镰，将树枝柴草引燃，生起小炉灶，脱了自己的鞋，盘腿坐在鞋上开始拉风箱，炉里的火星和灰尘溅得老高。周围很快就聚集来一些看热闹的村民，袖着手说闲话。

锅补好有屎用！现如今，谁家有粮食？

没粮食，也有树皮和野菜呀，总不能把嘴像口袋一样扎住。

听说北坡有人把自己的娃娃都煮着吃了。

前天，刘家老三在老丑家的包子铺买了两个包子，捧着回来给快要咽气的婆娘吃，你们猜怎么着？竟吃出了半截人指甲……

“墨面客”能打回来就好了。

王二已经被杀了，“墨面客”完了。

可惜了那好汉王二。

李闯王比“墨面客”还厉害，已经打下了十几个州县。

这阵子，他们也被官军追得满世界跑，听说躲到了红土镇。

那是一个月前的事，如今又不知道跑到哪里去了。

你们放心，李闯王很快就会打过来的！

咱先把锅补好吧，等着李闯王打过来开仓放粮……

顺子听着别人的议论，并不插话，一副漠不关心的样子，只顾低头做活。他先将铁锅破损处用钢丝刷除去铁锈，然后将几粒碎生铁放进一个瓦煲柄内，埋进炭火之中烧。一袋烟的工夫，瓦煲柄内的碎生铁熔成铁水。他左手用一块沾了泥巴的厚布，紧紧捂住待补的锅孔，右手用火钳将炉火中的煤拔子拨开，将瓦煲柄钳住，将铁水注入锅孔去，然后赶忙用沾上泥的厚湿布反复擦拭，一股热气旋即升向空中。顺子将锅举过头顶，对着日头看看，没啥问题，便交给主人。

一仰头，顺子看见一个女娃提着一口一尺小锅，站在跟前。女娃十六七岁，长胳膊长腿，皮肤微黑，眼睛很大，胀起的奶子将衣衫撑得老高，倒显得衣衫有些短小。女孩儿见顺子看她，急忙闪开目光，把锅往前一伸，小声说，补锅。

顺子接过小锅，心里说，这女娃真是好看，却慌忙低下头去，不敢看女娃的脸。那锅底有条一拃长的裂纹。顺子开始除锈，熔化铁水。女娃见顺子一个人忙不过来，便蹲在一旁帮顺子拉风箱。

有人问，菜叶，戏班今黑夜唱啥？

女娃说，《黑斑豚》。

还和昨晚一样，放一把玉米在簸箕里，就能看？

嗯。没玉米，豆子也行。啥啥也没有，也让看。

胡班主可是个实委人。

我大说了，这年头，谁都不易。

戏班今黑夜吃啥？

树叶熬玉米糊糊。

你们能喝上玉米糊糊，真不赖！

就剩一顿了。明个啥啥都没有了。

今黑一唱戏，不就有了……

从人们与菜叶的对话里，顺子听出菜叶是皮影戏班胡班主的女儿。他们住在村西头的祠堂里，昨黑演的是《老鼠嫁妹》，今黑演《黑斑豚》。

顺子补好锅，交给菜叶。

菜叶说，钱先欠着，我大说了，你要是今个不走，明个给钱。

顺子不看菜叶，低头忙着，说，有就给，没有就算啦。

顺子看见那双小巧的绣花鞋迟疑了一下，然后转了个半圆，走远了。

傍晚，围观的村民各自回了家，顺子补完锅正在收摊，菜叶来了，双手端着一只碗，碗里冒着热气。顺子蹲着，看不见碗里的东西，但闻到了玉米糊的香味。顺子一天没有吃东西，肚子开始咕噜咕噜地响。

菜叶说，给。

顺子知道戏班只剩最后一顿玉米糊，就说，我不饿，你吃。

菜叶说，还说不饿，我都听见你肚子叫了。

顺子红了脸，只好接过碗，蹲在地上慢慢喝。真香！糊糊并不烫，顺子恨不能一口吸溜完。可是有一双眼睛看着，他不好意思弄出吸溜的声响，只能慢慢地吮。

菜叶说，你补锅的手艺真好，一点也不漏。

顺子头也不抬地说，日后漏了你再拿来，我还给你补。

菜叶"哧"地笑了，说你这人倒是好笑，盼着人家的锅漏。就是日后真的漏了，上哪儿找你去？

顺子脸更红了，不知道自己怎么就冒出这么一句傻话。顺子的这碗糊糊吃了很长时间，吃出了一头细汗。顺子将碗递给菜叶。

菜叶却不忙走。说，你肯定没吃饱。

吃饱了。

顺子将碎焦炭拢到一起，装进风箱底部的小匣子里。

菜叶说，你可别嫌我们小气，就剩这一碗了。

我知道。

两人正说着，村西头有人朝这边喊：

菜叶——喝碗糊糊跑哪里去了！

天色昏暗，看不清喊菜叶的人。

菜叶朝那边喊：我就来。

又低声对顺子说，是我大。

顺子心里就明白了，这碗糊糊是菜叶的，菜叶没喝，给了他。心里热了一下，看了看菜叶，想说啥，又没说。

那边又喊，菜叶，你让那补锅匠黑夜来看皮影。

菜叶对顺子说，你拾掇拾掇，等会儿去祠堂看我们的皮影。

说完，转身消失在昏暗的村道。

不一会儿，村民们手里提着板凳从家里走出来，三三两两朝村西头走。顺子拾掇停当，挑着担子，也跟着去了祠堂。

祠堂门边的木凳上放着一个瓦罐。村民走进祠堂时，顺手在瓦罐里丢一把玉米、豆子之类；也有空手来的村民，故意不看那瓦罐，扭着脖子端直走进院子。顺子没有东西往瓦罐里放，也径直走了进去。他将担子放在墙角，来到挂好的亮子（幕布）前。那里已经站了不少人，他只能站在“亮子”一侧，却正好能看见菜叶父女在后面忙活。清油灯点亮。胡班主又矮又瘦，满脸的核桃皮，拖拉着一条腿，在那里忙来忙去。

咣，咣，咣咣，几声锣响，皮影开演了。老胡既是签手，负责挑动各种人物；又是前声，一边弹唱敲打，一边扯着脖子唱各种角色的戏，还要使用月琴、二弦子和唢呐等乐器。菜叶负责敲打勾锣、梆子和战鼓，间或传递皮影，时不时还要帮忙踩脚和拍板。父女俩忙而不乱，配合得很是默契。顺子站在一侧，只顾看父女俩，戏上演的啥，只看了个大概。好像是说一个人干啥啥不成，喝凉水也塞牙，事事不顺，又被知县错抓坐牢，后来从大牢逃出来，杀了知县。

皮影演毕，已是半夜。村民纷纷散去。顺子站在院子里，不知该去哪里。看见父女俩拾掇东西，他也过去帮忙。

老胡对顺子说，小伙子，实在对不住，今黑夜没收到一吊钱，这补锅的钱还是给不了你。欠你的钱不说，还让你帮忙拾掇。

顺子说，啥钱不钱的，出门在外，应该相互照应。

老胡说，还没有落脚的地方吧？若是不嫌弃，就跟我们搭伙歇息。

顺子说，多谢胡伯提携！

菜叶看了顺子一眼，转身进了祠堂。等顺子与老胡拾掇完毕走进祠堂，菜叶已经在老胡的铺位边上加了一道柴草。老胡往铺位上一坐，招呼顺子过来，说我夜里打呼噜，你可别嫌吵。顺子说我也打呼噜，正担心吵着老伯哩。老胡嘿嘿笑了，说，猪笑老鸹黑，咱俩谁也不笑谁。

顺子与老胡睡在堂屋中间，菜叶睡在屋角，身下也是一层柴草。三人睡下，菜叶吹灭灯。月光从门缝照进来，夏虫在门口轻声鸣叫。顺子的肚子又开始咕咕叫了，好像里面也有一只夏虫。

老胡躺着抽烟，烟锅一红一暗。老胡问，是哪儿人？

顺子说，武家坡的。

家里还有啥人？

就剩下自个儿。

老胡叹息一声说，你也是个可怜娃，黑斑脉。

问起顺子日后的打算，顺子说哪儿黑了哪儿歇，也没有个方向。

老胡说，不如咱厮跟着走，我唱我的戏，你补你的锅，路上相互也好有个照应。菜叶会做饭，两人是做，三人也是做，也不少你一口。又说，这唱戏得往热闹处走，哪儿热闹？李闯王在哪儿哪儿就热闹。不光热闹，还有现钱挣。李闯王的队伍成千上万，整天东跑西颠与官军打仗，肯定有很多行军锅要补。咱跟着李闯王的队伍走，又有钱挣，又不担心被官军欺负。

这话说到了顺子的心里。

顺子说，是个好主意，可是谁知道这阵子李闯王在哪里？

老胡说，上个月听说在红土坡，这阵子听说到了韩城，不如我们去韩城？

顺子说，好啊，咱们明个就动身。

两人又说了一阵别的闲话。顺子正说着话，老胡却打起了呼噜。

顺子睡不着，思谋着到了韩城如何与李闯王的人联系，听见屋角那边的柴草簌簌地响，知道菜叶也没有睡着；又想着菜叶的模样，想着她的眉眼，鼓胀的胸，长胳膊长腿，想着她脸黑，身上是否也黑……越想越没了瞌睡，过一会儿翻一下身，过一会儿翻一下身。

菜叶那边也过一会儿簌簌一阵。

第二天，三人起身往韩城方向走。第五天走到了韩城地界，一打听，才知道李闯王已东渡黄河，去了山西，与张献忠合为一股，在宁乡、稷山、闻喜一带与官军打仗。据说李闯王临走时留下话来，说要不了多久，他们还要打回关中来。韩城左知县已经在黄河渡口布下了十几里的兵阵，以防李闯王西渡黄河。

顺子有些失望，与老胡父女在党家村村头的草房暂且住了下来。

半夜，顺子悄悄起来，一个人偷偷跑到黄河边。他想偷一只渡船，过河去寻找李闯王。可是没想到沿河密密麻麻全是官军的营帐，成群结队的兵士们手举火把，来回在河岸巡逻。河岸明亮如昼，根本无法过河。顺子只好返身回到草房，打算就在这一带补锅，等待李闯王打回来。

顺子白天补锅，晚上帮老胡挂亮子，递皮影，渐渐也学会了使锣鼓家伙。菜叶做好饭，就来叫顺子回去吃饭。顺子有时忙，菜叶也帮着拉拉风箱。顺子不忙的时候，就跟在菜叶后面回家去吃饭。两人厮跟着在村道里走，有人小声议论说，多好的一对儿。菜叶就红了脸，丢下顺子一个人低头噔噔噔直往前走。顺子看着菜叶的背影，脚步也有些凌乱。

这天黑夜演的是《甄后劝母》，说的是古代著名美女的故事。那美女不是一般女子，而是曹丕之妻、魏明帝曹叡之母，且后被曹丕所杀的甄姬。相传《洛神赋》就是曹植因为思念她而作。有一年天下兵乱，加之饥馑，百姓卖珠宝以换取粮食。甄姬家里有不少粮食，就换来了不少珠宝。

甄姬劝母亲把粮食分给邻里，和大家一起渡过难关，母亲同意了，赢得了贤良的好名声；甄姬的哥哥死了，嫂子依然照顾家人，日夜为家务操劳。而母亲生性严苛，对嫂子恶言恶语，甄姬就苦口婆心地劝母亲说，嫂子这么贤良，您这样待她，很不公平。母亲听了甄姬的话，开始善待嫂子，一家人从此和睦相处。

这是教人向善的一出戏，顺子很喜欢，尤其是菜叶的许多唱段。演完之后，顺子帮忙拾掇皮影摊子，小声对菜叶说，你就是甄后。

菜叶“扑哧”笑了，说甄后个屁！哪儿有饿肚子的甄后？

顺子认真地说，等我将来干成了事，让你当一回甄后。

菜叶看了看灯影里的顺子，红着脸，笑而不答。

老胡没事的时候，喜欢一个人坐在那里削竹签，而且削得很仔细。削好一根，就插在随身带的一个棒槌粗细的羊皮筒里。顺子发现那些竹签跟挑皮影的竹签没啥两样，只是两头都削得很尖。顺子问老胡削这么多竹签干啥，老胡说演皮影费签子，一用力就断，不多预备一些到时候抓瞎。演皮影的时候，那个羊皮筒摆放在老胡手边；不演皮影的时候，老胡将羊皮筒系在腰上；夜里睡觉的时候，老胡将羊皮筒放在枕边。

顺子早上解手回来，看见老胡用竹签挑着两个老鼠从草房走出来，嚷着让菜叶烧了吃，说好几年没闻着肉腥了。顺子问老鼠哪来的，老胡说逮的呗。这俩家伙昨夜闹得我半夜没睡着，看它们还闹腾！

可是，老胡是怎样逮住了它们，顺子想不明白，也不好意思追问。顺子想，要是自己，唰唰两个飞镖甩过去，老鼠就得倒地。但是他也只是想想而已，不能那么干，那样，会暴露了自己的身份。

这天后晌，顺子喝完稀汤，见菜叶提着木桶要出门，就说，我去吧。菜叶说，你又不知道水井在哪儿。顺子说，我鼻子底下长着嘴呢。说着，从菜叶手里抢过水桶。菜叶说，我也去，正好还有几件衣裳要洗呢。

菜叶跑进草房，端出一木盆衣裳，领着顺子往村外走。

老胡看见他们走远，笑笑，摇了摇头。

他们七拐八拐，来到村外的井台边。

这是一口老井。井口上架着一副辘轳。腰粗的辘轳长年累月与井绳纠缠，光滑的躯体让绳子勒出了几道深深的印痕。顺子用辘轳绞上来一桶水，提起来要往木盆里倒，菜叶拦住说：嗯嗯，慢些。

菜叶从木盆里的衣裳下面取出一双布鞋，递给顺子说，给，试试。

顺子问，给我的？

菜叶说，不是给你给谁？你看你那鞋，大舅二舅都跑出来了。

顺子很不好意思，将脚趾用力往里面缩。

菜叶说，愣啥？快换上，看跟脚不跟脚。

顺子脱下脚上的烂鞋，将脚丫在裤腿上蹭蹭，把新鞋套在脚上，踩在烂鞋上，左看右看，感觉很合适。

顺子说，你又没我的鞋样，咋就做得这么跟脚？

菜叶说，你的鞋样满地都是。

顺子很感动，看了菜叶一眼，急忙低下头去。

顺子把鞋脱下来，换上原来的烂鞋。

咦，穿上好好的，咋又脱了？

顺子将新鞋揣进怀里，说，我还要绞水，怕把鞋弄湿了。

顺子绞水，菜叶蹲在井边洗衣裳。菜叶的手腕上戴着一对绞纹银镯子，随着她一上一下地搓洗，在日光下一闪一闪的。

顺子说，你的镯子真好看。

菜叶停顿了一下，接着又洗。

过了一阵，菜叶说，这是我妈给我留下的。又说，我妈只给我留下一对镯子。

你妈呢？我早就想问你了。

菜叶低头说，死了。我就不是我大的亲女儿。

顺子很惊讶，那你亲大呢？

菜叶说，早就死了。我很小的时候，跟着父母从南边逃荒来到频阳。我老家到底在啥地方，我也记不得了。到频阳不久，我大我妈就死在了路上。那时我才五岁。有一次我饿急了，到集市上偷人家的菜叶吃，主家抓住我就打。正好我现在的大路过，拦住了主家，收留了我，就给我起名叫菜叶……

顺子没料想问到了菜叶的伤心处，心里很是过意不去，故意岔开话题说，你们的皮影戏演得还真不错哩。

菜叶说，好几年没演了，我大手都有些生了。前些年那才叫好呢。

你们不是一直演皮影？

菜叶一边搓洗衣裳一边说，我从小就跟着养父养母走街串巷地演皮影。前几年闹年馑，谁还有心思看皮影？后来“黑煞神”的义军攻打频阳城，我大跑去看热闹，这一去就再也没有回来。第二年“虎烈拉”来了，我妈病死在炕上。直到半年前，我大才回来，瘸着一条腿，问他咋回事他也不说，问他这几年跑哪里去了，他也不告诉我。我发现他像变了一个人，很少说话，也不知道他在外面遇到了啥麻缠事。他回来后，又开始带着我到处演皮影。如今演皮影又挣不到钱，只能勉强混口饭吃，我劝他别演了，可他就是喜欢到处跑……

第二天早上，菜叶见顺子还穿着那双露脚趾的烂鞋，问顺子为啥不穿新鞋，是不是不喜欢。顺子说，我舍不得，我还从来没有穿过这么好的鞋。过了半月，菜叶又做了一双，送给顺子说，这下舍得穿了吧？顺子这才换上新鞋。顺子穿上新鞋，很不自在，连走路都不会了，惹得菜叶捂住嘴一个劲儿地笑。

许多天后，李闯王从河东向韩城进攻。韩城左知县早有防备，李闯王的队伍损失很大，只渡过来不到一千人，其余又被官军打回了山西。也不知道李闯王在不在那打过来的一千人里面。那些人立足未稳，就被官军赶进了北山。左知县领兵将北山团团围住，扬言要困死他们。

顺子急于跟李闯王联系，就对老胡说，你们在这里先歇着，我去北边转转，过几天就回来。老胡说，要走一起走，我也想去北边转转。菜叶说，北边净是官军，你们不要命啦！老胡说，我们演皮影补锅，又不造反，官军能把我们咋样？顺子知道往北走危险，不想让老胡与菜叶去，但是老胡执意要一起走，顺子也没办法，只好带着他们一起往北边走。

走了多半天，遇到一队兵马，一看就知道是围剿李闯王的官军。三人急忙退避到路边，等兵马过去。可是走在前面的军头却勒住马头，停了下来，厉声问，你们是干啥的？

顺子说，补锅的。

老胡说，演皮影的。

军头说，他妈的，到底是补锅的还是演皮影的？

老胡赔着笑脸说，我演皮影，他补锅。

军头盯着菜叶看了半天，然后说，走！你们都跟我走！

顺子说，我们还要赶路呢。

军头说，赶个屁路！爷那里正好有锅要你补。还有，你们今黑夜给爷们演皮影，犒劳犒劳爷们。

顺子还想说啥，见老胡给他使眼色，就闭了嘴。

三人被带到他们的临时军营。这是一座地主庄园，朱红大门前的空地上搭了几十顶营帐，有许多兵士从营帐里进进出出。庄园门口一左一右站着两个身穿盔甲的兵士，目不斜视，很是威风。

三人被带进大门，走过前院和有兵士把守的二门和一个小圆门，来到门前长有两棵老槐树的堂屋跟前。军头让一个兵士带顺子去后院补锅，将老胡父女领进了堂屋。

整个后晌，顺子都在后院补锅，心里却一直惦记着老胡父女，不知道那军头会将他们怎样。天黑不久，前面响起了锣鼓声，顺子这才放下心来，知道老胡父女没事，他们要演皮影了。

火夫们收拾停当，听说要演皮影，都从厨房出来往前面走。顺子跟着火夫们到了堂屋前面。皮影已经开演。亮子前只有军头和十几个军曹坐在太师椅上观看。火夫们不敢近前，只能远远地站在老槐树下往那边瞅。顺子站在火夫们后面。台上演的是《老鼠嫁妹》，看得那些人哈哈大笑。

《老鼠嫁妹》演完，锣鼓停歇。

军头说，再演再演，接着演！

又开始演《黑斑脎》。

演到一半，那军头“腾”地站起来，大喊一声：停停停，妈的，演的是啥东西！这不是明摆着教人造反吗？你个狗尿癞子，胆子也太大了，竟然将这种造反的戏带到军营里来！来人！把狗日的捆了！

旁边立马冲出五六个兵士，就要捆老胡。两个兵扭住菜叶的胳膊，也要捆。顺子见状冲了上去说，你们讲不讲理？人家给你们演皮影你们还捆人！跑过去想拽开菜叶身边的两个兵。

军头说，哟呵，一个补锅匠，也敢到这里来撒野！一起捆了。

一伙兵士将顺子打倒在地。顺子见官军众多，打起来肯定会吃亏，就学老胡的样子，不再反抗。兵士们将三人捆起来，拉到军头面前。

军头说，将他们分开关押起来，明天再说。

几个兵士把老胡推搡到前院去了。两个兵押着顺子往后院走。顺子听见那军头笑着说，这碎女子嘛，给我带到堂屋来！

顺子被关押在后院的柴房，越想越不对劲。

这狗日的，肯定没安好心！

到了半夜，见巡夜的兵士去了前院，顺子从绑腿里取出飞镖，割断手上的绳索，悄悄摸出柴房。他从墙边摸到还没来得及补的锅，摸了把锅黑，胡乱抹在脸上，然后轻手轻脚地向堂屋摸去。

他准备先救菜叶，然后再去前院救老胡。

可是要想从堂屋救出菜叶，必须先干掉守在圆门口的两个哨兵。他摸出两只飞镖，握在手中，弓着身子，猫一样顺墙根朝圆门摸去。到了那里，却不见哨兵，正在纳闷，脚下被什么东西绊了一下，几乎摔倒。原来是一个哨兵躺在那儿。一根竹签从哨兵的脖子上穿过，他已经死了。顺子一惊：这不是老胡的竹签吗？肯定是老胡！四下张望，不见老胡的人影，却看见不远处地上还有一团黑乎乎的东西，小声叫，老胡，老胡。那黑影却不言语，也不动弹。顺子摸过去，才发现是另一个哨兵，脖子上也插着一根竹签。好个老胡，平日里深藏不露，身手倒挺利索。

顺子悄悄朝堂屋摸去。

堂屋亮着昏黄的灯光，隐约有人说话。顺子用指头蘸了口水，在窗纸上抠了一个小洞，往里一看，只见军头正跟两个兵士喝酒，却不见菜叶。顺子在屋里扫视一圈，这才发现菜叶被捆绑在屋角的床上，嘴里塞着布帕。顺子从绑腿里摸出几只飞镖，正准备干掉军头，肩膀突然被人轻轻拍了一下。顺子机警地往旁边一闪，扬手就要甩飞镖，却见是老胡。

老胡示意顺子甭吭声。

顺子凑到老胡耳边说，你来了正好，我对付那军头，你对付那两个兵。顺子说着，用自己刚才抓锅黑的手，在老胡脸上抹了两把，老胡的脸立马也变成了墨色。

老胡说，原来你小子是“墨面客”。

这时，只听军头在屋里说，你们去看看那老头和那个补锅的小子，可别让他们跑了。兵士应声说，我们这就去。您就搂着那小女子好好睡吧。几个人哈哈一阵淫笑。顺子与老胡急忙闪到暗处。

两个兵士从堂屋出来，随手掩了门，七倒八歪地朝前院走去。

顺子悄声对老胡说，他俩就交给你了，完事后，我们后院见。

老胡悄悄跟了上去。

顺子从窗洞往里看。那军头正站在床边脱衣裳，一边脱一边看着无声挣扎的菜叶嘿嘿笑。顺子隔着窗纸，扬手扔出一个飞镖，只听里面“啊呀”一声。顺子从门里跑进去，那军头倒在地上，脖子上嘟嘟冒着血。

顺子解开菜叶的绳索，拉起菜叶就往外跑。

两人跑到后院，老胡从墙角闪出来，说后院门口也有哨兵。

顺子说，你们跟在我后面，甭出声。

他们来到后院门口，听到两个哨兵正在说话：

刚才前院好像有动静，你听见没？

深更半夜的，有啥动静！你得是迷糊了？

会不会是李闯王的人下山来了？

他们只有一千人，我们一万人在这等着，借他们个胆也不敢来。

你可别说这种话，那些人可都是些亡命徒……

顺子甩出一个飞镖，正说话的哨兵倒在了地上。另一个看见满脸乌黑的顺子，拔腿就跑。顺子接连甩了两个飞镖，也没有扎住。

那哨兵边跑边喊：“墨面客”来了！“墨面客”来了！

庄园里很快就亮起了灯，响起了羊角号声和凌乱的脚步声。

三人急忙逃出后门，身后是越来越近的马蹄声和呐喊声，耳边“嗖嗖”乱箭穿梭。老胡“呀”的一声，扑倒在地。

菜叶扶起老胡，说大呀，你咋啦？

顺子返身回来一看，只见老胡脊背上中了三支箭。

顺子背起老胡继续奔跑。

老胡趴在顺子脊背上说，顺子……我不行了……你放下我……

顺子好像没听见，拼命往前跑。

老胡喘息着说，顺子……我们这样……谁都跑不了……顺子……你带着菜叶跑吧……菜叶就托付给你了……“黑煞神”派我与李闯王联络……我的羊皮筒里有一封信……你交给李闯王……

丙申益民

老胡硬是从顺子脊背上溜下来，坐在地上，将他往日装竹签的羊皮筒交给顺子，喘着气说，你们快跑……我将狗日的引开……

还没等顺子反应过来，老胡突然一跃而起，朝另一个方向跑，边跑边喊：狗日的，有本事来抓爷啊……

官军朝老胡追去。菜叶刚要叫喊，被顺子捂住了嘴，拉进了旁边的小树林，朝着相反的方向跑去……

几日后，顺子与菜叶逃到了白水。顺子在羊皮筒的夹层里找到了那封羊皮书。顺子和菜叶都不识字，看也看不懂。顺子让菜叶将信照原样缝在羊皮筒里。菜叶缝着缝着，想起了老胡，直吸溜鼻子，眼泪一颗接一颗掉在羊皮筒上。菜叶这才明白，老胡前几年失踪，是跟着“黑煞神”的义军走了。

顺子带着菜叶继续寻找李闯王的队伍。

夜里，他们来到一个打麦场，住在场边的草房里。初春的夜晚寒气逼人，菜叶冻得牙齿直打战。顺子抱来很多麦草，围在菜叶身边，几乎将菜叶掩埋其中。

还冷不冷？

不冷了。

顺子坐在麦草边。

顺子哥，你也进来。

……

顺子哥，快进来。

顺子犹豫了一会儿，还是钻进了麦草。

过了一会儿，菜叶说，顺子哥，我觉着还冷。

顺子说，不冷呀。

菜叶说，你不冷，我冷。

顺子要脱自己的棉袄，菜叶拦住他，颤声说，你抱着我，就不冷了。

顺子愣住了，坐着没动，呼哧呼哧直喘气。

菜叶钻进顺子的怀里，双手抱住了顺子的腰。菜叶呼出的热气扑在顺子脸上，痒痒的。隔着棉袄，顺子感觉到菜叶的胸一起一伏。顺子终于忍不住了，将颤抖的手按在了菜叶的胸上……

两个月后，李闯王的队伍渡过黄河，攻入关中，在韩城、宜川西部山区与官军打了几仗，后来又挥师南下，一举攻下了韩城县城。

顺子让菜叶先回频阳白庙老家，说等他办完了正事，再去白庙找她。菜叶不想离开顺子。顺子说，刀枪不长眼，你跟着我是个累赘。菜叶只好回了频阳。

顺子终于见到了李闯王，将“墨面客”的意思和“黑煞神”的密信交给了李闯王。在终南山“墨面客”还没有到来之前，李闯王将顺子暂时编入“白翎子”的队伍。

“白翎子”大名叫严纪鹏，是关中有名的刀客，前不久带着自己的弟兄，加入了闯王的队伍。

半月后，几股义军首领秘密聚集泾阳，密谋攻打渭南。后来又有张献忠义军赶到，众多义军合为一股，声东击西，先联合攻占了澄城、合阳，后又连夜直奔渭南，将渭南城团团围住。

可是，他们没有想到的是，兵部尚书洪承畴率三万官军从潼关赶到渭南，从后面将义军团团围住。义军腹背受敌。混战几日后，义军死伤过半，且战且退，撤退至甘肃平凉……

菜叶在家等待顺子，顺子一直没有回来。

听说官军与义军在渭南打了起来，双方死伤了好几千人，菜叶整夜睡不着觉，替顺子担心。仗打完了，村里有人从渭南找回了亲人的尸体，怕官军知道，不敢哭啼，夜里悄悄掩埋了。菜叶相信顺子没事。他有夺命飞镖，谁能要了他的命？可是菜叶仍然很心慌，右眼皮“别别”地跳。俗话说左眼跳财，右眼跳崖。菜叶感觉不祥。

夜里，菜叶刚眯瞪住，就梦见顺子浑身是血跑回来，脖子上没了脑袋，半截木桩似的杵在那里，血脖子一张一合地说：菜叶呀，你快去找找我的头，没了头我咋活人呀……

菜叶被自己的梦吓醒了，眼泪就吧嗒吧嗒落了下来。顺子啊顺子，你到底是死是活，咋连个信也没有！菜叶哭一阵儿，睡一阵儿。等到天明，一个人去了渭南。

渭南城下死尸遍野，许多人在找寻亲人的尸体。野狗在尸体间乱窜，这儿闻闻，那儿嗅嗅。菜叶踩着满地干枯的血迹，寻找顺子。她相信顺子不在这里，但是她还是不由自主地到处找。第一天没找到，菜叶很高兴。第二天也没找到，菜叶更高兴。她想那梦一定是反梦，她的顺子一定还活着。菜叶想再找最后一天，如果还找不到，就说明顺子没死，她就不找了，回家去等顺子。说不定顺子现在已经在回家的路上了。

可是，第三天下午，菜叶找到了顺子。

菜叶不敢相信那个没了脑袋的人就是顺子，可是那人的脚上明明穿着她做的布鞋，不是顺子还能是谁啊？还有啊，周围那些官军的身上，还扎着顺子的飞镖呢。菜叶找了半天，才找到顺子的头。顺子的眼睛睁着，嘴张着，嘴里全是沙子。菜叶将顺子的头抱到渭河边，把嘴里的沙子洗干净，把脸洗干净。奇怪的是，做这一切的时候，菜叶一点也不害怕，也没有哭。好像她洗的不是顺子的头，而是一个蔫了的西瓜。菜叶把顺子洗干净后，用手在顺子脸上一抹，顺子的眼睛合上了。可是顺子的嘴怎么也合不上。这个时候，菜叶哭了。她抱着顺子的头，坐在渭河边，放声哭了起来。

菜叶哭着说，顺子哥，我知道你有好多话好多话没来得及对我说，你不用说了，你想说啥我心里都知道，顺子哥，求求你了，你把嘴合上吧，这样老张着，多难受啊……

菜叶再用手一抹，顺子的嘴终于合上了。

菜叶跑进渭南城，用手腕上的两只银手镯换了一辆旧的独轮推车，还有一页粗布单子。菜叶将顺子抱到推车上，用粗布单子蒙住顺子的身子和头，又用自己的棉袄裹住顺子的头，然后，推着独轮车，吱扭扭吱扭扭，一步一步往频阳家里走去……她一边走还一边唠叨：

顺子哥，这下你消停了吧，不再胡跑了吧，咱该回家了……

3. 桃花刀

严奎是渭北有名的“刀子客”。不是人们常说的“刀客”。都是耍刀子的，但“刀子客”的耍刀子跟“刀客”的耍刀子不同，“刀客”杀人，“刀子客”不杀人。但是，严奎最终还是杀了人。

而且，不止一个。

而且，都跟女人有关。

先说刀客。

清朝末年，关中刀客盛行。他们随身携带“关山刀子”。这种刀子出产于临潼关山镇，长三尺，宽两寸，形似腰带，极其锋利。最初，他们三三两两结成一伙，贩运私盐、私茶、绸缎，或者给商家当保镖。当时做生意要缴纳重税，又有官府设卡勒索。刀客们用武力强行闯关，便与官府结下了梁子。官府要清除刀客，刀客联合起来反抗官府。后来，渐渐地，刀客便演变成了杀富济贫的关中好汉。

刀客没有固定的组织和严密的纪律，但每一拨都有一个类似首领的“大哥”；刀客也没有明确的政治目的，但都共同反对清政府。正因为如此，刀客们基本上都是各自为战，划地自封，对付官府，形成不了整体的战斗力。但他们的来去无踪、手段凶狠，也令官府十分恼火。

刀客活动在渭河流域，渭北一带就更多。当时著名的刀客有王狮子、飞龙、飞虎、白翎子、野刺猬、黑脊背、胡老六、马老二，等等。

严奎不是刀客。

严奎是皮影匠。皮影匠制作皮影，全凭十几把刀子，所以叫“刀子客”。严奎不光技艺高超，用料也跟别人不同。渭北其他皮影匠都用牛皮，而严奎只用驴皮。驴皮没有牛皮硬，不好雕刻，许多人就不敢用驴皮雕，但严奎敢。而且严奎用驴皮做出的皮影比别人用牛皮做出的要好许多。所以，严奎在渭北皮影匠这个行当里名气很大。

不仅如此。严奎在选皮、泡皮、刮皮上，又比别人高出一手。他只选两岁的乳驴皮。一岁的驴皮太嫩，不硬；三岁的驴皮又太老，过硬。而且整张驴皮他只选用三分之一，也就是驴皮的两肋部分。这两块皮子薄而柔韧，雕刻生旦和人物前臂最合适。剩下的厚皮子也不扔掉，那样太浪费，便宜卖给需要的皮影匠，用来雕刻武将、大片背景、树木山水和桌椅板凳。这些不见功底的粗活，严奎一般不干。

别人泡皮一般用石灰，严奎用草木灰。他将选好的驴皮放入盛满清水的木盆里，撒上草木灰，让驴皮发酵，然后刮去毛、肉，留下净皮。

还有一点很重要。严奎很少在冬、夏两季泡皮，即使因没皮子做不成皮影，他也不在这两个季节泡。因为冬天的冰水容易使皮子冻断，夏天泡皮又容易腐烂发臭。他只在春、秋两季泡皮。当然也不是冬天绝对不能泡皮。有一年，邻县高宏戏班要货要得急，而且给的又是天价，严奎手头没皮子，只好破例。后来，他慢慢琢磨出了冬天泡皮的招法：将驴皮泡在地窖里，用温水泡上一个月，不在水里撒盐。这样泡出来的皮子也能用，但与春、秋两季泡制的皮子相比，还是不一样。

如果谁看见过严奎“刮皮”，那就算是过了眼瘾。他先用一根光滑的圆木压住驴皮，然后用一尺长、两头有把手的月牙刀，斜着将牛皮一寸一寸地挨着皮刮过去，里外肉、毛一次刮净。别人刮一张皮需要一天，严奎刮一张皮只需半天。快的时候，也就三四袋烟的工夫。

刻镂的皮影多了，严奎总结出一套经验，说给他的徒弟石头听：

刻花形——做活先把眼眼打，然后再把框框画；

雕雪花——雪花先竖画，然后左右再打叉，雕成雪花花；

刻字——先把四方画，横竖交叉就成啦；

刻旦角——弯眉，线线眼，樱桃小口一点点；

刻丑角——想笑，嘴角翅；

刻头帽——先刻帽，后刻脸，最后再刻鼻子线。

这还不是严奎最绝的。最绝的要数他的“推皮刀法”。雕镂时，他扎在皮子上的刀子不动，只凭借手指的力量推动皮子刻镂。先把皮子铺好，然后娴熟地从后腰摸出一把尖刀，扎在铺案上，然后转动推拉皮子，转眼一张皮影就刻镂出来了。而且刻镂的不是皮影的一般部位，是特别精细的花形、头发和胡须等。这把刀看上去很平常，却锋利无比。驴皮一挨刀尖，发出刷刷刷的声音。刀像是有灵性，长了眼睛，指挥着严奎硬是在一张平凡的驴皮上刻镂出不平凡的绝妙皮影来。善良的严奎对徒弟真没说的，什么都教，但有一样，不让徒弟碰他那把随身携带的尖刀。其他二十多种刀具，徒弟可以随便用，唯独这把尖刀不能碰。其他刀具每次用完，都由徒弟石头收起来，放在一个檀木箱子里，而这把尖刀用过后，严奎会重新插进自己的后腰。

这把尖刀，严奎叫它“桃花刀”。叫“桃花刀”，也不是说刀形像桃花，而是因为刀肚上刻着一朵很不起眼的小桃花。

桃花刀与严奎形影不离，严奎把它看得比命还重。夜深人静的时候，严奎看着刀上的桃花，一看就是半天，末了长叹一声，将刀放在枕头下面，再叹息一声，然后吹灯睡觉。

有人说，严奎刻镂的皮影好，全凭这把桃花刀。

说起桃花刀，不能不说到邵镢头。

邵镢头是华州有名的铁匠。严奎是华州人，来频阳之前，一直在华州。严奎三十岁前在华州干些什么，频阳城谁也不清楚，也没人问；三十岁后干些什么，只有他的一些朋友清楚。在频阳，严奎也没多少朋友，就那么几个，比如，皮影班主张才娃；再比如，“恒心堂”的齐掌柜。

严奎告诉频阳的朋友，三十岁之前他算白混，三十岁时他才拜师学艺，学怎么刻镂皮影。他天分高，一学就会，没到一年就把师傅那点本事全学到了手。师傅倒是个开明人，对严奎说，你不用再学了，你走吧，可以另撑个摊子混世事了。

严奎离开师傅，想自立门户。可是刻镂皮影没有一套好的刀具哪成？严奎就去找华州最好的铁匠邵镢头。

邵镢头从不打镢头，只打刀具，因为脾气倔，落了个邵镢头的绰号。邵镢头住在羊头镇，身边有个十九岁的独生女，名叫桃花，人也长得跟桃花一样艳丽水灵。这么一个水灵的女子，却跟着邵镢头打铁。不是烧火，是像男人一样抡铁锤。女子打铁，这在华州乃至整个关中也很少见。过路的人看见了，都说，桃花托生在邵镢头屋里，算是糟蹋了。但是不管别人怎么说，邵镢头照样让女儿抡锤打铁。

邵镢头有个徒弟，叫憨子。烧火拉风箱常常是憨子的事。其实憨子不憨，心里啥都明白，只是少言寡语，不苟言笑。

邵镢头祖上三代都打铁，流传下来一套锤打刀具的绝活。祖上有规矩，绝活只传内不传外。到了邵镢头这辈上，没有男丁，只有一个女儿桃花。邵镢头没办法，只好将手艺传给桃花。邵镢头什么都教徒弟憨子，就是不教他最后的绝活。但他将女儿桃花许配给了徒弟，只等着一过年，就给他们完婚，这也算对得起徒弟了。等他们成亲了，有了儿子，桃花就会将绝活传给儿子，这就等于传给了徒弟。

但是憨子不这么想。憨子认为师傅一直把他当外人，心里有怨言，嘴里又说不出，所以话就越来越少了。

严奎找到邵镢头。

邵镢头说，你回去吧，半个月后你来取刀。

严奎说，不急。

严奎没有走，蹲在一旁看邵镢头父女打铁。刚来时只顾着跟邵镢头说话，谈价钱，没留神面前这朵桃花。现在没事了，看他们父女打铁，才发现桃花出落得跟水蜜桃一样。天气很热，又有火炉烤着，桃花穿的蓝布褂后背湿了一片，胸前湿了两片，紧贴在鼓鼓囊囊的奶子上。这还不算，一抡铁锤，两个奶子还上下乱颤。颤得严奎心里直发毛。严奎活了三十岁，虽说也见识过几个女人，但哪见过这样撩人的女人？心里一下就慌了。严奎想：要是能摸一把桃花的奶子，这辈子算没白活。

桃花擦汗的当儿，扭头看一眼严奎，红着脸膛，无声笑笑，露出两个酒窝，满口白牙。严奎更受不了了。

邵镢头对严奎说，你回吧，过半个月来取。

严奎想走，可是他走不了。他无法站起来。他要是站起来，裤裆那里会让他很难堪。

严奎说，我再看会儿，看邵师傅打铁，比看戏还热闹。

邵镢头不高兴了，沉下脸来说，你这是看我的热闹来了？

严奎赶忙解释说，我不是那意思，我是说，邵师傅铁打得好。

严奎不敢再看桃花，一是怕邵镢头多心，二是怕自己会一直站不起来。他把目光转向憨子。憨子黑着脸，拉着风箱，那眼睛瞪着严奎。这么一来，严奎的裤裆很快就风平浪静了。严奎觉着也该走了，站起来说，我走呀，过几天再来。瞥了桃花一眼，拾起身就走了。

邵镢头说，不要性急，过半个月再来。

回去后，严奎再也把桃花从心里摘不出去了。桃花在他心里生了根。那根须越扎越深，扎进了心窝窝，抓挠得他痒痒得难受。

三天后，严奎忍不住又去了羊头镇。

邵镢头说，咦，不是说好半个月嘛，你咋这么性急？

严奎说，没有刀具，我也无法干活，闲着也是闲着，来看看，打好几件，我拿走几件。

邵镢头让桃花将三把打好的平刀拿出来，交给严奎。严奎一抬头，看见桃花正在看他。桃花的眼睛很黑，闪着亮光。严奎的心哆嗦了一下。刀具拿到了手，似乎没有理由再待下去，严奎悻悻地走了。

按说，有了这几把平刀，严奎可以干活了。别的做不成，刻些雪花、字、龟板、鱼鳞、人字、梅花等，还是够用了。可是严奎没心思干活，老想着羊头镇，想着铁匠铺。说白了，是想桃花。

过了几天，严奎又去了羊头镇。

邵镢头有些不耐烦，不太搭理严奎。

桃花给严奎倒了杯凉茶，拿了把蒲扇，招呼严奎坐下，并不急着去取打好的刀。桃花接着打铁。邵镢头和徒弟憨子都黑着脸不说话，严奎坐在那里很尴尬。倒是桃花时不时地扭过头来，跟他说几句话。桃花的话像药引子，她说一句，严奎就能说上十句。

邵镢头瞪了桃花一眼，说，话多。

严奎不好意思了，说，那啥，我走呀。

桃花取出几把尖刀，交给严奎。

严奎冲着邵镢头说，我路过县城，你们需要捎啥，吭气。

严奎他们村在南原，来去确实路过县城。

邵镢头说，不缺啥，你走吧。

严奎说，那我走呀。

嘴里说着话，眼睛却瞅着桃花。

桃花说，那你下次来给我捎盒胭脂吧。

憨子说，你上次不是从货郎那里买了一盒吗？

桃花看也不看憨子，说，那胭脂不行，掉色，还有味儿。等那货郎来了，我还要找他算账哩。

邵镢头叮叮当当敲打着小刀，说，一个打铁的，要那东西做啥！

桃花一跺脚：大——

邵镢头不说话了。

桃花对严奎说，记着，要“喜呈祥”铺子的，钱你先垫上，下次来了我给你。

邵镢头闷着头说，钱从刀钱里扣。

下次再来，严奎真的给桃花带来了胭脂。不是一盒，而是两盒。一盒是上海产的，一盒是天津产的。两盒胭脂，桃花都喜欢。

桃花说，不是让你买一盒吗，你咋买了两盒?

严奎说，一盒是买的，一盒是掌柜的送的。

桃花疑惑地看着严奎，有这好事?

严奎躲开桃花的目光说，掌柜跟我是一个村的。

桃花说，我就说嘛。

这样一来二去，严奎与桃花熟了。后来，严奎知道桃花已经许配给了憨子，心里很不是滋味。心想，好好的一个女子，给了一个闷葫芦憨子，实在是可惜。

严奎最后一次去羊头镇取刀，付了银子，还是舍不得走。邵镢头问，你还有事？严奎说没事没事，那啥，我走呀。

桃花对邵镢头说，大，我要跟严大哥去一趟县城。

邵镢头问，你去县城做啥?

桃花说，我去扯些布回来，给你和憨子做鞋和衣裳呀。

邵镢头说，今天别去了，过两天让憨子陪你去。

我走了，憨子走了，谁陪你打铁？桃花噘着嘴说，大，我就要今天去嘛，我还有自己的事。

邵镢头说，你有啥事?

桃花红了脸，撒娇说，大，女娃家的事，你就别问了。

邵镢头说，好好，你去吧，后晌让憨子去迎你。

憨子把铁锤当啷扔在铁砧上。

桃花看也不看憨子，跑去洗了头脸，换了衣裳，跟着严奎走了。

桃花路上蹦蹦跳跳的，快活得像只麻雀。她一边倒退着走，一边问严奎，那盒胭脂真的是掌柜的送的？

严奎脸红了，说，真的。

桃花看着严奎的脸追问，真的？

严奎低下了头，不好意思地说，是我自己买了送你的。

桃花说，我就说嘛，哪有那么好心的掌柜！这么说，那掌柜也不是你一个村的？

严奎笑着摇了摇头。

严大哥，你真好！我长这么大，还没有男人送我东西呢。

憨子没送过？

他呀，去过几次县城，回来连根头绳也没给我买。

提起憨子，桃花脸上的笑容没有了。但是她很快又高兴起来，说我早就知道那盒胭脂是你给我买的。不过，我不能白要你东西。

桃花从身上摸出一把尖刀。

严奎吓了一跳，说，你要干啥？

桃花咯咯笑了，说，我又不会杀你，看把你吓的。这是送给你的。

严奎接过刀，看了看，说，是把好刀。

桃花说，这是我背着我大和憨子偷偷给你打的。你仔细看看。

严奎仔细端详，这才发现刀肚上刻着一朵小桃花，突然明白了什么，激动得脸都涨红了，抬头看着桃花。

桃花白了严奎一眼说，看啥看，这么多天还没看够？你别这么看我，我可没别的意思。我只是想让你用这把刀，刻镂出频阳最好的皮影。你不知道，我最喜欢看皮影戏了。

刚才还好好的天，没有任何征兆，说变就变。其实天上早就翻起了黑云，严奎和桃花只顾说话，没有注意到罢了。等他们注意到了，白雨已经下来了。两人急忙朝前奔跑。严奎边跑边将自己的褂子脱下来，罩在桃花的头顶。不远处有一个麦场，麦场边有一间草房。严奎两手举着褂子，像举着一面旌旗，为桃花遮着雨，领着桃花朝草房跑去。

跑进草房，严奎赤裸的上身雨水直淌。桃花头上有褂子遮着，没有落雨，但是蓝布衣裳被雨打湿了，紧贴在胸脯上。刚才跑得又急，这时胸脯剧烈地起伏着。

严奎不敢看桃花，用手抹了一把脸上的雨水。

桃花说，你真傻，脱了褂子也不怕着凉？看这一身雨水。

桃花从严奎手里夺过褂子，帮他擦身子上的雨水。看见严奎的胸脯一下紧似一下的起伏，抬头去看，严奎的眼睛里燃烧着一把火。桃花刚想说什么，严奎一把抱住了桃花。桃花想推开严奎，严奎手臂很有力，没有推开，桃花不再推了。桃花感觉严奎的身子在抖。其实她自己的身子也在抖，比严奎抖得还厉害。严奎一句话不说，就这么抱着桃花，呼哧呼哧地喘气。桃花用手搂了严奎的腰。

桃花说，严大哥……

严奎不说话，开始笨拙地解桃花的布扣，因为布扣被雨淋湿了，又因为手打哆嗦，解了半天也没有解开。桃花腾出一只手，解开了自己的衣襟，两只雪白浑圆的奶子跳了出来。严奎将桃花压倒在麦秸堆上……

他们哪里知道，草房外面的雨地里，这时还站着一个人。那人也在呼哧呼哧地喘息。但喘息跟喘息不一样。里面的喘息是因为激情，外面的喘息是因为愤怒。

外面那人是憨子。

桃花跟严奎走后，憨子越想越气。自己未来的媳妇，跟着别人去了县城，搁谁谁都生气。但是他知道师傅的脾气，又不敢吭声，自己一个人生闷气。天突然黑了，眼看雨就要来了。憨子终于找到了理由，对师傅说，要下雨了，桃花没有带伞，怕会淋出病来，我去给桃花送伞。师傅说，你去吧。憨子撒腿就跑，去追桃花。

眼看着快追上了，没想到前面两人钻进了草房。钻进草房也没什么，周围没有可以避雨的地方，不进草房进哪里？可是，等他跑到草房跟前，刚要进去，却听到了里面桃花的呻吟声。憨子一下子傻眼了。

站在雨地里的憨子在燃烧。他能听见雨浇在滚烫的身子上嗞嗞的声音，甚至能看见自己身上冒出的白烟，就像给铁淬火时那样。他真想冲进去杀了这一对狗男女，但是严奎牛高马大，他显然不是对手。再说，他也不愿看见那不堪入目的一幕。

憨子垂头丧气地回到铁匠铺。师傅问他追上了没有，他一句话也不说，倒在床上，用湿湿的衣衫盖住了脸。

那天，直到黄昏，桃花才回家。躺在隔壁炕上的憨子，听到了桃花在快乐地哼戏。哼的是《屎巴牛招婿》。

憨子心里恨恨地说，哼，骚货，我让你哼！

夜里，邵镢头听见桃花一声惨叫，急忙跑过去一看，桃花躺在炕上，头成了一摊豆腐渣，身边是一摊血。桃花的头被人用铁锤砸碎了。

邵镢头急忙去叫徒弟憨子，憨子早没了人影……

严奎是几天后才知道的。等他赶到羊头镇，桃花已经下葬了。镇上人传说，憨子杀了桃花，然后逃走了。可是憨子为什么要杀桃花，没人说得清。严奎也不知道。但他隐约感觉这事跟自己有关。

严奎来到桃花的坟前，“扑通”跪下，泪也跟着流了下来。

严奎说，桃花，是哥害了你呀。你告诉哥，是不是憨子？如果是他，他就是逃到天边，我也要找到他，杀了他……

严奎跪在坟前正说着，邵镢头提着一把铁锹朝这边跑来了，喊叫着：你个狗日的，还敢来这里，我今天非一锹劈了你不可！

严奎跪在地上没动，等邵镢头跑到跟前，就要将铁锹劈下来时，他看也不看，用一只手架住了铁锹。他低着头说，当着桃花的面，我要叫你一声大。大，从今往后，我就是你的儿子，我给你养老送终。

邵镢头的铁锹被严奎架着，动也动不得。邵镢头是铁匠出身，浑身的力气，可是就是抽不走自己的铁锹。邵镢头急了，一边用脚踢严奎，一边叫骂：谁是你大？谁让你养老送终？我死了喂狗也不让你这个狗日的杂种给我当儿子！只要我还有一口气，我就要杀了你！

严奎说，大，桃花不是我杀的。

邵镢头说，不是你杀的我也要杀了你。她跟你去了趟县城，回来就出了事，你这个丧门星，桃花就是你害死的！

邵镢头的倔是出了名的，严奎知道这样僵持下去没有结果。他站起来，夺过邵镢头的铁锹，一扬手，扔出老远，然后丢下邵镢头，匆匆逃走了。老远听见邵镢头喊：狗日的，你等着，我总有一天要杀了你。

严奎以为过些日子，这事就过去了，没想到邵镢头到处找他和憨子，扬言要杀了他们。严奎只好离开华州，逃到了频阳。

邵镢头没有找到严奎，却找到了憨子。憨子倒是条汉子，承认桃花是他杀的。邵镢头一刀砍死了憨子。邵镢头被官府下了大狱。

严奎到处筹钱，想托人打通关节，把邵镢头从大狱赎出来。可是等他筹够了钱，赶到华州的大狱，邵镢头已经死了。

华州成了严奎的伤心地，他重新回到频阳，再也没有回过华州。这么多年过去了，严奎一直在频阳刻镂皮影。严奎发誓不近女色，也不成家。所以直到四十多岁，他还是孤身一人。

后来，身边才有一个徒弟石头。

石头人很实在，也有眼色，就是性软，不像他的名字。一遇到事情脸就泛白，手就哆嗦。有时还哭。这一点，让严奎最烦。但烦归烦，严奎心疼石头倒是真的。严奎把石头当亲儿子一样看待。

石头命苦，七八岁的时候，母亲跟一个外乡人私奔了。父亲有痨病，没能力再娶，父子俩相依为命，苦熬度日。严奎一次去给戏班送皮影，回来路过石头家门口，讨口水喝。石头满满当当盛了一瓢凉水，端给严奎。闲聊中，石头父亲知道严奎是皮影“刀子客”，就拉着石头“扑通”一声跪在严奎面前，非要让严奎收石头为徒。严奎一个人习惯了，自由自在，从来没有收徒弟的想法。可是父子俩跪在面前，扶也扶不起来，只好收了石头。石头跟严奎学艺不到半年，他的父亲就因痨病死了，棺材钱和丧葬费都是严奎掏的。

频阳城的人都说，严奎对徒弟，真是没啥说的。

师徒俩租住在“恒心堂”齐掌柜的厢房。严奎打算攒够了钱，在城里置办一个小院，一来自己有了立身之地，二来将来也有地方给石头娶媳妇。自己快五十了，这辈子就这样光棍一条过去了。可石头不能跟自己一样，得成个家，将来也好给自己养老送终。

但是，严奎置办房子的钱还没有攒够，就出事了。

都是因为年馑。如果没有年馑，柳叶就不会走进严奎师徒的生活；如果没有柳叶，也就不会出那么多乱七八糟的事情。这都是命啊。

头一年关中大旱，颗粒无收。第二年眼看着庄稼就要熟了，突然从西边飞来一群遮天蔽日的蝗虫，庄稼被一扫而光，只剩下了光秆秆。接着，又是三天三夜的黑风，地里的光秆秆也不见了。

那一年，路上经常能遇见饿死的和快要饿死的人。

那天，严奎带着石头去收账，路上遇见了快要饿死的一对母女。这样的事情遇见得多了，师徒俩已经见怪不怪了。严奎刚要走过去，裤脚却被女人拉住了。

女人说，大哥，行行好，救救我们……

那个看上去只有十四五岁的女儿，也干哭着说，我饿呀……

严奎心软了。师徒俩将母女背回了家。可是没想到，女人很快就死了。女人是让严奎给的黑蒸馍撑死的。女人看见蒸馍，狼一样扑了上去。严奎劝她慢点吃，女人根本听不见，只顾狼吞虎咽，一口气吃了五个蒸馍，又喝了两瓢凉水。半袋烟的工夫，女人就不行了，肚子鼓胀得快要爆裂。严奎急忙叫来齐掌柜。齐掌柜看了看，摇了摇头。

女人只有出的气，没有进的气。

她断断续续对严奎说，大哥……我女儿就交给你了……当牛做马……随你，只求大哥给她一口饭……柳叶……跪下……叫大……

女人死了。

柳叶成了严奎的养女。

柳叶很勤快，烧火做饭，端茶送水，师徒二人忙碌完了能吃上现成的饭菜。柳叶嘴也甜，一口一个“大”，叫得严奎心里美滋滋的。

年馑一过，柳叶就像雨后的向日葵，疯长，转眼就长成了一个窈窕水灵的大姑娘。严奎越看柳叶越像桃花。那模样，那神态，那走路的样子，都像。好像又比桃花多了一点什么。是什么呢？严奎说不清。当年桃花看严奎的时候，严奎心慌；现在柳叶看严奎的眼神跟桃花一模一样，但是严奎不心慌。柳叶的眼神就像梦里划过的扫帚星，飘飘忽忽的，你刚要捕捉时，它又倏地不见了。柳叶的眼神让严奎害怕。

最让严奎害怕的不是柳叶，而是他自己。

夜里，严奎会不由得想起柳叶，想起柳叶细细的腰身，饱满的胸脯。有一天夜里，严奎甚至梦到柳叶光着身子，站在自己面前，用那种眼神看着他怪怪地笑。醒来后，严奎发现自己的裤裆湿了一片。黑暗中，严奎扇了自己一个耳光，无声地骂：你个不要脸的东西！真该死！

严奎想，柳叶长大了，该嫁人了。

严奎决定将柳叶嫁给徒弟石头。

石头当然愿意，感动地跪倒在师傅面前。

但是柳叶不愿意。

柳叶说，我还小呢，不想嫁人，大呀，你急啥嘛。

严奎不敢看柳叶的眼睛，黑着脸说，你不小了，也该嫁人了；女大不能留，留来留去留成仇。

柳叶说，你是我大，是柳叶最亲的人，柳叶跟谁有仇，也不能跟大你有仇呀。

但是，柳叶拗不过严奎，还是嫁给了石头。

婚事很简单，石头将自己的铺盖从师傅屋里搬到柳叶的屋里，婚就算结了。三个人都没有亲戚，也不用办酒席。事前，严奎怕委屈了柳叶，从积攒的准备置办房屋的银两里拿出一些，到“张记银器铺”为柳叶打了一对银手镯，算是陪嫁。

把柳叶嫁给了石头，按说严奎心里该踏实了，可是不知为什么，他心里反倒空落落的。尽管柳叶没有走远，就在隔壁，而且白天还在眼前晃来晃去，一口一声“大”地叫着，可是他感觉好像永远失去了柳叶。这种感觉怪怪的，说不清，道不明，还有点酸涩。

新婚没几天，严奎夜里就听见柳叶在隔壁哭泣。开始他不想管，小夫妻吵架，炕头吵炕尾和，没啥。可是柳叶的哭声越来越响，他就不能不管了。他披上褂子，走到小两口的窗下，咳嗽一声。

问，柳叶，咋啦？

柳叶哭着说，你问石头。

柳叶以前一直叫石头“石头哥”，自从成了亲就改成“石头”了。

严奎问石头，你把柳叶咋啦？

石头说，咋也没咋。

严奎不高兴地说，咋也没咋，她会哭？

石头说，我也不知道她为啥哭……

严奎不好再问下去，口气生硬地说，睡吧，都睡，半夜三更的，哭哭啼啼的也不怕人笑话。

某日，石头下乡收羊皮去了，家里就剩下严奎和柳叶。严奎正在给刻镂好的皮影上色。猪八戒是黑色，孙悟空是黄色，关公是绿袍红脸。严奎正专心给关公涂抹红脸，柳叶进来了，将一壶茶放在严奎面前。严奎看也不看柳叶，继续涂抹。

柳叶说，大，你喝茶。

严奎说，好。

但并没喝，继续忙碌。

柳叶说，大，我有话要说。

严奎说，说。

柳叶说，大呀，你害死我了。

唵？严奎吃惊地抬起头来，看着柳叶，咋害死你了？

柳叶说，你把我嫁给石头了。

严奎一听这话，笑了，说，女儿大了，迟早是要嫁人的嘛。

柳叶说，我宁愿不嫁人，伺候大一辈子。

为啥？石头对你不好？

不好。

咋个不好？

不好说，说不出口。

说不出口就别说。小夫妻都这样，过一阵就好了。

大又没成过家，咋知道过一阵就好了？

严奎脸红了，低头说，没吃过猪肉，还没见过猪跑呀。

柳叶靠近严奎，撒娇说，大，柳叶不想跟石头过了嘛。

严奎把手里的物件往案板上一扔，说，你敢，你不跟石头过，我就不认你这个女儿！

柳叶沉默了一会儿，带着哭腔说，大呀，你一点都不心疼柳叶。

说完，转身跑出了屋子。

严奎莫名其妙，不知道石头把柳叶咋了。

那一阵，刀客闹腾得厉害，官府疯了一样到处抓刀客。有一天，七八个官兵追捕刀客来到频阳县城，搜查了一天也没有抓到一个刀客。晚上，官兵落脚在齐掌柜的院子里。齐掌柜的院子很大，有的是客房，再来十几个官兵也能住下。但是，严奎看见那个捕头心里就不踏实。严奎看捕头的时候，捕头正在看从院子里走过的柳叶。

严奎担心的事情到底还是发生了。

半夜，石头突然闯进了严奎的屋里，站在脚地直哆嗦，哭着说，捕头把刀架在他的脖子上，把他从屋里赶了出来。严奎一听"腾"地跳下炕问，柳叶呢？石头直筛糠，说，还在屋里头。

这时，隔壁传来柳叶"啊呀"一声。

严奎骂了石头一句窝囊废，飞快穿好衣裳，说，你去蹲在院子里哭，哪儿也别去！啥也别管！去，快去！

严奎将石头推出屋门，然后又将屋门关上。

过了一会儿，石头听见柳叶喊叫：杀人了！杀人了！

柳叶的叫声，把院子里所有屋里的灯都叫亮了。

几个官兵冲出屋子问，咋啦，谁杀人了？看见蹲在地上哭泣的石头，一把揪起来问，咋回事？谁杀人了？

石头用颤抖着的手，指了指自己的屋子。

这时，严奎也走出屋门，一边穿衣裳一边问，官爷，咋啦？

几个官兵放下石头，提刀冲进柳叶的屋子。严奎跟了进去。他们看见捕头光身躺在炕上，脖子上直冒血泡泡。捕头已经死了。柳叶半裸着身子，缩在炕角哭泣。

官兵问柳叶，咋回事？人呢？

柳叶指了指打开的后窗。

官兵从后窗跳出去追赶。

天亮了，追赶的官兵回来了。他们一无所获。他们将柳叶和石头捆绑起来审问。审了半天，排除了石头和柳叶的嫌疑。一个官兵踢了石头一脚说，看他这熊样，裤子都尿湿了，就是给他把刀，他也不会杀人。官兵们基本查清了事情的来龙去脉：昨天夜里，捕头想睡柳叶，把石头赶了出来，正在兴头上，一个蒙面人从后窗跳了进来，一刀抹了捕头的脖子，然后跳窗逃走了。他们最后得出结论：是刀客干的！

事情过去了一个月，石头还没有想明白其中的奥秘，问师傅严奎。

严奎说，那捕头是我杀的。

石头瞪大了眼睛，看着师傅。

严奎说，看啥看？你师傅我，年轻的时候就是一个刀客。

严奎告诉徒弟，他叔叔就是关中有名的刀客严纪鹏，绰号“白翎子”。他从小就跟叔叔闯荡江湖，后来叔叔跟随李闯王战死在渭南城下，他就发誓不做刀客了，开始跟人学刻皮影。

严奎说，那天晚上，他用黑布蒙了脸面，从后窗跳出去，又从柳叶后窗跳进去，用他的桃花刀结果了捕头的性命，然后又飞快返回自己的屋子，没事人似的出现在官兵面前。

石头嘴张得老大，半天合不上。

严奎说，师傅知道你软弱，但师傅也知道你嘴严，所以才告诉你。这事你谁也不能说。就是柳叶，你也不能说。

石头点点头。

柳叶是个不安分的女人，这一点严奎早就看出来了。但他不知道该如何劝说柳叶。柳叶是他的养女，劝说的话他说不出口。

齐掌柜家的管家告老还乡了，齐掌柜让管家的儿子来当了管家。管家姓姬，跟齐家是世交，子承父业理所当然，总比别人放心。但这一步棋，齐掌柜走错了。姬管家的儿子姬林不像他老子那么老实。小伙子来到齐家三个月，账目一塌糊涂不说，还少了二十两银子。齐掌柜是个爱面子的人，不好对外人说，只能用言语敲打姬林，让账房先生看紧点。但是姬林不但没有收敛，有一次还把一个不明不白的女人带进院子。第二天早上女人离开的时候，正好让齐掌柜碰着。

这下齐掌柜不愿意了，找来姬林最后摊牌，说我再给你三个月，如果你还是这屌样，就给我卷铺盖走人。没想到姬林反倒笑了，说你还别给我来横的，咱柜上暗地里卖给刀客多少刀枪药，你心里比我清楚。大家要是撕破了脸面，你不让我好过，我就告诉官爷，看谁卷铺盖。

齐掌柜知道遇上了赖皮，什么也没说，摆了摆手，让姬林走了。

齐掌柜把肠子都悔青了。有苦难言啊。不找个人说说，心里憋得实在难受。他找到严奎。严奎租住齐掌柜的房子不是一年两年了，两人没事的时候常在一起说话喝茶。严奎的为人齐掌柜是知道的，也是信得过的。所以就给严奎说了。严奎听了也很生气，说这娃恩将仇报，将来是要吃大亏的。但他也没有什么好办法，只是劝慰齐掌柜说，您别着急，咱们慢慢想办法，吃屎的还能把屙屎的箍住？

事情过去不久，严奎有天带着石头去邻县一个戏班补缀旧皮影。还剩下最后三张，石头说他一个人用不了半天就做完了，让师傅先回去。

严奎午后回到家，见柳叶屋门关着。大白天关门干啥？

严奎朝屋里喊，柳叶，柳叶。

等了半天，门才开。但出来的不是柳叶，是姬林。

姬林看了严奎一眼，大模大样地走了。严奎冲进柳叶的屋子，柳叶正从炕上下来，慌忙地扣着衣襟上的扣子。严奎二话不说，上去撸了柳叶一耳光，转身走了。

这事严奎没有告诉石头。

严奎对谁也没有说。

一日，姬林外出要账。姬林前脚刚走，严奎后脚跟了出去。后晌，严奎回来了。姬林再也没有回来。齐掌柜着急了，来找严奎。

齐掌柜说，他不会卷了银子跑了吧？

严奎说，这种人，跑了更好。

齐掌柜说，一个大活人，生不见人，死不见尸，说没就没了，我咋向老管家交代啊！

齐掌柜派人沿路去找，结果还真的找到了。人已经死了，但身上的银子一两不少。姬林躺在一个小树林子，脖子上有个刀口，已经结痂，上面有一堆苍蝇爬来爬去。齐掌柜报了官。官差追查了半个月，也没有查出个子丑寅卯，只是让齐掌柜多花了不少银子。

齐掌柜对严奎说，多花银子我不心疼，这小子死了倒也干净，只是这狗日的死得蹊跷，人死了，要回来的三十两银子还在身上，一两没少。你说，这是不是仇杀？

严奎说，照你这么说，有点像。

齐掌柜说，一定是仇杀。可是谁会这么恨他呢？

严奎说，他这种无赖，肯定得罪了不少人。

齐掌柜说，严师傅说得对。我记得你早就说过，他迟早要吃大亏，咋样，现在应验了吧？

严奎说，这话我说过？

齐掌柜肯定地说，你说过。

严奎说，我记不得了。

这一年春天，也不知什么原因，频阳城里成亲的特别多。有头有脸的人家给孩子成亲，都讲究请个皮影戏班。特别有钱的请两个戏班，面对面搭台子，把这叫“唱对台戏”。主家不是想让两个戏班比个高低，只是图个热闹。

班主张才娃来找严奎，说是最近生意好，人手不够，想让石头去搭把手。也就是搭个台子，递个皮影啥的。严奎师徒算是张家戏班的人，尽管平时主要给张家戏班刻镂皮影，戏班唱戏去得少，但有时事情一忙也经常去帮忙。就像现在这样。可是石头前几天不知吃了什么，最近一直拉肚子。好汉顶不住三泡稀，小脸拉得蜡黄，站都站不稳。

严奎对张班主说，那啥，石头病了，我去吧。

华州皮影唱的是碗碗腔，频阳皮影唱的是阿宫腔。在频阳待了快二十年了，阿宫腔严奎也会唱。关键时候，严奎也能帮着吼两嗓子。

可是张班主不好意思，说你也小五十的人了，石头要是去不了，你也就别去了，我再想别的办法。

在一旁倒水的柳叶说，我去吧。

张班主说，行啊，柳叶去行。

当着班主的面，严奎也不好说什么，只好让柳叶去了戏班。

石头病好了，想换柳叶回来，可是柳叶不想回来。过了些日子，石头又去叫柳叶，还是没把柳叶叫回来。石头垂头丧气地回到师傅跟前，一脸不高兴。不高兴，不是因为柳叶不回来，而是因为一些闲话。戏班里的人悄悄告诉石头，说柳叶跟班主的儿子有染。这事石头又不好给师傅说。

师傅正在将上好颜色、发过汗的皮影，用两块木板夹住，在上面压两块热砖，然后平放在热炕上。这叫烫熨。明早起来，皮影就平展展了。

师傅说，一看你这熊样，就知道心里有事。啥事？说！

石头说，没啥事。

师傅说，没啥事你哭丧个脸？

石头说，也不是一点事没有。

师傅说，说，啥事？

石头这才把听来的闲话吞吞吐吐地告诉了师傅。严奎相信这闲话是真的。严奎心里打定了主意，要好好劝劝柳叶。张班主是个好人，当初自己来到人地生疏的频阳，多亏张班主收留，张班主是他的恩人。他总不能像上次一样，“做”了班主的儿子。他唯一能做的，就是找机会劝劝柳叶，让柳叶回心转意。

严奎对徒弟说，有空我劝劝柳叶。戏班里本来就是是非之地，闲话就多，你别听他们瞎咧咧，要相信自己的媳妇。

想劝柳叶，得先把柳叶叫回来。严奎带着石头去戏班，把柳叶换了回来。严奎亲自去了，柳叶不敢不回来。

当天晚上，严奎把柳叶叫到屋里，想劝劝她。可是还没等他把话说完，柳叶就开始哭泣。严奎最怕女人哭泣。柳叶一哭泣，严奎心就乱了，把想了一下午劝柳叶的话全忘了。

柳叶不光哭，一边哭还一边往严奎身边靠。

柳叶说，大，你根本就不心疼我，你从来就没有心疼过我。

柳叶挺着胸，仰脸看着严奎，靠近严奎，撒娇地扭动着身子，眼睛里闪着泪光，脸上却没有哭泣的表情，一点也不怕严奎。

严奎往后退，退到炕沿跟前，无处可退了，羞恼地说，你离我远点！

柳叶没有后退，反而靠得更近了。眼神里有点暧昧，有点挑衅。柳叶说，我现在这样，都怪你不疼我，把我嫁给了没用的石头。

严奎一把推开了柳叶。

柳叶又靠了上来，说，大，你要嫌弃我，就一刀杀了我。

说着，一下子扑进严奎的怀里。严奎耷拉着手，不知如何是好。柳叶索性搂住了严奎的腰，说，大呀，你才是真正的男人，柳叶从小就爱大，大呀，你就疼疼柳叶吧。

柳叶胆子越来越大，一把抓住了严奎的下身。

严奎一下子就瘫软在炕沿上。

柳叶趁机吹灭了油灯……

柳叶走了。严奎一夜没合眼。

早上起来，严奎来到柳叶的屋子。

柳叶正在梳妆，看见严奎进来，脸红了。

柳叶说，大呀，我知道你还会来。大呀，你就是比石头强，你让柳叶知道啥是男人的味道。从今往后，柳叶只让大一个人疼。

严奎一步步走向柳叶。

柳叶说，大呀，你又想疼柳叶了？

严奎不说话，站住了，在犹豫。

柳叶高兴地关了屋门，转身说，大，你想疼就疼吧。

说着，就要解纽扣。

严奎走到柳叶身边。

柳叶说，好啊，大给柳叶解扣子。

严奎伸出一只手，捏住了柳叶的脖子，另一只手飞快地从身后摸出桃花刀，在柳叶的脖子上轻轻一抹，柳叶一声没吭，瘫软在地上。

严奎回到自己屋子，举起桃花刀，抹了自己的脖子。

石头回来看见这一切，跪倒在师傅面前，哭喊着说，师傅呀，你真傻啊，你只是说劝劝柳叶，谁让你把命也搭上了啊……

4. 莲 子

街灯亮了。莲子站在凤凰客栈门口，看着街口，盼望那个瘦高的身影突然出现。七天前，他就是从那里消失的。街口活像一张怪兽的大口，吞食了她的男人。

她站了很久，眼睛酸涩，双腿发麻，肚子一阵空响。她还没有吃晚饭。中午吃的热干面，晚上总不能再吃热干面吧？这几天老吃热干面，闻到那股味儿她就想吐。可是不吃热干面又吃什么？只有热干面最便宜。而且，现在她身上的钱只够吃一碗热干面的。如果今天晚上他还不回来，那明天她连热干面也吃不上了。

她已经这样等了七天了。

她甚至还不知道他的名字。她只知道他姓颜。刚认识的时候，他让她叫他“颜先生”，她就一直这么叫着，后来也忘记问他的姓名。他看上去不像是个坏人，白净儒雅，说话慢条斯理，很是善解人意，可是他为什么会悄悄溜走呢？

一想到“溜”字，她的心里一阵刺痛。她不愿意这样想他，可是不这样想又怎样想呢？她总想替他辩解，可很难找到像样的理由。那天早上，他说去钱庄取钱，这一走，就再也没有了消息。

身上的夹衣长裙有些单薄，脊背有些发凉。汉口的早春虽然比老家关中要暖和得多，但夜晚仍然寒气逼人。她禁不住有些发抖，心里便开始恨他。你还像个男人吗？你就是走也该告诉我一声啊，为何要让我在这里死等？你知道我逃出来的时候，身上没带钱，不可能交得起房费，你难道让我一个弱女子露宿街头？

这么恨了一会儿，又想：他的柳条箱还在，看样子他不是想溜的。他是不是出了什么意外？他去钱庄取钱，很容易被坏人盯上。想到这里，她浑身哆嗦了一下。她往地上“呸呸”吐了两口口水。真是的，怎么净往坏处想！他不会有事的！他一定会回来的！

站累了，身子发冷，心也随之冷了。看来今天又白等了。她想回去，又怕碰上老板娘。那个脸上生满雀斑的矮胖女人，一双肿眼泡里射出鄙夷的光，一见她就催要房钱。她真不想面对那个女人。再等等吧，或许他马上就会出现在街口。她换了一种站姿，准备继续等下去。

街口的灯光下，突然冒出一团影子。她心中一喜，瞪大了眼睛。那团影子迅速向这边滚动，越来越近。是辆黄包车。车上坐着一个人。她下意识地往前紧走两步，很快又站住了，失望地叹息了一声。

黄包车在客栈门口停下，一个身着米色旗袍的年轻女人从车上下来，给车夫付钱的当儿，上下打量了她一眼。女人白脸，长身，细腰，翘臀，旗袍裹在身上紧绷绷的，似乎随时都会绷开。女人扭着好看的身段，哒哒哒地往客栈里面走。莲子扭头看看街口，一个人影也没有，也心灰意冷地跟着那个女人回了客栈。

女人上到二楼，左拐，在一间房门口停下来，“梆梆”敲了几下。莲子发现，她敲门的房间就在自己隔壁。莲子经过女人身边时，女人看了莲子一眼，朝她微笑了一下。莲子正要进屋，隔壁的房门开了。

女人问，是熊先生吗？

里面的人没说话。

女人闪了进去。

莲子进了屋，关上门。她肚子有点饿，又不想出去吃东西，喝了口凉茶，感觉好了一些，正要躺下歇会儿，隔壁传来了女人的叫声。这声音让莲子很难为情。女人与隔壁客人是什么关系？他们怎么这么快就……女人的叫声越来越紧，后来又渐行渐远，像一匹野马一样渐渐跑远了。

莲子有些心慌意乱。她和他刚在一起时，也这么叫过，只是没有这女人这么肆无忌惮。刚开始时，她并没有意识到自己叫了。他说她叫了，她说他胡说。她羞愧得无地自容，后来就死死地咬住嘴唇，但是有时还是忍不住要出声。他就腾出一只手，捂住她的嘴……

那时，他们多快乐啊！可是现在……

你个没良心的，跑哪里去了啊！

隔壁消停下来，传来隐约的说话声和笑声。

她心烦意乱地从床上坐起来，一眼看见了墙角的柳条箱，走到箱子跟前，又犹豫了。但她还是蹲下来，打开了柳条箱。里面除了两件长衫，三本书，什么也没有。她闻到他衣物上那股久违的胰子味儿，心里越发难受。他什么也没有给自己留下，只留下了这味道。当时她就是被这味道所迷惑，走到了今天这一步。这个没良心的，挨千刀的！她没想到自己会沦落到这步田地。一行清泪，悄没声息地从脸上淌了下来。

梆梆梆，有人敲门。她急忙拿手背抹去泪水，问，谁呀？

外面的人只是敲，不吭声。

梆梆梆，很不耐烦的样子。

她又问，谁呀？

外面的人说，是我，开门。

她听出来是老板娘，赶忙打开门。老板娘站在昏暗的灯光里，脸色阴沉地说，已经七天了，你到底什么时候交房费？

她怯生生地站在那里，低垂着头，不敢看老板娘的脸，小声说，您再宽限我几天，我先生马上就回来了。

老板娘撇了一下厚嘴唇说，前几天你就这么说，可结果呢？

我是真的没办法，身上连吃饭的钱都没有了……

我宽限了你这么多日子，已经做到仁至义尽了。你没钱，还住什么店？老板娘说着，一把推开她，挪动棒槌似的短腿，噔噔噔走进屋去，拎起她和他的行李就往外走，边走边用肩膀往外推她。你走你走，今晚必须走，这行李我留下，等你筹够了房钱，再回来换。

莲子被推搡到楼道里，说，这么晚了，您让我上哪儿去？

你爱上哪儿上哪儿，我可管不着，走走走！

求您了，再宽限我一天……

吱扭一声，隔壁的门开了。女人走了出来，门在她身后又悄悄关上。女人看看莲子，看看老板娘，然后说：深更半夜的，吵什么吵？

老板娘没理会她，继续往外驱赶莲子。女人拦住老板娘说，我刚才在里面听得明明白白，差你房钱还钱就是了，干吗非要把人家赶到大街上？这么晚了，你让一个姑娘家上哪儿去？

老板娘白了女人一眼，说，你走你的，这事不用你管！

女人笑了一下说，我是管不着，可我干爹是警察局长，他总管得着吧？要不，我把他叫来，看看你这老板娘怎么欺负一个弱女子？

我怎么欺负她了？住店交钱，天经地义，我这里又不是政府的收容所！老板娘嘴上这么说，但声音已经小了许多。

不就是钱嘛，多少？我替她给。

女人说着就翻自己手里的包。

老板娘用眼睛瞟着女人手里漂亮的坤包说，两个大洋。

女人掏出两块大洋，扔给老板娘说，这下可以让人家住了吧？

老板娘说，那也不行，这是她欠的房费，以后的房费谁替她付？她男人把她甩了，早溜了，我可不愿意再跟在她屁股后面讨房费！

女人扭脸看莲子。莲子羞怯地低垂着头。

你这种破地方，想让我们住，我们还不住了！女人对莲子说，走，你跟我走!

莲子没有别的办法，只好跟女人走。夜已经很深了，路上行人很少。忽明忽暗的路灯下，黄包车的影子忽前忽后，忽长忽短。两人挤在一辆黄包车上。莲子有些心慌，不知道这个陌生女人要把她带到哪里去，又不好意思问。女人好像看出了莲子的心思，自我介绍说，我姓柳，你就叫我柳姐。人在江湖，谁没个难处？你就给我当干妹妹吧，有我吃的就有你吃的。你先住在我那里，再慢慢打听你那个没良心的男人的下落。

听了这话，莲子心里有些踏实了。

柳姐说，如果他有事耽搁了，一时半会回不来，那倒也罢了；如果是丢下你溜了，等找到了他，我找一帮人做了他，为你出气。

莲子明白“做了”的意思，吓了一跳，不知道柳姐到底是什么人，说话这么狠。

柳姐住在一个小巷里。屋子不大，一卧，一厅，一厨，一厕。柳姐说，你就住楼上吧。说完，帮莲子提了一只箱子，朝窄小的楼梯上走。莲子提着另一只箱子，跟了上去。

上面的阁楼很小，而且低矮，进出的时候需要低一下头。靠墙放着一张单人床，剩下的空间只能容两个人走动转身，但住一个人已经足够了。阁楼上有一个天窗，仰头能看见天上闪烁的星星。

柳姐说，阁楼一直空着，但通风好，干燥，不潮，你可别嫌弃。

莲子说，柳姐能收留我，我已经很感激了，哪有嫌弃的道理!

打扫完阁楼，柳姐又向莲子交代了一些生活琐事，便下去睡觉了。莲子躺在床上，仰望天窗外的繁星，怎么也睡不着。她已经隐约感觉到柳姐的身份了，但却并没有觉得厌恶。

莲子想到了颜先生。

他现在在哪儿？会不会也在想我？

第一次与颜先生相见，是在恒心堂齐掌柜的堂会上。

齐掌柜做药材生意，也有人说他暗中做枪炮生意。齐掌柜喜欢听阿宫，尤其喜欢金家班的戏。这金家班以前不姓金，姓张。张家戏班从班主张才娃起手，已经在频阳唱了几百年的戏，到了张喜才这一辈，一连娶了四房老婆，结果生下了七个女儿，一个儿子也没有，张喜才就将戏班交给了大女婿老金。张喜才一死，老金就将戏班改名为金家戏班了。

齐掌柜喜欢看金家班的《滚龙床》《红拆书》《铁冠图》《打神告庙》，最喜欢听的是《马嵬驿》。杨玉环随李隆基流亡蜀中，途经马嵬驿，禁军哗变，杨贵妃被缢死，香消玉殒。杨贵妃天生丽质，“回眸一笑百媚生，六宫粉黛无颜色”，堪称大唐第一美女。齐掌柜就喜欢看莲子扮演的杨贵妃。

齐掌柜每季都要在家里做一次堂会，被请的人都是县城的政要和商贾。这些人莲子都认识，不是在这家堂会上见过，就是在那家堂会上见过。可是那天坐在齐掌柜旁边的一个身着蓝青长衫的青年男人，莲子却从未见过。这人身长，清瘦，白净，看上去很和善。开场前，齐掌柜介绍说，这位是从汉口来的颜掌柜，做丝绸生意的。“颜掌柜”赶忙站起来，谦恭地朝大家鞠个躬，拱拱手。

那天是齐老太太的生日，没有唱齐掌柜最喜欢的《马嵬驿》，唱的是《打神告庙》。莲子扮的是敫桂英，一开口“只望将心托明月，谁知明月照沟渠”便引来一片喝彩。这出戏重在“打神”，讲究旦角“三分戏，七分眼”。上场时的仰头望眼，接信时的娇羞笑眼，拆信时的羞眼，打神时的哭眼，绝望时的恨眼，莲子将这千般眉眼儿演得活灵活现。当然，也要看“手”上的功夫，扔袖、抓袖、揉袖、摆袖、切袖、缠袖、甩袖、背袖、拖袖、搭袖、卷袖、抛袖，这些莲子都做得行云流水。那一炷香、冲天柱、单托塔、双托塔、云里翻、龙摆尾等传统水袖动作，更是让在场的人眼花缭乱，喝彩声不断。

唱完戏，齐掌柜给了赏钱。颜先生也站起来，递给莲子一个大洋。莲子不知该不该接，拿眼睛去看金班主。金班主说，既然颜先生如此喜欢阿宫腔，你就接着吧。她羞怯地接了，低眉顺眼，不敢抬头看颜先生。但却闻到颜先生长衫上的一股清香味儿。什么味儿？这么好闻！

但是不久，莲子就将颜先生忘记了。戏班到处唱戏，每天要见很多人，谁会一直记着一个看客？

数月后，朱老三请戏班去唱戏。

朱老三是土匪，住在西山，占着一座庙，手下有四五十个弟兄。朱老三原先是关中有名的刀客，一个人单干，打家劫舍，逮狗捉羊，后来不知因何事与官府结下了梁子，无法在川道上立足，就带着兄弟躲进西山，占山为王，当了土匪。

西山山高路远，道不好走，加之谁都知道朱老三是个笑面虎，所以戏班里谁也不想去唱这出戏，金班主多给一份钱也不去。别人不去可以，莲子不去不行。其实金家戏班还有一个叫香草的花旦，扮相嗓子不比莲子差，只是性格有点古怪，胆子又小，任由班主怎么劝说，死活不去西山的土匪窝。所以每次都是莲子去。莲子去过两次，并不害怕朱老三。别看朱老三长相凶狠，可是只要一听她的戏，就天真得像个孩子。朱老三喜欢《祥麟镜》，而且每次都要让戏班一连唱上三天。

这次唱的仍是《祥麟镜》。第一天唱完戏，朱老三招待戏班吃饭喝酒。那天不知吃了鹳肉还是兔子肉，酒席没散，莲子就感觉肚子不舒服。到了半夜，就开始“跑后”（拉肚子）。莲子踩着碎银似的月光，一个人悄悄出了后门，绕过一间草房，在一片草地上蹲了下来。

事毕，站起来刚准备走，突然听到有人小声叫她：莲子，莲子。

她吓了一跳，侧耳细听。

莲子，莲子。

这么晚了，谁在叫我？莲子的心怦怦直跳，一边慌忙系裤子，一边紧张得四处张望，准备拔腿要跑。

只听那个压得极低的声音说，莲子，你别怕，我是颜先生，我们在齐掌柜家见过，我有事求你。

颜先生？他怎么会在这里？她不由停下脚步。

我真是颜先生，你过来，听我给你说。

莲子这才看见后窗有一只挥动着的胳膊，里面黑乎乎的，看不清那人的脸面。这么说，刚才解手时他都看见了？莲子心里更加慌乱。

莲子，你过来呀。

莲子疑疑惑惑地走到后窗下。她闻到了那股清香的味道，看清了月光下颜先生那张白净的脸，惊奇地问：你咋在这里？

颜先低声说，我也不知道怎么回事，就被他们劫到了这里。我跟朋友后天约好在西安见面，有一桩大买卖要做，现在被关在这里，怎么去见朋友？真是急死我了！莲子，你帮帮我吧。

我咋帮你？

你从门进来帮我解开绳索。他们锁了门。你找一块石头，用东西包上，这样就不会出声，然后你把门砸开，就可以进来了。

莲子站在月光里，犹豫了一下，然后把心一横，绕到门口。门上确实有一把小锁。她借着月光，在草地上找到一块碗口大的石头。可是拿什么包呢？她犹豫了一下，脱下自己的衫子，包起石头，两手举起来砸锁，果然声音闷闷的，不容易听到。锁砸开了。她跑进去，哆哆嗦嗦地帮颜先生解开了绳索。

莲子说，颜先生，你快跑吧！

颜先生说，我是被他们蒙了眼睛捉来的，不认识路呀，往哪儿跑？再说我跑了，你怎么办？你放了我，他们不会饶了你的。

莲子沉默了一会儿说，走，我带着你下山！

天亮时分，他们逃下西山，搭上了一辆前往西安城送菜的马车。这时，西山上隐约传来几声枪响。莲子听到枪声，心里在替金班主担心。朱老三肯定会迁怒于金班主。莲子心里很难过，觉得很对不起金班主。莲子看了一眼身边这个男人，不知道自己为什么会做这么荒唐的事情。但事已至此，已经没了退路，只能硬着头皮往前走了。是沟是崖，她也要闭着眼睛跳了。

天色大亮。颜先生看见莲子的衣裳因砸锁时砸破的几个洞，露出白皙的皮肤，心里很感动，脱下自己的青洋板绫马褂给莲子披上，说等到了西安，我好好给你买几身衣裳。

莲子重重地叹息一声说，我对不住金班主。

颜先生不知道如何安慰莲子，只是替莲子往上拉了拉马褂，说你是我的救命恩人，我一定会对你好的……

在西安一住下来，颜先生就把莲子领到成衣铺，一口气给她买了三身衣裳。颜先生很快与他的朋友联系上了。他的朋友有西安本地的，也有从北平、天津、石家庄等地来的。他们夜里在屋里神秘地商量事情，白天又各奔东西。莲子并不关心颜先生的生意，让她一直担心的是，朱老三如何处置金班主。

莲子与颜先生分住两间客房。她发现颜先生喜欢用一种东西洗衣裳，这才明白他身上那种清香味道的来由。一问颜先生才知道，那东西叫“胰子”。颜先生从外面回来，见她闷闷不乐，就到她房间来聊天。颜先生不在时，她盼他早点回来。可等他真的回来了，她又心慌意乱。

一天傍晚，颜先生告诉她，他要回汉口了，问她愿不愿意跟他去。她半天没吭声。戏班回不去，家也回不去了，她还能上哪儿？其实，她心里早就有了跟他走的思想准备。但一个女孩家，怎么好开口？

颜先生说，你为了我才落到这一步，就让我照顾你一辈子吧。

那天夜里，颜先生没有回自己客房……

在柳姐家住下后，莲子发现自己与柳姐相比，还是显得有些土气。莲子要么穿一件琵琶襟白色上衣，领袖襟摆镶滚花边，圆形衣摆，下身着黑色裙子；要么穿一件蓝色旗袍，里面着一长裤，袍下露出绣花的裤脚。而柳姐穿旗袍时从来不穿长裤，旗袍内只穿内裤和丝袜，开衩处很浅，露出白皙光洁的大腿。而且旗袍很短，只在膝盖以上，袍腰收缩，身材曲线毕显。柳姐的旗袍多为绣花绸缎面料，而且打腰褶、胸褶。因为窄小，柳姐需要吸气才能扣上纽扣。

更让莲子感到新鲜的是，柳姐乳房上裹着的那个东西。柳姐说，那东西叫“义乳”，是一个姐妹从海外捎来的，也只有上海、广州才能买到。戴上“义乳”，穿上旗袍，胸脯就显得更高更圆，女人味儿也更足了。难怪走在街上，总有男人的目光在柳姐的胸脯上扫来扫去。莲子看见柳姐高耸的胸，觉得很不好意思。

柳姐很大方，送给莲子一个，让莲子也戴上。莲子红了脸，只是抿嘴笑，不好意思戴。柳姐说，你个傻妹子，女人靠什么？自古到今，女人靠的就是这脸，这奶，这身子！

这话，让莲子的脸更红了。

柳姐长得细皮嫩肉，白白净净，性格却完全像个男人，大大咧咧，豪情仗义。与她那些经常来往的姐妹相比，柳姐更像一个“大哥”。柳姐那些姐妹一般都是午后才来，三三两两，来了坐一会儿，嗑嗑瓜子，说说闲话，笑闹一会儿，到了黄昏就各自散了。她们的穿着打扮都很讲究，而且都化了妆，好像商量好了似的，一个个眉毛都扯得细长细长的，脸上搽了厚厚的白粉，张嘴大笑时往下直掉末儿。

她们说笑时，莲子坐在一旁从不插嘴，只是听着。一个嘴唇血红、长腿细腰叫“汤姐”的见莲子不吭声，就打趣说，柳姐什么时候认了这么一个白脸干妹子，活脱脱一个人尖儿，你将来恐怕要享这妹子的福了。说得莲子涨红了脸。柳姐说，别拿我妹子开心，人家可是个好姑娘。

莲子知道她们是干什么营生的，但并不是很反感，或许是因为柳姐对她有恩。柳姐总是天黑出去，半夜才回来。回来了也不管莲子睡下没睡下，就朝阁楼上喊一嗓子，叫莲子陪她去吃夜宵。夜宵很简单，常常是一碗小面，一个煎蛋，一碟盐水蚕豆。有时柳姐到了第二天晌午才回来，很疲惫的样子，进门便钻进屋去睡觉，直到黄昏才起来，梳洗打扮一通，又提着小坤包出了门。有的晚上，柳姐也把客人带到家里来。这时莲子就知趣地待在上面，大气儿不敢出。楼下传来柳姐叫声的时候，莲子就感到很屈辱，好像是自己在无耻地叫喊。

柳姐不在的时候，莲子就独自出门，去凤凰客栈打听有无颜先生的消息。老板娘现在倒客气了许多，但是去的次数多了，也不耐烦，说姑娘你可真傻，他既然丢下你跑了，就不可能再回来，你就死了这条心吧。莲子还是给老板娘留了住址，说如果他回来了，一定让他去找她。

莲子想起柳姐的干爹是警察局长，想让柳姐给她干爹说说，帮她找找颜先生。柳姐一头雾水说，什么干爹，警察局长？莲子说，你那天在凤凰客栈，不是对老板娘说你干爹是警察局长吗？柳姐想起来了，哈哈大笑，说，我就那么一说，骗那老娘们儿的，你还当真了？这年头，不拉虎皮做大旗，谁都欺负你。

一天，莲子从外面回来，碰到柳姐正往外送客人。客人三十来岁，低矮身材，白白胖胖，戴着一副金丝眼镜。客人遇见莲子，停下脚步，用一种异样的目光打量莲子，问柳姐，这是谁呀，怎么不给我介绍？

柳姐说，见到美人你就走不动路了，她是我妹子，你可别动歪心思。

客人说，都是朋友嘛，相互认识一下总可以吧？

柳姐就介绍说，这是黄少爷。

莲子向黄少爷问了声安，匆忙上了阁楼。

过了一会儿，柳姐上来了。刚一进门就骂：这个馋腥猫，闻到点味儿就不肯走。又问了莲子寻找颜先生的境况，知道还没有眉目，就劝道，你也别太死心眼儿了，男人没一个好东西！要我说，趁着自个儿年轻，找点儿事情做。女人嘛，就那么回事。想开了，也没什么。人一辈子也就几十年，怎么活不是个活？你长得这么水灵，要是愿意，很快就会火的……

莲子小脸通红，说，我知道姐姐是为了我好，可是我不想……

柳姐说，不想这样，那你还会做什么？

莲子说，我会唱戏，唱我们关中的阿宫腔，我可以唱戏去挣钱。

柳姐说，阿宫腔？我从来没听说过有这种戏。你唱两句我听听。

莲子站起来，有板有眼地唱了起来。还没唱完，就被柳姐制止了，说这曲调听起来怪怪的，我们汉口人肯定听不惯，靠唱戏肯定挣不了钱。除了唱戏，你还会做什么？

莲子不好意思地说，我从小就唱戏，我只会唱戏。

柳姐叹息一声说，你先歇着，以后再说吧。转身下了阁楼。

柳姐没有再提这事，可是莲子心里不是滋味。自己住人家的，吃人家的，加上付给凤凰客栈老板娘的两块大洋，她已经花去柳姐不少钱了。柳姐的钱也来得不容易。她知道自己应该做点儿事情，但是要让她去做那种事，心里实在接受不了。想着自己沦落到了这一步，心里很是难过，就悄悄流一会儿泪，恨一会儿颜先生。

莲子想起颜先生是做丝绸生意的，就到外面的丝绸商铺去打听，一家一家挨个儿找，可是几乎找遍了汉口所有的丝绸商铺，也没有找到一个姓颜的丝绸商人。莲子知道他是不会回来了，他到底是不是姓“颜”也很难说。莲子万念俱灰。她拖着疲惫的双腿回到家。

柳姐和黄少爷坐在客厅里。

柳姐说，黄少爷已经等你半天了。

莲子知道柳姐的意思，更加伤心，跌跌撞撞爬上阁楼，扑倒在床上把脸埋在被子里，伤心地哭了起来。一边哭，一边把颜先生恨过千遍，骂过千遍。哭过之后，走到楼梯口，冲楼下说：

柳姐，你让他上来吧。

柳姐仰脸看着莲子，小心地问，要不，改天？

莲子赌气地说，不，就今天！让他上来！

……

这是1927年的春天。当时，北伐战争取得了胜利，国民政府从广州迁到了武汉，武汉一时成了国民革命运动的中心。

有一天，汤姐突然跑了来，对柳姐说，我要去参加革命。

柳姐说，你有病呀，革命有什么好处？

汤姐说，革命能出人头地，你没看见大街上那些穿着军装的女人吗？多威风！

柳姐说，威风当然威风，可是革命能要你我这种人？

汤姐说，我们脸上又没刻字，我们不说，谁知道？再说了，革命不分男女、不分贵贱，管你是什么人，只要肯为革命献身就行。告诉你吧，现在机会来了，你们去不去？

柳姐问，什么机会？

汤姐说，武汉中央军校女生队正在招收学员，我明天准备去报名。要是被他们录取了，我就是一个女军官了，穿上笔挺的制服，好威风啊！你们要是愿意，明天跟我一起去报名。

见汤姐说得有鼻子有眼，柳姐心动了说，去就去，权当看热闹。

第二天，莲子跟着汤姐、柳姐和其他几个姐妹，东拐西拐找到中央军校。果然有许多人在报名，大多是年轻姑娘，排着队，等候身着军装的考官审查提问。

轮到她们时，已经是中午了。考官有些疲惫，打量了一眼站在前面的柳姐，问，你们是干什么的？柳姐支支吾吾说不出来，站在后面的汤姐说，革命不分贵贱，你不用管我们是干什么的，从今天开始，我们就要干革命。考官上下打量了汤姐一眼，又扫视了她们几个，然后鄙夷地撇撇嘴说，革命是不分贵贱，但革命还不至于宽容到要接收妓女……

她们被轰出了大门。

几天后，汤姐又跑来鼓动说，要去参加武汉妇女干部培训班。鉴于上一次的教训，柳姐不愿意去，莲子更不愿意去丢人现眼。可是架不住汤姐再三恳求，她们怀着一线希望还是去了。

结果，还是被人家轰了出来。

几个人灰心丧气地回到柳姐家。正好黄少爷来了，说，你们上军校女生队和干部培训班有什么用？你们也太土了！知道现在西方国家流行什么吗？裸体游行！如果你们敢组织一些姐妹，在武汉搞一次女子裸体游行，那才是最革命的呢。

柳姐问，什么是裸体游行？

黄少爷说，裸体游行都不懂，就是光着屁股游行！

柳姐说，呸！这种话你也说得出来！

黄少爷说，光屁股怎么啦？谁没有屁股？

柳姐骂了一句很难听的汉口土话，将手里一把正吃的瓜子摔在了黄少爷的脸上。其他几个女人咯咯笑了。

汤姐说，只要能革命，光屁股就光屁股！我们这些人还讲什么脸面！柳姐，你平时仗义豪爽，今天怎么变成缩头乌龟了？

柳姐说，谁是缩头乌龟？去就去，怕个鸟！

汤姐说，就是，怕个鸟！革命不要咱们，咱们自己革命！

几天后，正好是“三八”妇女节。汤姐和几个姐妹早早来到柳姐家，沐浴完毕，化了妆，有的甚至还修剪了体毛。然后，静静等待游行队伍从街口经过。莲子死活不去，柳姐也没有勉强，让她去街口守着，远远看见游行队伍过来，就跑回来喊她们。

莲子站在街口。街道上的人比平时多了许多，都在等候游行队伍，许多人手里拿着小彩旗。过了一会儿，远处传来了口号声，人流从街道那头涌了过来。莲子转身跑回去，朝屋里喊：

柳姐，来了！

柳姐她们听到喊声，赤身裸体地一起冲出屋门，冲出街口，加入游行的人流之中，跟着游行队伍振臂高呼：

打倒军阀！

打倒列强！

中国妇女解放万岁！

队伍里突然出现了几个光屁股的女人，一下子混乱起来……

那天晚上，黄少爷兴冲冲地跑来，一进门，就对柳姐说，这下你们可出名了！这可是中国历史上第一次女人裸体游行，你们将被载入史册。没想到你们真敢去，你们的革命精神，都令我这个男人佩服！

第二天，汉口各大报纸都对裸女游行进行了大篇幅的报道，有些报纸上还登了她们裸体走在大街上的照片。武汉三镇顿时满城风雨，谣言四起，说中央军校的女生队带头裸体游行，国民政府实行共产共妻，等等。为了澄清谣言，几天后的一个早上，警察突然将汤姐、柳姐等几个参加裸体游行的女人抓了起来，用敞篷马车拉着游街示众。她们每个人的脖子上挂着一个木牌，上面写着裸女游行首犯×××、从犯×××。街道两旁的人们有的高呼口号支持她们，更多的人则是打口哨、向她们扔果皮菜叶。这样的示众游街搞了三天后，柳姐她们被放了回来。

从此，柳姐便很少出门，即使夜里也很少出去。

半个月后的一个黄昏，黄少爷来了，问柳姐，怎么最近不露面？

柳姐生气地说，屁股都露了，还露什么面？

黄少爷扶了扶金丝边眼镜说，你们被游街示众是反革命势力在作怪，你还不知道，因为你们的游行，现在整个武汉掀起了一场革命风暴。今天我去了阅马场，许多女人在那里高喊妇女解放的口号。有的年轻女人撸起裤腿，光着脚丫，控诉缠足给她们带来的痛苦。还有个年轻女子高声演讲，说束胸是最不人道的，束胸是一条毒蛇。说男人不束胸，我们女人为什么要束胸？什么是真正的解放？说着，当众解开纽扣，脱掉上衣，用手托着自己丰满的奶子说，这就是真正的解放！围观的人群笑声、口哨声响成一片……

柳姐瞪了黄少爷一眼说，你真能编！

黄少爷说，我骗你干什么？不信，你明天上街去看看，武汉的女人已经被你们的裸体游行撩拨得发疯了。不过也有人说，这是有人操纵的假革命，是为了配合蒋介石将要进行的一场政变……

黄少爷自从上过莲子的阁楼后，就不再光顾柳姐的屋子了。每次来跟柳姐说笑一阵，就拿眼睛瞟莲子。柳姐全看在眼里，说别眉来眼去的了，想上去就上去吧。黄少爷得到恩准，径自往阁楼上走。莲子站在那里不动，拿眼睛看着柳姐，一副不高兴的样子。柳姐笑着说，去吧，去吧。莲子觉得柳姐的笑有了一种酸楚的成分。在柳姐一再催促下，莲子才一脸不乐意地上了阁楼。

有了第一次，就会有第二次，莲子已经无所谓了。每次，莲子都觉得是对颜先生的一次惩罚。除了黄少爷，莲子没让别的男人上过阁楼。这让黄少爷更加得意。黄少爷以前毕竟是柳姐的常客，莲子心里很不是滋味，觉得自己抢了柳姐的生意。柳姐表面上很豪爽，一副无所谓的样子，但莲子从她的眼神里已经看出了对黄少爷的怨恨。有时黄少爷前脚刚迈出门，柳姐便骂：男人呐，都是一帮薄情寡义的东西。

事毕，莲子对黄少爷说，以后你再不要上来了。

黄少爷边穿衣裳边问，为什么？

莲子冷了脸说，不为什么。

黄少爷说，我又不是不给钱，你别把自己当成了黄花闺女。

说着，将两块大洋扔在床上，看也不看莲子，转身走了。莲子抓起大洋，朝他的后背摔去，大声骂：你滚！滚！

婊子一个，装什么贞洁！黄少爷骂骂咧咧地走出了门。

柳姐上到阁楼，看见莲子趴在床上哭，说，刚才还好好的，这怎么了？

莲子“呜呜”地哭着说，男人没一个好东西！

柳姐坐在床边，抚摸着莲子的后背，说你也别伤心，管他们是不是东西，只要给钱就行。有了钱，我们姐妹就能过得快活。别想着哪个男人能真心疼我们，他们只是在我们身上找个乐子……

颜先生也是这样？一想到颜先生，莲子翻身爬起，从床下拖出颜先生的柳条箱，用力摔在门口。只听“当啷”一声，里面传出金属相撞的声音。箱子被摔开了，长衫和书散落一地。

柳姐说，里面好像有东西？

莲子说，什么破东西，看着就来气，我这就扔了它！

莲子将长衫和书胡乱塞进去，拎起箱子要从窗口扔出去。

柳姐赶忙拦住说，等等，里面好像真有东西，说不定是大洋。

说着，从莲子手里夺过箱子，蹲在地上翻看。箱子里除了两件长衫和三本书，什么也没有。她拿起空箱子，摇了摇，里面传出叮叮当当的声音，便蹲下来，仔细检查，结果在夹层里发现一个牛皮纸包。打开纸包，里面有一张纸和九块大洋。

柳姐兴奋地说，我听着有东西嘛，你非要扔。这男人还算有良心，给你留了点儿东西。她拿起那张纸说，呀，还给你留着话呢。我大字不识几个，你快看看，上面写了什么。

莲子接过一看，只见上面写着：

莲子：

如果三天后我还不回来，你就去铜锣巷三十六号找赵义先生。你在那里等我，我办完事就带你回襄樊老家成亲。如果我半月未归，你就不必等我了，赶紧回关中老家去。这辈子我们做不了夫妻，下辈子我一定娶你。其实我不是什么商人，我是革命党。去陕西关中也是为了联络革命党。土匪朱老三知道我是革命党才抓了我，想用我换取二十条“汉阳造”。以前没告诉你，是怕你担心。最近风声紧，再不告诉你，怕以后再也没了机会。别恨我。这辈子我最对不起的人就是你。留下这点儿钱，你可交房费，余下的作为回关中的路费……

颜正堂

读着信，莲子早已泪流满面。她猛地站起来，疯了似的跑下阁楼。

柳姐在后面喊，莲子，莲子，你上哪儿去？

莲子早没了踪影。

莲子一路跑，一路哭。她在街上拦了一辆黄包车，哭着说，快，快，铜锣巷。那车夫见莲子这个样子，以为是报丧的，飞快地朝前跑去。

莲子找到铜锣巷三十六号，可是大门紧锁，门上贴着白色的上面盖了大红戳的封条。莲子拼命地拍打着铜门环，哭喊着，赵先生！赵先生！

隔壁门里出来一个上了年纪的男人，向四周看了看，说，姑娘你别喊了，赵先生一个月前就被抓走了，说是革命党，在南郊外被砍了头。姑娘你快走吧，警察天天都来这里巡查呢。

一听这话，莲子身子一软，坐在了地上……

莲子在床上躺了七八天，柳姐端汤送水，日日伺候。柳姐见莲子身体逐渐好转，就劝她出去转转，透透空气。两人去逛商铺。柳姐说，女人不能亏待自己，该吃吃，该穿穿，等到人老珠黄，想吃吃不了，想穿穿不了，那可就太亏了。柳姐跟谁赌气似的，一气儿买了几身旗袍，莲子却没一点儿心思。两人逛了一会儿，莲子累了，想回去。柳姐说我们先吃点儿东西再回去。

她们就近找了一家鱼庄。刚要走进去，莲子看见墙上贴着一张政府的告示，上面还有几个人的照片，其中一个似乎很眼熟。她急忙走近去看，真是颜先生，照片下面写着：颜正堂。告示上说，那几个人都是革命党，已经在几日前正法，让亲属带着钱去校场领尸首。莲子眼前一黑，柳姐从后面扶住了她。

柳姐叫了辆黄包车，把莲子扶上车。莲子歪倒在柳姐的怀里，泪水哗哗地流，嘴里喃喃地说，我错怪了颜先生，他没有抛下我，我要去给他收尸……

回到家，莲子拿了自己所有的积蓄，就要往外走。柳姐说，我陪你去。莲子说，不用了柳姐，我去送送他，去给他收尸。柳姐说，他是革命党，你就不怕受连累？莲子说，我不管他是什么党，我只知道他是我男人。

莲子一个人走出了家门。

莲子找到郊外的校场，对看守尸首的警察说，我来给颜正堂收尸。

警察问，你是颜正堂什么人？

莲子说，我是他老婆。

你骗谁？他根本就没有结婚。警察呵斥道，你到底是他什么人？

莲子早已横下一条心，反问警察，那你说，我是他什么人？

警察上下打量了一下莲子说，我看你也是革命党。

莲子说，你说是，就是。我就是革命党。

警察笑了，说，我们就料到迟早会有同党来替他收尸，只是没想到会是你这么个瘦弱的女人。你很痛快，我会给你留下个全尸。

莲子掏出所有大洋，“哗啦”一声倒在警察面前的桌子上，对警察说，这些都给你，只求你买口棺材，把我俩葬在一起……

5. 观音土匪

莲子一逃走，可害惨了金班主。

金班主没有想到莲子一个弱女子，不但砸碎了锁子，救走了颜先生，而且自己也跟着跑了。莲子干出这种事，朱老三能放过他这个班主?

朱老三个子矮小，脸膛黑青，表面上根本看不出是个土匪。朱老三喜欢穿长衫，而且总是浆洗得平平展展。也不知道他是故作文雅，还是真有仙风道骨。他特别喜欢看阿宫戏。每次请戏班上山，都要一连唱上三天。他正襟危坐，手拿一杆象牙烟锅，一边吧嗒吧嗒地抽烟，一边宁神静气地看戏。看到开心处，冷不丁哈哈笑两声，震得屋梁上刷刷地掉土，这才显露出土匪的霸气。

但是奇怪的是，莲子逃走后，朱老三当时并没有难为金班主，只是把他和他戏班里的另外五个人，关在原来关押颜先生的那间草房子里，门外加了双岗，哨兵手里都拿着长枪。

朱老三没捆他们，也没打骂他们，每到饭时都会让人按时送来饭菜，但是他一直没有露面。这样一来，金班主心里更没底了，不知道朱老三唱的是哪一出，到底想把他们怎么样。日死你个朱老三，要杀要剐，你倒给爷痛快点儿！金班主几次请求见朱老三，都被回绝了。金班主只能等待。这样的等待，比处置本身还折磨人。就像头上悬着一把铡刀，知道它会掉下来，但不知道它啥时候会掉下来。

这样等待了七天，朱老三终于召见金班主了。

朱老三刚吃过饭，见金班主进来，用手示意他在旁边的椅子上坐下。金班主战战兢兢地坐了半个屁股。朱老三边剔牙边随口问：

这几天，他们没为难你吧？

金班主忙欠起身说，没有没有。

朱老三吧嗒着烟袋说，没有就好。

金班主站在那里说，朱老哥一向对我们戏班不薄，出了这么大的事，还好吃好喝招待着我们，弄得我心里很难受，死的心都有了。这个莲子，平时看着挺老实，谁会想到她胆子会这么大，干出这样的事来！都怪我平日里管教不严，很对不住朱老哥……

朱老三用两根手指捻着下巴上的几根稀疏的胡须，赤红的脸上露出和善的笑容，另一只手掌心向下，轻轻压了几压，说，你坐，你坐，我们是老朋友了，好说好说。这几天我带人下了一趟山，本想着找到了他们，这事也就算了，本来也不怪你嘛。可是，我们找了好几天也没找到他们。咋办呢？只能回来跟你商量。不瞒你说，这一次，我损失可大了！你还不知道吧，那姓颜的是个革命党，可以为我换来二十条“汉阳造”。我早就跟人家讲好了，可他这一跑，生意泡汤了不说，我也不好向朋友交代。你是知道的，我这人一向很讲信用。

金班主忙说，是的是的，朱老哥口碑一向很好。你看这样行不行，二十条枪多少钱？我来赔偿。

朱老三说，金班主真是个爽快人！可这不是钱的事。

金班主有些紧张，看着朱老三，小心地问，那，您说咋办？

朱老三笑着说，先把戏唱完再说。

金班主不明白朱老三的意思，唱戏？唱啥戏？

朱老三说，当然是阿宫腔嘛。你们才唱了一天，我可是掏了三天的订金。这回咱不唱《祥麟镜》了，咱唱别的，听说你们最近新排了出戏，叫个啥来？

金班主说，《绝代佳人》。

朱老三问，《绝代佳人》演的是啥，你先说说。

金班主没想到朱老三在这种时候会让他说戏，越发心里没底，但看朱老三和颜悦色的样子，又放松了许多，讨好地说，为了取悦吴王，救回勾践，西施和另一个美女郑旦被送入吴宫，她们一个纯情善良，一个能谋善断，两个美女演了一出美人计。当越王勾践和他的重臣范蠡、文种举杯痛饮，欢庆终于实现了兴越灭吴的复国大梦时，绝代佳人西施和郑旦，却先后悲壮地死去了……

朱老三说，难得的好女人！是不是跟你戏班莲子有点儿像？

金班主一下子紧张起来，赶忙说，不一样，不一样，不能同日而语。朱老三哈哈笑了，说，这戏有意思，就演这。

金班主吞吞吐吐地说，可是，莲子演的是西施，现在没法演……

朱老三说，你戏班里不是还有个叫香草的嘛，让她上来演。

这……

金班主有些为难。

咋，有难处？

没有没有，我这就下山，去叫香草。

这次来的要是香草，也就不会惹这么大麻烦了。但是香草胆小，看见老鼠从墙角跑过，也会失声惊叫，哆嗦半天，别说是上土匪窝了。所以，她死活都不上山，给双份钱也不上来。香草爱哭，她的眼泪吧嗒吧嗒往地下一掉，金班主心就软了，便不再为难她了。

可是这话又不能对朱老三说。莲子闯下这么大的祸，朱老三暂时也没为难他，只是让他把戏唱完，这已经很让他意外了。这种时候，怎么敢说香草害怕上山呢？尽管他不知道朱老三接下来还会拉什么屎橛子，但是朱老三这么说了，也只能听他的，至于后面的事情，只能走一步算一步。再

说，他手里捏着香草的把柄，给她来硬的，谅她也不敢不上来。

金班主手里的把柄，就是他无意间发现香草偷偷在吃土。

这种土，渭北人一般用来刷墙，刷出来的墙又光滑又白净。据说遭年馑的时候，也有人吃过这种土，保住了性命，所以人们叫它“观音土”，渭北更北一些的地方，也有叫“白善土”的。

一个女孩子喜欢吃土，无疑是一件很丢人的事情！那时，香草已经与县城里“兴隆”粮栈田掌柜的少爷田喜定了亲，准备年底成亲。这事要是让田家知道了，婚事肯定得黄。别说是田家，就是一般人家，也不会接纳一个跟蚯蚓一样天天吃土的媳妇。

也不知道啥原因，香草从小就喜欢吃这种土，也记不清是从啥时候开始的，慢慢地就上了瘾，跟吃大烟一样，一天不吃就浑身稀软，感到很不舒服。这土吃起来跟炒面差不多，只是比炒面涩一点儿。香草本来想在成亲之前戒掉这毛病，可是根本无法戒掉。那天实在忍不住，在屋里偷偷地啃着土块，金班主冷不丁推门进来了。

金班主平时很少到香草她们屋里来，即使要进来，也会先在门口喊一声，等女孩儿答应了才进来。这天大伙儿都在后院排戏，他以为香草也在后院，因急着要找一把老胡琴，没打招呼就闯了进来，于是就看见了香草那令人吃惊的怪习。

香草手里拿着一块土，嘴巴上还粘着土渣，愣在了那里。还没等她反应过来，金班主已经转身走了。

当天晚上，城南刘家有堂会，因场面小，钱给得又少，金班主就没亲自去，让莲子领着一帮人去了。本来说好香草也去的，但是香草说自己身子不舒服。唱堂会的人刚一走，香草就走进了金班主的屋。

香草一下午都在胡思乱想。她担心金班主把她吃土的事张扬出去。那样一来，她就进不了田家的门了。自从跟田家定了亲，她就盼着能早一天进田家的门。进了田家门，她就是田家的少奶奶了，就可以过上饭来张口、衣来伸手的好日子了，就可以离开金家戏班，再也不用跑来跑去地到处唱戏了。

香草一进门，就“扑通”跪倒在金班主的面前，哭了起来。

金班主说，你这是做啥哩？快起来，快起来！

香草哭着说，班主不答应我，我就不起来。

金班主说，你让我答应你啥嘛？

香草低着头，乌黑的头发盖住了白净的脸，越哭越伤心，哽咽着说，班主今天都看见了……这个毛病，我一定能改掉，只求班主别给我说出去，年底我就要成亲了，要是让田家知道了……

噢，是这事呀。金班主装出刚想起来的样子。

其实，金班主一直也在想这事。先是奇怪这么水灵一个女孩子，咋就会沾上这种怪毛病？后来想，香草年底就要嫁到田家当少奶奶去了，以后自然不会再唱戏了，他的戏班就少了一根顶梁柱，心里就很瞀乱，觉着自己吃了亏。香草在戏班七八年，已经成了角，现在正是出力挣钱的时候，就这么白白放她走，他心里很不是滋味。但是田掌柜私下里给了他一些银两，算是对他的补偿，他又不好说什么。说是不好说，但自己养的金丝鸟，也不能就这么便宜了田家。金班主不喝酒，不赌博，不抽大烟，只喜欢拈花惹草。戏班里有六个女孩，只有莲子和香草能入他的眼。但莲子是远房亲戚，虽说出了五服，那也不能乱来。他只能惦记着香草。从十二三岁，一直惦记到现在。眼看出落成一个水灵灵的小美人，如今却要飞走了，他心有不甘。他一直在寻找机会。现在机会来了。

金班主看着跪在地上的香草，心里痒痒的，就走过去拉香草。

香草跪在那里不动，说，班主不答应，我就不起来。

金班主一只手拉着香草绵软的小手，一只手伸进香草的腋窝，硬是把香草拉了起来。由于用力过猛，两人都跌坐在炕沿上。

金班主仍然拉着香草的一只手，抚摸着她手腕上的那只麻花纹银镯子，像是在琢磨镯子是不是真的，摸着摸着，就把香草搂在怀里。

香草没有想到班主会这样，想挣脱，却被他搂得更紧了。

金班主说，香草啊，我一向很疼你，你只管放心，这么丢人的事我是不会说出去的。要是让外人知道了，你还咋活人？尤其不能让田家知道。让田家知道了，人家肯定不会要你了……

这话乍听起来像是安慰，细一琢磨却暗含威胁。香草心里害怕，便不再扭来扭去地挣扎了，而任由他紧紧地搂抱着。心想，只要他不往外说，我也就认了。金班主见香草默许了，便得寸进尺，想把手放在香草的胸上。香草拼命抵挡，却力不能敌，推来推去，没了力气。金班主隔着衣裳摸够了，又想把手伸到里面去。香草用双臂死命护着自己的胸部，可那只暴着青筋的大手还是强抓住了她的乳房。香草啊的一声浑身一哆嗦，闭上了眼睛，只好任由他去。金班主由一只手变成了两只手，他情不自禁地抓摸着香草白鸽一样的双乳，一只手慢慢向下探去，一会儿便呼吸急促，急迫地撕扯着香草的裤腰带。香草害怕得要死，边拼命反抗边说：不行不行不行，这可不行……

金班主一边撕扯着，一边喘着粗气说，你应了我，我就啥也不说了，就这一次，你不说，我不说，没人知道。年底你照样当新媳妇……

金班主折腾了一阵，香草终于软在了炕上。她侧过脸去，闭上了眼睛，两行清泪从眼角涌了下来……

金班主一个人下了山，那五人还关押在山上。金班主心里明白，如果他不把香草带上山，朱老三是不会放了他戏班里的其他人的，说不定还会惹出更大的麻烦。

他回到城里，便直接去找香草。

推开香草房间的门，看见香草又在吃土，见他进来，也不回避。她边吃土，边流泪，也不看他。金班主吃了一惊，这是咋啦？

香草拿一双泪眼狠狠地瞪着他说，你说话不算数，你不得好死！

金班主愣了一下，便马上明白是怎么回事了。原来，他自从跟香草有了一次后，就再也放不下了，还想有第二次第三次，但香草死活不从，他就心生怨恨，把香草吃土的怪癖泄露了出去。他与开调料铺子的梁掌柜两人喝酒时，装着喝多了，说漏了嘴，将香草吃土的事告诉了梁掌柜；他知道梁掌柜跟开布庄的徐掌柜经常在一起下棋，梁掌柜又是个爱说闲话的人，一定会告诉徐掌柜；徐掌柜又是田掌柜的表弟，这么大的事，当然会跑去告诉田掌柜，田家当然不会娶这样一个儿媳妇。香草嫁不了人，就不会一直那样绷着。更重要的是，香草会一直留在戏班，为他挣钱。现在一定是田家退了亲，香草才生这么大的气。

但是，事情没有金班主想的那么简单，其中还另有原因。

田掌柜听说这事后要退亲，但是少爷田喜却特别喜欢香草，说，吃土就吃土，我不嫌，再说，香草答应以后不再吃土了。田喜说，除了香草，我谁也不娶。田家就田喜这么一根独苗，从小娇生惯养，在家里说一不二，稍不如意，就说要离家出走，弄得田掌柜一点儿办法也没有。

昨天晚上，田喜来看香草，意思是让她放心，他们年底照常成亲。香草很感动，流着泪倒在田喜的怀里。田喜抱着绵软水灵的香草，就有些把持不住，向香草提出了那个要求。香草想迟早都是他的人，就满足了他。可是完事后，田喜发现香草没有见红，就不愿意了，说，你吃土我不嫌，你让我没成亲就戴绿帽子可不行，我不能要你，你就是天仙，我也不能要你！说完，摔门走了。

香草哭了一夜，又哭了一个上午。越想越恨金班主。心里一难过，又开始吃土。正吃着，金班主回来了。

香草用手里的土疙瘩砸金班主，说你害死我了，我跟你拼了！说着就向金班主扑了过来。金班主急忙退出来，反锁了屋门。

看这情形，是不可能把香草带上山去了。可是香草不去，如何向朱老三交差？金班主想不出个好办法，只能硬着头皮回到山上。

朱老三见金班主一个人回来，当时就黑了脸，说老金呀，我已经很给你面子了，这事办不成，可别怪我翻脸不认人。

金班主赶忙说，只要大哥让我带两个兄弟下山，我保证把香草给你捉上山来。

朱老三哈哈笑了，说老金你这话就不对了，咋是给我捉上山来？我让你上来唱三天戏，你只唱了一天，人就跑了一个，还带走了我绑的票。我没为难你，只让你继续把戏唱完。唱戏得有旦角吧，你的旦角跑了，就得再来一个是不是？这是你的事，与我无关。我的人可不能跟着你干这种事，张扬出去会坏了我的名声，说我朱某人绑戏班花旦的票，多丢人啊。你从你戏班里挑两个人下去可以，另外三个人还留在我这里。如果你明天日头出来还不把人带回来，我就先杀一个；后天不回来，我再杀一个；大后天不回来……

金班主脸色煞白，说大哥您放心，我明天一早一定把人带上来。

金班主带着戏班小刘和小武两个武生下了山，半夜悄悄回到戏班驻地。后院香草的屋子还亮着灯。金班主一脚踹开屋门，冲了进去。

香草好像早就知道他们要来，已穿戴整齐，坐在炕沿上。她上身穿一件蓝色印花洋布褂子，下身着一条绿底红花洋布裤子。见三人进来，她并不惊慌，平静地说，我知道今晚会有人来，不是你们来，就是土匪朱老三的人。只是我想问问刘哥，香草平时对你咋样？

小刘低下头，红了脸。

香草又问，武哥，香草平日里没得罪你吧？

小武说，香草你别怪我们，也别怪班主，要怪就怪莲子，是她得罪了朱老三。你要是不上山，朱老三就不会放过我们，上面现在还关押着咱们三个人呢。朱老三说了，明早不见咱们上山，就杀咱们一个人……

香草说，既然是这，咱就走。

金班主没有想到事情会这么顺利。三人用驴驮着香草，天亮前回到了西山。朱老三很高兴，让戏班立刻敲锣开场。香草戏唱得很投入，看得朱老三一阵阵高声喝彩。

吃饭的时候，香草当着朱老三的面，拿出准备好的土块，目中无人地咯嘣嘣啃了起来，惊得一干土匪目瞪口呆。没想到朱老三倒哈哈大笑起来，说香草戏唱得好，又有这一手，真是豪爽，我喜欢。

两天后，戏唱完了，金班主准备带戏班下山，去给朱老三辞行。

朱老三坐在太师椅上，一身青羽缎马褂，一袭新浆洗过的蓝布长衫，手里拿着那杆象牙烟锅吧嗒着，面无表情地看着金班主。看了半天，既不说让他走，也不说让他坐下。金班主早就听人说过，只要朱老三穿上新浆洗的长衫，一本正经地接待客人，准没什么好事。金班主害怕了，心里直发毛，头上的汗噌地就冒了出来。

朱老三吧嗒完一袋烟，把烟锅在椅子腿上磕了磕，又吹了吹烟杆，然后笑着问金班主，老金呀，你说你就这么走了，合适吗？

金班主急忙说，我是急着下山给朱老哥去取现大洋呢。莲子给朱老哥惹了这么大麻烦，我是班主，当然不能让朱老哥吃亏。我已经让家人准备了三十块现大洋，准备送给朱老哥。还有，这三天的戏钱我一文不要，算我给朱老哥赔个不是。

朱老三摆摆手说，兄弟之间不谈钱，谈钱就俗了。

金班主尴尬地说，那您说要我咋样，我绝无二话。

朱老三装上一锅烟丝，却不急着点着，一双眼睛盯着金班主说，我也不让你为难了，是这，我喜欢听阿宫，你们来来往往也不方便，你就把香草留下来，让她给我唱戏，你知道我的为人，绝对不会亏待她的。

金班主惊得张大了嘴，半天说不出话来。

朱老三点着烟，吧嗒了一口说，你要不同意就算了，我从来不强人所难，我们再商量别的办法，好不好？

金班主慌忙说，我同意，只是，不知道香草……

朱老三说，香草是你的人，我问不着，你去问问她吧。

金班主走出殿门，去找香草。他知道朱老三是想让香草当压寨夫人，听戏不听戏的，那都是扯淡。朱老三是说一不二的人，如果不把香草留下，他和戏班其他人就别想下山，说不定还会因此丢了性命。可是怎么给香草说呢？香草能同意吗？金班主还没有想出好主意，就已经走进了戏班临时住的屋子。大家已经收拾好了行李，准备等他一回来就下山。

金班主当着大家的面，把朱老三的要求说了出来。大家都扭头看香草。香草一副满不在乎的样子，转动着手上的麻花纹银镯子，好像这事与她无关。大家沉默了一会儿，金班主开始用各种理由劝香草，其他人也跟着七嘴八舌地劝香草。

香草终于开口了。她叹息一声说，墙倒众人推啊。

又说，人不为己，天诛地灭。

大家都不好意思地垂下了脑袋。

香草说，我有一个要求，只要班主答应了，我就留下来。

金班主说，你说，啥要求？别说一个要求，就是十个我也答应。

香草说，你趴在地上给我磕一个头，我就留下。

大家很惊讶，都把目光投向班主。金班主脸色通红，很快又煞白，手指尖直哆嗦。他愣了一会儿，一句话没说，跪在地上，郑重其事地给香草磕了一个头。香草仰起脸哈哈哈哈笑了起来。

金班主领着香草去见朱老三。朱老三自然很高兴，对香草说，我原来打算留下莲子的，没想到她跟那个狗杂种跑了。其实，你比莲子更有意思，我喜欢。你有啥要求？

香草说，我只有一个要求：你让我们班主今后少说话。

朱老三先是愣了一下，但是马上明白了香草的意思。

这简单。来人哪，把金班主的舌头割下来！

几个人上去按倒金班主。金班主开始还杀猪似的喊叫，后来就变成了含混的“呜呜”。金班主的舌头真的被割了下来，扔在了大殿的地上。一条黄狗不知从哪里钻了出来，叼了那舌头，夹着尾巴逃走了……

金班主没了舌头，唱不成戏了，戏班又少了花旦莲子和香草，没过多久，金家戏班就散了。

几年后，朱老三在一次官府清剿中丧了命，香草带着剩下的人马逃到西山深处，后来又纠集了山里许多穷小子，人马竟比朱老三在世时还要多，在渭北名声也越来越大。

香草成了渭北地区唯一的女匪首。因香草喜欢吃观音土，人称“土匪观音”。

6. 银簪子

最先，来旺在糖坊当学徒。来旺学唱戏，是后来的事情。

来旺家在淡村。这个村子大部分人姓来，也有姓田姓李姓赵姓习的，就是没有姓淡的，不知道为何叫个淡村。来旺家穷，兄弟姊妹多，孩子长到十几岁，就各奔东西，自己出门谋食。

来旺进糖坊当学徒时，只有十三岁。头两年烧火，整日里两眼乌黑，灰尘满身，分不清个眉眼。到了十五岁，不再烧火了，当了金家糖坊切糖的操刀把式。在流曲镇众多糖坊的操刀把式里，来旺年龄最小。

金家糖坊是流曲镇最大的糖坊。前面是店，后面是作坊。院子很大，一律青砖铺地，屋顶上飞檐翘角，木格窗上雕有花卉鱼鸟。两侧房屋间留有天井，堂屋门口的圆石凳上刻有浮雕，有龙，有虎，还有凤。

金家糖坊除了做琼锅糖，还做瓜瓜糖和芝麻糖。

做糖是个体力活，也很麻烦。要起五更睡半夜，装缸，出缸，还要随时注意火的大小、糖的稀稠。琼锅糖工序很多：先将小米淘洗干净，上笼用旺火蒸，然后出锅，放进大缸里，加上发好的大麦芽和开水，再用炒板搅匀；等它发酵冒泡后，再将缸角木塞拔掉，让糖水自然流入盆中，再迅速倒进大铁锅，用旺火熬；熬至发黏，变成糊状，再用抹了油的木勺舀到石板上，反复拧条拉扯，使糖色由黄变白，然后与炒熟的黑芝麻和其他辅料分层放在瓷缸内热焖；最后压成饼，切成条或者片，就成了香味醇郁的

“琼锅糖”了。

瓜瓜糖的工序就比较简单，只有焐糖、拉糖、切糖三道：将糖坯放在撒了米面的毡上，在烧烫的火炕上焐软，然后将焐好的糖坯拉长，挂在开水锅边的圆木桩上，借用锅里的蒸汽，把糖坯拉过来甩过去，反复拉甩，最后放在糖案上，切成指头长短的条，码放在糖盘里。

切糖是很关键的一道工序，得把握时机，早了糖粘刀，切不成形；晚了糖变脆了，一切就碎。切糖是手艺活，一般由有经验的老师傅操刀。但是金家的糖坊，却由来旺操刀。来旺也邪性，看师傅切了几次就学会了。师傅偶尔有失手的时候，来旺却从来没失过手。

糖坊一般入冬开工，来年春天停工，一年只能干五个月。剩下的时间来旺干什么呢？学唱阿宫皮影戏。

来旺喜欢皮影戏，尤其是喜欢里面的道白，觉着既好笑又有味道。村里遇到红白喜事，一般都请马家戏班。一是因为班主老马有副好嗓子，二是因为马家戏班里有个好签手。

签手叫王元，黑黑瘦瘦的一个老头儿，整天驼着个背。王元平时驼着背，但要起皮影来背噌地就挺直了，要完了又驼下来。王元只当签手，不唱戏。他嗓子不行，有些沙哑。

王元喜欢吃琼锅糖，路过流曲时总要到金家糖坊买上一包，一边缩着脖驼着背往前走，一边低头抓着糖往嘴里塞。

一来二往，跟来旺熟悉了。来旺每次跑去看戏，都要给王元揣一把琼锅糖。王元双手抓满竹签，站在亮子前面要，来旺坐在后面看。隔一会儿，来旺就往王元嘴里塞一片琼锅糖。王元朝来旺圪挤一下眼，笑笑，继续要。

秋、夏两季，不熬糖的时候，来旺跟着马家戏班到处跑。王元让来旺给文武场面当下手，敲大锣、铙钹，砸梆子等。来旺很快学会了打板，后来又跟马班主学会了用嗓子。起板张口，字正腔圆，生旦皆宜，常常赢得满堂彩。马班主是个厚道人，有时也给来旺几个钱。来旺开始不好意思收，师傅王元说，给你你就收下，这是马班主的一片心意。来旺就收下，回去放在一个瓦罐里。

日子久了，马班主就把来旺当成了戏班里的人，劝来旺说，你干脆辞了糖坊的工，来戏班唱戏算了。来旺说，金家糖坊没有会切糖的，我不能过河拆桥，不熬糖的时候，我再来戏班帮忙。

来旺不想离开糖坊，其实还有别的原因。

他丢不下金凤。

金凤是糖坊掌柜的三女儿。大女儿和二女儿早出嫁了，身边就剩下个小金凤。金凤与来旺同岁，圆脸，大眼，梳一根黑粗的辫子，一笑露出俩小虎牙。来旺刚到糖坊那阵，金凤在家里读书。教书先生是小惠村的，离流曲十几里路，每天早早就来了，教金凤读一上午书，吃过午饭就走了。金凤下午就放了鸽子。

金凤长得清秀，性子却野，像个男娃，夏天光着脚片爬树逮知了，冬天在雪地里支个筛子捉麻雀。金凤总是缠着来旺陪她玩。来旺没事的时候，也喜欢陪金凤玩儿。金凤爬到树上摘酸枣，来旺站在树下仰头用嘴接，这叫“狗打梆子”。金凤往下丢一颗，来旺用嘴接一颗；金凤故意东一颗西一颗地乱丢，来旺就忽东忽西地跑着接，竟没有一个掉在地上，惹得金凤在树上咯咯地笑。

金凤有时也跑到后灶看来旺烧火。看着看着，就要帮来旺添柴，不是柴火塞多了，压住了火头，弄得一屋子黑烟，就是把柴火扒拉了满地。有一次还引燃了地上的柴火，幸亏来旺扑上去用身子压灭了火头，才没有引起火灾。但是来旺棉袄的前襟却被烧了个大洞，金凤看见了，咯咯笑着，蹲在地上半天起不来。

有一天，金凤送表姐出嫁回来，到后灶找来旺，小脸红扑扑的，眼睛里闪着喜悦的光。金凤说，我表姐的嫁妆抬了一大溜，可风光了！

将来你出嫁，比她还风光。

我表姐头上戴着个银簪子，梅花样子的，可好看了。

等我攒了钱，也给你打一个。

我不要梅花的，要上面有凤的，我叫凤儿嘛。

好吧，就打个有凤儿的。

你要真送我银簪子，我将来长大了，就嫁给你。

说话算数？

算数！

两人郑重其事地拉了勾。

那时，他们才十三岁。

几年后，金凤进了县城的学堂，来旺当了操刀把式，两人十天半月也见不着一次面，更是很少在一起玩儿了。金凤渐渐长大了，不再疯张了，走路稳稳的，说话柔柔的，见人抿嘴一笑，算是打了招呼。放假回家也不找来旺玩儿了。来旺切糖的时候，金凤偶尔站在一边看。金凤一来，来旺就心慌，刀工就有些乱，切出的糖有大有小，儿孙满堂。

金凤就撇撇嘴，说，还把式呢，就这刀工？

来旺红了脸，看着金凤傻笑，说平时不这样，不信你问掌柜的。

金凤鼻子里哼一声，捻起一片糖，送进嘴里，转身走了。

谁也没有再提起银簪子的事。或许金凤已经忘了，但来旺没忘。来旺一直在悄悄攒钱，想等瓦罐里的钱攒够了，就去县城银匠铺给金凤打个有凤的银簪子。

银簪子还没来得及打，金掌柜就对来旺有了意见，是因为来旺在熬糖的季节里也总去戏班帮忙。以前，来旺只是在糖坊不熬糖的时候才去戏班帮忙，后来戏班渐渐离不开来旺，在糖坊冬天正忙的时候，也来叫来旺。来旺白天在糖坊忙碌，晚上就跑去戏班唱戏，倒也没耽误糖坊里的事。但是熬了一夜，白天切糖的时候老张口打哈欠。这让金掌柜看着很不顺眼，心里说，你娃拿着我的工钱，心却不在糖坊，吃着碗里的，看着锅里的。金掌柜私下里又教一个徒弟学切糖。等那徒弟的刀工赶上了来旺，就辞退了来旺。

来旺就一心一意地跟了马家戏班。来旺一直记着银簪子的事。他跟着戏班走东串西，两年下来攒了一些钱，就到县城银匠铺打了一支刻有凤凰的银簪子。簪子打好后，他便揣着去县里的学堂门口等金凤。

隔着大门，来旺看见一帮男生在操场上打篮球，一帮女生围在边上看，进球了，女生就高兴地拍手。来旺心想金凤可能就在那帮女生中，就一个个往过看，找金凤。有一个长腿的女生，也梳根独辫，远远看着像金凤，可等转过身来，却不是。金凤的脸比她白多了。他想进去找，又怕金凤不高兴，只有干等。等到傍晚，也没见金凤出来，他就悻悻地走了。

过了段日子，来旺路过县城，又去学校门口等，还是没有见着金凤。

来旺想假期去糖坊找金凤，又不想见金掌柜，终究没有去。心想三年总能等个闰腊月，到时候碰见了她，再给也不迟。

这一晃，就是半年。

那一阵子，频阳境内老有队伍路过，一会儿是共产党，一会儿是国民党。一个北上，一个南撤，两军相遇了就打一仗，打完了又各走各的，还是一个朝南，一个朝北。乱了几个月，终于消停了。

来旺又去学校找金凤，等了很久也没等到金凤出来。他想总这么等也不是个事呀，就问走出来的一个女生。

女生说，金凤？早跟解放军走了。

来旺傻眼了。

以前见不着金凤，来旺并不急，想着金凤就在学校，迟早也能见着；现在金凤一走，来旺心里一下子慌了。解放军走南闯北地打仗，谁知道猴年马月才能见着她。以前怀里揣着银簪子，心里总有个盼头；现在银簪子揣在怀里，像揣着一把刀子，时刻刺痛着他的心。来旺茶饭不思，唱戏老走神，唱着唱着就忘了词，走了板。马班主问他咋回事，他不好说。师傅王元问他，他倒说了实话。

来旺对师傅说，我想离开戏班。

师傅问，你去哪儿？

来旺说，我想去陕北。

师傅说，去找金凤？

来旺不好意思地点点头。

师傅说，既然心已经走了，你人也走吧。我家里还有一套旧皮影，你带着，一路走一路唱，唱几段折子戏，也能挣个盘缠。

来旺谢过师傅，与班主告辞，背着皮影箱，一个人朝北走。

一路走一路打听解放军的去向，都说就在前头。他就一直朝北走，走到天黑，遇到村庄，就打开箱子，挂上幕布，为村里人唱上一段，混口饭吃，找个落脚歇息的地方。

许多天后，走到洛川境内的一个山沟，看见前面有七八个穿军装的人走过来，以为是解放军，来旺急忙迎上去，却是国民党的兵。看见来旺过来，那些兵把枪一横，问：

干啥的？

来旺说，演皮影的。

几个兵围着来旺说，看你像共军的探子，把箱子打开！

来旺打开箱子。

那些兵翻了翻，见只有旧皮影，就搜来旺的身上。装碎银子的小布袋和银簪子被搜了出来。一个年龄大点儿的兵就要往自己怀里揣。

银子你拿去，簪子不能拿！

来旺说着，就去抢银簪子。那兵一枪托将来旺砸倒在地。狗日的，敢跟老子动手，活叵烦了你！接着几枪托把箱子砸烂，将里面的皮影撒了一地，还一边用脚踩一边骂，演皮影的？我让你演屄影！

另一个兵“哗啦”一下拉开了枪栓说，排长，把狗日的撂倒算㞞！

这时，只听山梁上“啪啪”几声枪响。

有人大声喊：把手举起来！

来旺仰头一看，山梁上冲下来几十个拿枪的人。那些兵转身想跑，却见后面沟口也有提枪的人跑过来，就赶紧扔掉枪，乖乖地举起了手。后面来的那些人麻利地捆绑了那些兵。

一个大个子男人问来旺，你是干啥的？

来旺说，我是演皮影的，去陕北走亲戚。

你别害怕，我们是渭北游击队的。

听说是共产党的游击队，来旺很激动，问，你们见没见过解放军？

大个子说，当然见过，以前我们经常相互配合，消灭敌人。

来旺问，那你见没见过一个叫金凤的女娃？

金凤？大个子想了想说，没见过。

来旺有些失望。干脆跟他们走算了，将来总有一天能碰上金凤。这么想着，就对大个子说，我想跟你们一起走。

大个子说，好啊，欢迎你参加游击队。

可是来旺很快发现，游击队并不往陕北去，而只在渭北一带活动，心里就有些后悔。后悔也没用，游击队不是想来就来，想走就走的。

不久，游击队集中到白水休整，整编为路东总队第五支队，下辖三个中队。支队长叫田有才，政委叫宋绍仁。来旺被分到二中队，中队长叫胡社娃。整编之后，游击队又被很快分散在渭北各地，分头行动。

来旺参加的第一次行动，是伏击国民党的运输车队。四十名游击队员埋伏在黄堡二十里铺的山路上，等敌人的车队一到，先扔一阵手榴弹，然后一齐开火，没多大工夫就结束了战斗。战果是打死了九个国民党兵，俘虏了三个，还缴获了一批武器弹药。

后来，游击队又密谋搞掉底店保公所。胡队长让来旺扮成皮影艺人，先去摸情况。来旺本身就是皮影艺人，不用扮演，很快就摸清了底细。第二天夜里，胡队长带人冒雨出发，神不知鬼不觉地端掉了保公所。

这是1948年腊月。

有一回，游击队扬言要攻打曹村保公所。可是夜里走到半道，却扭头直奔薛镇。当时薛镇住着一百多个民团，他们没有想到游击队敢打他们，就放松了戒备，结果在睡梦中就被缴了枪。

连续几仗下来，游击队在渭北的威望越来越高。人们把来旺他们队长不叫胡社娃，叫“胡愣娃”。

春节过后，解放军开始向南进攻。国民党宜君县县长魏若云准备带领五百多名自卫团弃城南逃。上级命令渭北支队与同官支队联合行动，消灭这股敌人，为大部队解放渭南减轻压力。胡队长派来旺去同官游击支队送信。来旺赶到陈炉镇，同官支队已经离开。来旺追了十几里，才追上队伍，把围歼敌人的密信交给支队长，然后顺原路往回返。

走到陈炉村，天黑了。再往前走，怕碰上自卫团的人。在这一带活动久了，来旺对这个村子有所了解。这个村里的人比较复杂，有解放军的家属，有国民党的家属，还有土匪的家属。来旺不敢擅自敲开老乡的家门，打算在村外打麦场的草垛里凑合一夜，天亮了再走。刚在草垛里扒拉出一个窝，准备爬进去，身后突然响起一个女人的惊叫：

呀，谁呀？咋睡我家柴堆里了？

来旺被吓了一跳，噌地弹起来。只见一个瘦高女人站在月光里，来旺放下心来说，我是过路的，想借你家柴堆睡一觉。

女人问，你是弄啥的？

来旺不敢说自己是游击队的，就说，我是唱戏的。

唱啥戏？

阿宫么。

谁信？哪个戏班就一个人。

我就一个人。

谁信？也没带个锣鼓家伙。

路上让人抢了，捡了一条命。

女人似乎有些相信，说这冷的天，你睡在这里还不冻死？

女人揽好柴，将柴笼挎在臂弯里，对来旺说，走，跟我走。

来旺犹豫了一下，还是跟着女人走了。

女人家就在村头，屋里没有别人。

来旺问女人，就你一个？

女人蹲在炕门口边往里揣柴火边说，我男人去贩驴了，一年四季不沾家。

这孤男寡女的，咋睡？来旺不知该留下还是该走。

女人烧好炕，将来旺领进黑洞洞的屋子，点上油灯，屋里一下子亮堂了。来旺这才看清女人的脸，一个白净清秀的女人，看上去不到三十岁。屋里只有一个土炕。女人偷眼看来旺，正好与来旺的目光碰上，她急忙闪开，问来旺，你饿不饿？要饿，我先给你弄点儿吃的。

来旺说，我不饿。

女人拍打着身上的柴草说，不饿，那就早早睡。

来旺脸红了，站在那里一动不动。

女人说，愣啥？上炕呀！

来旺不敢看女人的脸，低着头说，我还是睡到外面去。

女人跪在炕沿上，用一只脚蹬掉另一只脚上的鞋，扭头看着来旺说，就这一间屋子，你睡哪里？我一个女人都不怕，你怕个啥？

来旺还在犹豫。

女人说，出门在外，讲究个啥！我又不是老虎，还能吃了你？

来旺扭扭捏捏将半个屁股坐在炕沿上。

女人开始铺炕，东边一个被子，西边一个被子。铺好了，见来旺还坐在炕沿上，就说，脱呀！一身的土，可甭弄脏了我的被褥。

来旺窘迫地笑了笑，开始脱褂子。“当啷”一声，银簪子掉在了炕沿上。来旺赶忙捡起来，准备揣在怀里。

女人说，啥东西，我看看。

来旺只好递出来，递给女人。

女人拿到灯下一看，说，呀，做工真细，我从来没有见过这么好看的银簪子。女人看了又看，然后放在了炕台上。

来旺想将簪子收起来，可又怕女人笑自己小气，不好意思去拿。

女人说，脱呀！你平时穿裤子睡觉？

来旺脸一下子红了。

女人说，一个大男人家，还这么害羞。

女人“噗”地吹灭了灯，说，这下行了吧？

屋里黑了。来旺赶忙脱了衣裤，钻进被窝。月光从窗口照进来，屋里物件的轮廓又渐渐显现出来。来旺看见女人慢腾腾地脱光自己，白白的一条，鱼一样钻进另一个被窝。从来没有一个女人当着他的面脱衣裳。来旺的心在胸腔里扑腾扑腾直蹦跳。他不由想起了金凤，不知道金凤脱光了，是不是也这么白？肯定。金凤脸白，身上肯定也白。

正在胡思乱想，女人说话了。

你还没成亲哩吧？

没。

定下了没？

没。

你有二十五？

过这年，二十二。

我就说嘛，看着也不像。你不是唱戏的吗？唱一段给我听听。

来旺本来不想唱，可又不好意思拒绝女人，就小声唱了起来。唱了一段，女人说，再唱一段。又接着唱。唱着唱着，来旺感觉不对劲了。女人不知什么时候钻进了他的被窝。来旺急忙往旁边躲。女人趁势抱住了来旺。来旺手足无措，像个僵尸挺在那里，动也不敢动。

女人说，我就那么难看？

手就在来旺身上爬，爬来爬去，爬到了那个地方。

来旺一下子跳了起来，躲到炕角说，大嫂，咱可不敢胡来！

女人站起来，白白的身子贴在来旺身上，双手抱住了来旺的腰。

我都不怕，你怕啥？

说着，就用额头蹭来旺的下巴。

我看你是个厚道男人，才愿意跟你。你不用怕，咱俩睡一夜，明天你走你的，日后见面谁也不认识谁。你要是不好意思，怕我吃亏，就把你那簪子送给我，留个念想。

来旺推开女人说，这可不行。你要再这样，我就走呀。

女人有些生气，松开手说，好好好，各睡各的。

女人气鼓鼓地钻进了自己的被窝，嘴里嘟囔说，真是个榆木疙瘩！

两人躺着，谁也睡不着。女人翻来覆去地折腾。来旺一天跑了上百里路，实在困乏，到了后半夜就睡着了。鸡叫三遍时，来旺醒来了。

天已麻麻亮。来旺穿好衣裳，跳下炕，冲着昏暗的炕说，大嫂，我走了，谢谢你了！

女人翻了个身，没有理来旺。

来旺匆忙走出屋门，走上村外朝南的土路。

走了一会儿，突然想起银簪子忘在了女人家，又急忙返回去取。女人还睡在炕上。炕台上却不见了银簪子。

来旺问女人，我的银簪子呢？

女人"腾"地爬起来，身子光溜溜的，露出两个雪白的奶子。

来旺急忙扭过头去。

女人说，没见过你这么无情无义的男人，自己不知把簪子丢到哪里去了，却赖我一个女人！

来旺也糊涂了，记不起自己刚才走的时候，是不是顺手揣上了簪子，或许丢在了路上？便对女人说声“打扰了”，匆匆又走了。

顺原路找了一路，也没有找着。后来听到了枪声，他怕碰见自卫团，只好急匆匆去追赶自己的队伍。

那天中午，游击队在陈炉村南边十五里的土塬下，全歼了魏若云的自卫团。游击队损失很小，只牺牲了三个，伤了十七个。但是在最后打扫战场的时候，支队政委宋绍仁却被一个装死的敌人开枪打死了。

几个月后，来旺又一次来到陈炉村。这次不是他一个人，还有胡队长和十几个队员。他们是给解放军送粮食来的。陈炉村驻扎着解放军过路的一个营。

走在巷道里，来旺遇见了那天晚上的那个女人。来旺穿着游击队的服装，背着枪，女人没认出来。来旺想起那天晚上的尴尬事，刚想躲开，看见那女人的发髻上别着自己的银簪子。

来旺走到女人跟前说，把银簪子还我。

女人先是一愣，很快就认出了来旺。

原来你是游击队的？

把银簪子还我！

女人脸红了，左右看了看说，你小声点儿。

把银簪子还我！

女人说，你不给我留面子，可别怪我不给你面子！

把银簪子还我！

女人突然大声说，你游击队的咋啦？你游击队的就可以欺负女人？就可以说话不算话？你们游击队还讲不讲理？

来旺被女人的话说蒙了。

你——你——你啥意思？

胡队长听到这边吵闹，跑过来问来旺，咋回事？

来旺刚要解释，女人抢先说，你是他领导吧？你是他领导我就让你评评这个理。几个月前他路过睡在我家，跟我睡了一夜，送给我一支银簪子。现在他又想要回去。你们游击队的人说话还算不算数？你是领导你说说！

来旺没想到女人会这么说，气得脸都白了，说，她、她、她胡说！

胡队长用鹰一样的目光盯着来旺，你跟她睡了一夜？

睡——睡了，但是我啥也没干……

女人突然捂住脸“呜呜”地哭了，边哭边说，你们游击队的人咋这样啊？

解放军的一个连长走过来，问明事情缘由，生气地说，你们游击队咋回事，咋这么乱啊？还讲不讲群众纪律？这影响多不好啊，真是丢脸！这种事情，要是搁在我们大部队，早就枪毙了！

胡队长让解放军的连长抢白了几句，心里很窝火，当场扇了来旺一个嘴巴子，叫人把来旺捆了起来，押回了驻地。

胡队长向支队做了汇报。

上级刚从陕北派来一个新政委，是个年轻女人，这天刚到，一听说有人糟蹋妇女，很气愤，一拍桌子说，这还了得，立即枪毙！

来旺当天就被枪毙了。

傍晚，胡队长跑去向支队汇报说，人已经枪毙了。那个年轻的女政委和支队长田有才都在。胡队长说，这小子平时看着挺老实，谁能想到他会干出这种事来。我们审问他的时候，他死活不承认那银簪子是他送给那女人的，也不承认跟那女人有那事。他说那银簪子，是准备送给未婚妻的，咋可能送给那女人？是那女人偷了他的银簪子。他为了寻找未婚妻，才从频阳跑到陕北，路上被国民党匪兵砸了皮影箱子。他为了寻找未婚妻，才加入了游击队。唉，说来说去，都是这银簪子惹的祸……

女政委问，啥样的银簪子，我看看。

胡队长将银簪子交给女政委。

女政委看着银簪子，一下子愣住了。

胡队长继续说，这小子说他是跟女人在一个炕上睡了一夜，可他一口咬定，他们啥也没干。孤男寡女地睡在一起，啥也没干，谁信？

女政委低头看着银簪子问，这个战士叫啥？

来旺，频阳人。

女政委的手不易觉察地颤抖了一下，嘴唇抿成了一条线。

支队长见女政委脸色煞白，关切地问，金凤同志，你咋啦？

金凤嘴唇哆嗦着，半天没说话……

7. 牛娃子

在渭北，把喜欢在场面上应酬、能说会道的人，叫“灯前头的”；谁挑头操纵了某件事，就说这人是“挑签子的”。羡慕中含有嫉妒，称赞中略带讥讽，那味道真有点说不清楚。

“灯前头的”和“挑签子的”，指的都是皮影戏班里的“签手”。

传统的皮影演出，至少需要五个人：“签手”“前声”“后槽”“上档”和“下档”。签手依照剧情，双手挑动各种人物，让死皮影在亮子上活起来。签手不仅需要高超的挑签技艺，还要有眼观六路、操控四方的能力。前声要弹唱敲打，一边唱各种角色的戏，一边使用月琴、手锣、堂鼓、尖板，丢下这个摸那个，手脚不闲。后槽负责敲打勾锣、梆子和战鼓。上档使用硬弦、唢呐和长号。下档除拉板胡外，还要负责给签手选择传递皮影子。演出过程中谁有空当，还要随时伴唱、踩脚、拍板、呼威、岔话。

一台皮影戏看似简单，但要演好还真不容易。

牛娃子一个人能演一台戏。从上到下，签手、前声、后槽、上档和下档，就他一个人。一个皮影箱，一头毛驴，加上他自己，就是一个皮影戏班。亮子一挂，油灯一亮，吹拉弹唱，生旦净丑，一会儿男声，一会儿女声，全由他一人完成。所以民国时期，牛娃子在渭北很出名。更让他出名的是，他杀过十几个日本人。

牛娃子长着一张娃娃脸，又姓牛，所以人们都叫他牛娃子，叫习惯了，倒把他的真名给忘了。活到八十多岁，村里的男女老少还叫他牛娃子，他也不生气，谁叫都乐呵呵地答应。村里人喜欢跟他开玩笑逗他玩儿：

牛娃子，身子骨还硬朗?

硬么，硬得能当棍使。

牛娃子，今年多大啦?

娃还小呢，才八十多。

牛娃子生性乐观，心态极好，很少跟人红脸。牛娃子一生未娶，谁也不知道他为什么不成家。问他，他嬉皮笑脸地说，女人，麻烦，咱一个人多省事，出门一把锁，进门一把火，一人吃饱，全家不饿。

牛娃子父母死得早，只有一个出了嫁的老姑。老姑蒸好一锅馍，让表哥天祥送来，牛娃子可以吃半个月。牛娃子人聪明，一个男娃，却长了女娃的手，细长细长的，很是灵巧。十二岁就能用硬纸片学刻影人，刻好后，领着村里的一帮娃娃，在牛槽前挂块布片，学着耍皮影戏。一个皮影雕刻艺人路过觅子村，看见牛娃子刻的纸影人，惊叹不已，说这娃天生就是个耍灯影的料。于是，收他做了徒弟。

起初，师傅只让他用下脚料刻人的拳头等零碎小活儿。牛娃子悟性很高，一学就会，很快就掌握了刀法，师傅很满意，便将大件的活交给他做。他刻的书桌上的文房四宝、梳妆台上的花瓶鲜花，以及山水人物、亭台楼阁、飞鸟走兽，都活灵活现。几年后，他就能独立完成《二进宫》《渔家乐》《药王骑虎》《黄河阵》这样的全套大活了。

师傅对牛娃子说，师傅再教你，就该露怯了。雕刻皮影的全活你已经学会了，接下来，你应该学学耍皮影。我早就看出你有耍皮影的天赋。这样吧，我给你介绍一个老朋友，姓乔，你去跟他学艺，要不了三年就能出师。牛娃子跪谢了师傅，来到乔家皮影班。

老乔先让他当签手。签子用细竹做成，不管生旦净丑，都是三根签子；剧情里动作较少的皮影子，也可以是一根或者两根。别看一个皮影只有两三根竹签，但真正要活起来，手里不可能只一个两个皮影，多的时候，一只手要操纵五六个皮影，而且每个皮影的动作都不一样，稍不留神就会要乱。一要乱，老乔就用竹板打他的手。刚开始的时候，牛娃子的手背经常是红肿的。后来就慢慢不再挨老乔的竹板了。

牛娃子从没上过学，不识字，但记性却特别好，唱词只听老乔唱一遍就记下了。老乔一肚子的戏，少说也有一百多本，牛娃子学会了八十多本，给师傅没剩下多少。两年下来，皮影里的五个行当他都学会了，能独撑一台戏。

民国十七年，老乔传染瘟疫而死，乔家戏班散了。牛娃子回到觅子家里。

那几年，多亏老姑和表哥接济，牛娃子才活出一条命来。

瘟疫过后，牛娃子从表哥王天祥那里借了一点钱，置办了一套皮影箱，买了一头驴，开始在渭北各地演出。他的唱腔收放自如，道白干净利落，八十句道白能一气道出，唢呐一气能吹十几分钟，下面的观众不把手拍红他都不歇气。他生性幽默，演《屎巴牛招亲》《钱五舔尻子》这些传统滑稽皮影时，台下观众笑得七倒八歪，直喊肚子疼。

所以，当年渭北乡间流传一句话："虎烈拉"走了，牛娃子火了。

民国二十六年，也就是1937年，初夏，红二方面军、十七路军和频阳两万多民众和学生，在庄里镇石川河滩举行盛大集会。表哥王天祥跑来找牛娃子，让他去河滩凑个热闹，给红军去演皮影戏。表哥对他有恩，他二话没说，搬出皮影箱，赶着毛驴，跟着表哥就去了河滩。他一晚上为红军表演了三场，看得红军战士笑声不断。第二天，表哥才告诉他说，昨晚坐在最前面的那个留一字胡的人，就是大名鼎鼎的贺龙。表哥激动地说，你猜他咋说？他说他从来没有看过这么好的影子戏。

夏末，红军改编为八路军，一一五师、一二〇师、一二九师和八路军总部，准备东渡黄河去山西抗日。部队天天从村外路过。表哥王天祥让牛娃子现编一个抗日的戏，给路过的八路军表演，鼓舞士气。

牛娃子说，我没见过日本人，不知道长个啥样子，刻不出来。

王天祥说，小日本小日本，一定是个子很小，你就把八路军刻得高高大大的，把日本人刻成矬子不就行了？

牛娃子这么刻了，在村口搭了戏台，挂起幕布，每天晚上都为路过的八路军表演。队伍浩浩荡荡，整整过了半个月，牛娃子也演唱了半个月，最后把嗓子都唱哑了。

到了秋天，村外又开始过队伍。这回不是八路军，是国民党军，也是往东走，开赴山西前线。八路军路过的时候唱，国民党军路过的时候也得唱，都是抗日的军队嘛。牛娃子又支起戏摊子。国民党军队伍里关中子弟很多，都喜欢看牛娃子演皮影。

一天晚上，一个营长走到后台，问牛娃子，你愿不愿意跟我们去山西抗日？

牛娃子说，我只会唱阿宫，不会打枪，咋抗日？

营长说，你为国军唱戏，就是抗日。

牛娃子说，得是？

营长说，只要你跟我们走，我给你发饷，一个月三块大洋。

牛娃子说，钱倒无所谓，我没见过日本人，想去看看日本人长啥样。走，明个就跟你们去山西浪一趟！

这么着，牛娃子背着他的皮影箱，跟着国民党军渡过黄河，去了山西。部队没有马上上战场，而是先在一个村子休整训练。牛娃子晚上就给国民党官兵演皮影。山西有皮影戏，但没有阿宫腔。听惯了晋剧的村民们，觉着阿宫腔咿咿呀呀的很新鲜，都从方圆十里八乡跑来看。这样热闹了半个月，日本人就打过来了，部队准备开始打仗。

营长把牛娃子找来，说我们要上去了，打仗很危险，你就甭跟着了。

你在村子里等着我们，等打了胜仗回来，你继续给我们演皮影。

营长掏出三颗手榴弹，递给牛娃子说，这东西你留着，万一遇到鬼子，一拉弦，也能炸死他狗日的几个。

营长又开玩笑说，人家山西人爱吃醋，在战场缴枪不缴醋葫芦；你个演皮影的，没了皮影就没猴耍了，你丢命也不能丢了咱的皮影箱子。

队伍走后第三天，前方传来消息说，国民党军队被日本人打败了，死伤了几千人。南边隐约传来的枪炮声一天比一天近，日本鬼子就要来了。村里的人转眼间跑光了。牛娃子没有跑。营长说好让他在这里等，他跑了，营长回来找不见他咋办？一个男人，说话不能不算数。

再说，日本鬼子来了怕啥！我一个演皮影的，他能把我尿咬了？

再说，我还想看看狗日的长个啥熊样呢。

牛娃子就这样一个人在村里等着。可等了好几天，枪声似乎又渐渐远了。他想，这么干等也不是个事，干脆到前面找队伍去。于是，他背着箱子就朝着国民党军出发的方向走去。

走了半天，忽然前面开来三辆汽车，前头一辆汽车上插着“膏药旗”。是日本人。说是要看看日本人长个啥样，日本人真的来了，心里还是发虚，牛娃子转身就想往回跑。

啪——啪——

日本人开枪了。

牛娃子不敢跑了，站在那里，双腿哆嗦。他突然想起皮影箱里还藏着三颗手榴弹，要是让日本人发现了，必死无疑。趁着日本人的汽车还远，他装着摔了一跤，趁机将手榴弹扔到了路边的草丛里。

汽车在牛娃子面前停下来，从车厢里跳下来几个日本兵。他们并不像牛娃子想象的那么矮小。日本兵用枪刺顶在牛娃子的胸部，叽里呱啦地一阵乱吼。牛娃子听不懂他们说啥，好像是问他干啥的。他打开皮影箱，让日本兵看。日本兵用枪刺拨拉了一下皮影，很是好奇。牛娃子取出一只花皮影，挑着竹签比画了几下。日本兵明白了，脸上竟露出了笑容，一挥手，意思是让他上车。

牛娃子只好上车。

车上除了七八个日本兵，还有三个中国人。一个穿着八路军军服，两个穿着国民党军军服。三人被捆绑着用绳子串在一起，军衣上沾满了血迹，其中一个胳膊上还在往下滴血。他们坐在木箱子上。胳膊上流血的看见牛娃子上来，惊讶地问，你咋也被俘虏了？

你认识我？

你是牛娃子，我们营谁不认识你！

原来是那个营的士兵。仔细一看，还真有点面熟。

你们营长呢？

唉，别提了，窝囊透了！营长战死了，全营死得只剩下十几个人，我俩好不容易逃出一条命来，路上又遇到了这帮鬼子……

车子晃荡了一阵，突然停下来。日本兵把他们全赶下车，松开那三人身上的绳子，往他们手里各塞一把铁锹，示意他们在路边挖坑。牛娃子不知道日本兵要干啥，站在一旁傻看。心想，狗日的不会活埋了我吧？

正想着，只听一个低声说，完了，狗日的要活埋我们。

另一个说，我们不能白白送死，跟狗日的拼了！

那个八路军说，我喊一二三，大家一齐动手。

八路军小声喊了“一二三”，三人猛地转过身，扬起铁锹朝日本人劈去。没想到日本兵早有防备，还没等他们的铁锹劈下来，七八支枪同时开火，三个俘虏顿时被打成了筛子。

一个日本兵用枪顶着牛娃子，让他继续挖坑。其他日本兵站在一边抽烟休息，唱一些阴阳怪气的歌。牛娃子心里骂道，日他妈的，这回完了，他们三个死了，什么也不知道了，我却真正的要被日本人活埋了。想想真是后悔。要早知道这样，刚才不把那三颗手榴弹扔掉，这会儿一拉弦，炸死他狗日的几个，自己也不吃亏。牛娃子越想越懊悔。但是等他挖好了坑，日本兵并没有活埋他，而是让他掩埋了那三个俘虏，然后又让他上了车。

汽车拐进一个山口，停在一座小庙前。所有的日本兵都跳下车，开始往庙里搬运车上的那些木箱子，也让牛娃子帮忙搬。牛娃子发现箱子里全是弹药。后来才知道，这里原来是日军的一个小型弹药库。

日本兵并没有把牛娃子咋样，只是对他的皮影感兴趣。晚上，牛娃子挂起幕布，在大殿前面的院子里，为守护弹药库的十几个日本兵演了一场皮影戏。日本兵听不懂阿宫腔，也从未见过皮影，但觉得很好玩，他们一边吃肉喝酒，一边哈哈大笑。山谷很幽静，附近没有村庄，也很少人来往，日本兵也寂寞。

第二天晚上，又演到半夜。牛娃子一闭上眼，就看见那三个血肉模糊的俘虏，恨不能把这些日本兵全都给杀了。可是自己孤身一人，又赤手空拳，根本不是日本兵的对手。他想到了那三颗手榴弹，顿时有了主意。

第三天早上，牛娃子用手势告诉日本兵，他家里有急事，要回去一趟，过几天再来为他们演皮影。日本兵相信了他，竟然放他走了。

牛娃子找到那三颗手榴弹，藏在箱底，将拉弦绑在箱扣上。几天后的傍晚，他又回到那个小庙。日本兵看见他又回来了，竖起大拇指说，你的，大大的良民。

牛娃子把皮影箱子放在殿前的院子里，日本兵围拢了上来。牛娃子突然捂着肚子，皱起眉头说，我的，肚子吃瞎了的，很难受，想跑后。日本兵听不懂他说的吃瞎了、跑后是什么意思，就说，你的，跑后的，什么意思？他做了一个脱裤子的动作，然后蹲在地上。日本兵明白了，哈哈笑起来，说，你的，快快地去，快快地回。

牛娃子出了庙门，走到日本哨兵看不见的地方，撒腿就跑。他知道日本兵对皮影很好奇，等不到他，一定会打开箱子翻看。果然，刚跑出两里地，就听身后“轰隆”一声，接着又是一阵接连不断的“轰隆”。扭头一看，小庙那里火光一片……

牛娃子准备逃回关中。在渡船上，他跟一个穿青布长衫的人聊熟了，就忍不住说了炸日本弹药库的事。回到频阳，他却守口如瓶。可是时隔不久，西安各大报纸纷纷刊登消息说，频阳皮影艺人牛娃子，在山西前线孤身一人炸了日军的弹药库，炸死了十七个日本兵。牛娃子这才知道原来渡船上那个穿长衫的人，是个记者。消息一经传出，震惊了整个频阳城。县政府派人找到牛娃子，问有没有这回事，牛娃子只好说了实话。

频阳出了个抗日英雄，这可了不得。县上慰问，省上表彰，又是颁发奖状，又是奖励现大洋。但牛娃子并不当回事。他用政府奖励的现大洋，重新置办了一套皮影箱，照样走街串巷演他的皮影。

抗战结束后，国共又开了战。频阳是国共拉锯战的主要战场，一会儿国民党军来，一会儿解放军来，走马灯似的，让人眼花缭乱。

战火中，牛娃子赶着一头毛驴，驮着皮影箱，游走在渭北大地。表哥王天祥经常让牛娃子给这里捎封信，给那里捎封信，说是跟别人商量生意上的事。直到新中国成立前夕，表哥才告诉牛娃子，他是地下党员。

表哥说，老弟呀，你不但是个抗日英雄，还是我党的一个老交通。这些年，你为革命传递了很多重要的情报，是革命的功臣。表哥问他想不想入党，牛娃子说，我一个演皮影的，入党弄啥，不入。

新中国成立后，表哥王天祥在西安当了局长，他向频阳县政府举荐牛娃子，说他打过日本，当过地下交通员，对革命做出过贡献。县长找牛娃子谈话，问他愿不愿当文化局长。

牛娃子说，我没文化，还能当文化局长？

县长说，县里准备成立一个阿宫剧团，要么你当团长？

牛娃子说，我一个人野惯了，管不了这么大的摊子，马亚民比我有本事，他既有文化，又对阿宫腔有研究，他当团长最合适。

县长笑了，摇摇头，只好由他去了。

后来马亚民真的当了团长。

一头毛驴，一个皮影箱，牛娃子还和以前一样，演他的皮影。

“文革”时期，表哥王天祥被下放到频阳劳动改造。牛娃子问王天祥，你到底犯了啥法？王天祥说，我也不知道，这世事乱了，没有个是非曲直。牛娃子说，我明白了，跟戏上一样，准是朝里出了事。

王天祥被下放到频阳，城里那些人还不放过他，好几次跑到频阳来，要开他的批斗会。牛娃子只要听到风声，就把王天祥藏在自家的红苕窖里，每次都让那些人扑了空。

后来，西安派来了专案组，专门调查王天祥的问题。专案组找到牛娃子，让他说说王天祥新中国成立前的一些事情。牛娃子就把王天祥如何让他给红军、八路军演皮影，如何让他为党传递情报，一五一十，说了个仔细。

专案组的人说，你甭说这，说说他让你给国民党演皮影的事。

牛娃子说，不是他让我演的，是我自己要演的。

那你说，你为啥要为国民党演皮影？

国民党也是人，也抗日，也喜欢看皮影戏。

听说你跟国民党还去了山西？

去了，咋啦？打日本也犯法？

听说国民政府还给你发了奖状？

发啦，咋啦？

你咋这态度？

我就这态度！

你就不怕无产阶级专政？

我就是无产阶级。我穷得就剩下我自己。

你是流氓无产阶级！

六毛七毛，关我的㞗毛！

专案组的人恼羞成怒，把牛娃子捆起来打，打断了一条腿。

“文革”过后，王天祥平了反，回到西安当了区委书记。他想把老光棍表弟接到西安去安度晚年，牛娃子死活不去，说我一个人野惯了，还是演我的皮影舒坦。

牛娃子还和以前一样，一头驴，一箱皮影，行走在渭北各个村庄。只是瘸了一条腿。路人遇见了，问：

牛娃子，身子骨还硬朗？

硬么，硬得能当棍使。

牛娃子，你今年多大啦？

娃还小呢，才八十多。

丙申

8. 小生张青

日头快落山的时候，戏班的人找到张青，说田班主的老丈人死了，一家人要去安康奔丧，让张青去流曲镇为田班主看门。

张青前天才向田班主告假回白庙，准备帮家中种麦，昨天刚种了一垄，还有三垄没来得及种，这时让他回去，麦谁来种？

张青大说，班主对你有恩，人家有急事，你赶紧去，种麦的事你甭管，我让你妹夫过来帮几天忙。

张青拿了一个冷馍，匆匆出了家门。

田班主待张青确实不薄。张青当初在金家班学小生，快要出师了，先是花旦莲子跟湖北来的商人私奔了，后是香草当了土匪朱老三的压寨夫人，割了金班主的舌头。这一折腾，好好的一个金家班便散伙了。张青得吃饭，只好投靠田家班。田班主以前跟金班主有过节，但并没有因此拒绝张青，说这是我与老金的恩怨，与你们这些娃娃无关。他痛快地收留了刚满十七的张青。如今，张青已经成了田家班的压台小生。张青为人实在，戏又唱得好，田班主很是喜欢，当亲儿子一样看待，甚至私下里准备将独生女儿凤儿许配给张青。

但张青并不喜欢凤儿，他的心思在另一个女娃身上。

从白庙到流曲，要经过石道坡、西头堡和曹村。走到石道坡的时候，张青心里就生出一个主意，离曹村越来越近，这主意就变成了一件接一件的事情，这些事情烧得张青浑身火烫，脚底下掀起一阵阵热风。

天麻麻黑，到了曹村，张青收住了脚步。

一个碎娃在村头独自甩泥巴玩，张青走过去，从身上摸出三颗洋糖。这是前天离开戏班时，凤儿悄悄塞给他的，他揣在身上忘了吃。

张青问碎娃，这是啥？

碎娃摇头。

张青说，这是洋糖，甜得很，比冰糖还甜！

碎娃直勾勾地盯着洋糖，舔了舔嘴唇。

张青剥开一颗，塞进碎娃的嘴里，问，甜不甜？

碎娃吸溜了一下嘴，缩了下脖子说，甜！甜得很！

张青问碎娃，还想不想再吃一颗？

碎娃说，想。

张青说，你把曹财主家的娟子叫出来，我就再给你一颗。

碎娃转身跑了。他很快就叫来了娟子。张青给了碎娃一颗糖，把娟子领到不远处的打麦场。

天黑，看不见娟子的眉眼，只见一张白脸。

你吃豹子胆了？娟子说。

想见你么，想得不行了。

张青把剩下的一颗糖剥了，要往娟子嘴里送。

娟子往开躲，啥嘛？

洋糖么。

哪儿来的？

人给的？

谁？

甭管谁，你先吃，甜得很！

说着就塞进娟子的嘴里。凤儿给他的糖，他却塞进了娟子的嘴里，心里觉着多少有点对不住凤儿。

就是甜，娟子问，你咋不吃？

就剩下一颗了。

咱俩分着吃。

你吃。看着你吃，我心里就觉着甜。

你不吃，我也不吃。

娟子把糖从嘴里取出来，要往张青嘴里塞。

张青闭紧嘴巴，躲开说，你这样给我，我可不吃。

娟子问，那咋给你？

张青先坏笑，然后说，用嘴。

娟子推了他一把说，看着你老实，其实是个蔫驴，一肚子花花肠子，也不怕人看见。就扭头往后看。

张青说，天这么黑，谁看见？

说着，拉住了娟子的手。娟子惊慌地退避，朝四下里看，狗大的一个人都没有。张青将娟子拉到身边，说让我尝尝甜不甜。娟子没办法，只好将糖塞进自己嘴里，闭着眼睛，努起嘴。张青逮住了娟子的嘴……

娟子推开了张青。

张青说，你的嘴比糖还甜。

娟子说，你赶紧走！让我大看见，非捶死我！

张青说，明天是流曲庙会，你来，我在东门口槐树下等你。

娟子说，我不去，你不老实，我害怕。

说完，转身跑进了村子……

流曲镇从前叫凤凰城，不仅在频阳县，就是在整个关中道都很有名气。有名气不是因为镇子大，人稠，是因为一个人和一种食物。这人叫孙丕扬，明朝时的太子太保、吏部尚书；食物是琼锅糖，曾经被孙丕扬当贡品进献给皇上。

孙丕扬小时候家里很穷，经常一个人躲进镇北废弃的姑姑庵读书。姑姑庵年久失修，夏不遮雨，冬不挡风，墙上织满了蜘蛛网，香案上积满了灰尘，所以很少有人光顾，十分清静，倒是个潜心读书的好地方。一女子路过姑姑庵，听到琅琅读书声，扒着门缝往里一看，见清瘦儒雅的孙丕扬如此用功，想他日后一定会考取功名，回家后便托媒婆去孙家说媒。孙家正愁儿子娶不到媳妇，便满口答应。两家很快商定了迎娶的日子。成亲那天，孙丕扬掀开新娘的盖头，大吃一惊：新娘奇丑无比，一口黄牙，满脸麻子，又黑又老，头上还长满了秃疮。孙丕扬叫苦不迭，但事已至此，也只好认命。孙丕扬婚后依然苦读不辍，丑女纺线织布，日夜辛劳，白天给孙丕扬端茶送饭，夜里陪孙丕扬苦读五更。见丈夫身体日渐瘦弱，丑女就用大麦做成麦芽糖，加上小米、芝麻，制成芝麻糖，给孙丕扬补养身子。后来孙丕扬做了大官，当了太子太保、吏部尚书，还经常让妻子给他做芝麻糖吃，并进献给神宗皇帝朱翊钧。这芝麻糖后来就在京城渐渐出了名。因皇帝吃过，便叫琼锅糖，隐含琼浆玉液的意思。

张青脚下踏着黏稠的夜色，心里想着娟子，不知不觉就到了流曲镇。拉胡琴的老齐坐在田班主堂屋的煤油灯下吸烟，见张青进来，在地上磕了烟锅，立起身说，你来了我就走呀，你给班主把门看好。

张青说，天黑了，路上不好走，你天明再走。

老齐说，天黑是黑，但路是熟路，不碍啥；我明天一早还要种麦，班主有事，戏班放假七天，刚好把麦种上。

说着人就到了门口，消失在黑夜里。

第二天一早，张青出门来到街上，在食摊上吃了三个油糕，又买了三个油糕，用油纸包好；再到街边的甑糕摊，用竹叶包了一份甑糕，到瑞祥食铺，买了四斤琼锅糖；又到刘家布庄，扯了六尺红格子洋布。他先将这些东西送回家，然后返身回到街上，站在东门口那棵老槐树下，面朝西北方向，等娟子。

娟子嘴上说不来，但张青知道她肯定会来。

娟子家是曹村最大的财主。娟子大曹富贵是个阿宫迷，常请田家戏班去家里唱堂会。一来二去，张青与娟子熟悉了。娟子最爱听张青唱《忠义侠》周仁哭墓那一段：无情棒打得我皮开肉绽，好似那觳觫羊脱离刀尖，浑身上无完肤蓬头垢面，放悲声哭奔到贤妻墓前……每回听到这里，娟子都泪水涟涟。只要张青在场，娟子的目光就一直粘在张青身上。张青也注意到了曹家这个白脸长辫子的二女子，所以只要她在场，他都唱得格外起劲。

有一次，张青去后院小解，返回时在门口遇见了娟子。娟子说要送一个东西给他。张青问，啥东西？娟子说不管啥东西，你都得收下。说着一只手从背后伸出来，将手里裹着东西的手帕，慌里慌张地塞进张青手里，红着脸说，你回去再看。转身跑掉了。

张青回去打开一看，是一双绣花鞋垫。针脚细密，绣着一对鸳鸯，便明白了娟子的心思，激动得夜里睡不着觉。鞋垫哪儿舍得踩在脚下呀！塞进枕头枕着，夜里净做鸳鸯梦。

张青站在树下等了不大工夫，赶庙会的人渐渐多了起来。知道娟子会来，但还是担心她给啥事绊住，一时来不了。正胡思乱想，远远地看见了娟子。等娟子快要走到跟前时，他却不去看她，转身就走。人在前面走，心里的一双眼却朝后看。走进田班主家院子，站下，转身等着。娟子果然跟了进来。张青关了门，把娟子领进屋，顺手关了二门。

娟子剜了张青一眼，说，做贼一样，吓死我了！

张青拿出油糕和甑糕，双手端给娟子说，还热着哩，你先吃。

娟子看着张青，目光热热的，转过半个身子，吃了起来。吃了一点，却不吃了，说，我吃饱了。

张青又拿出刚扯的红格子洋布说，这是给你买的，你拿回去做个褂子穿。娟子脸红了，装着生气的样子说，你挣几个钱，就这么胡花？但眼神里满是喜欢。

张青趁机一把将娟子抱住，说，我想吃糖。

娟子故意往开推张青，说我又不是卖糖的货郎。

你不是货郎可是你有糖，你有比糖还甜的糖。

娟子还想说啥，嘴却被张青的嘴堵住了。两人呼哧呼哧直喘气。吃了一会儿“糖”，张青把娟子横着抱起来，就往屋里走。

娟子说，不敢。

张青喘着粗气，将娟子平放在炕上。

娟子坐起来，说，不敢，不敢。

张青牛一样地喘着气，笨拙地解娟子的衣扣。

娟子说，不敢，不敢，不敢……

张青像剥葱一样剥下娟子的衣裤……

娟子开始还“不敢不敢”地推拒，后来“啊呀”一声，咧着嘴直吸冷气。再后来，就用颤抖的双手搂住了张青的腰……

冬至过后不久，田班主把张青叫到屋里，郑重其事地对他说，如果你愿意给我当上门女婿，明年春天，我就给你和凤儿完婚。张青明白班主这是在抬举他，可他心里装着娟子，咋能给人当上门女婿呢？但又不好当面拒绝班主。张青一直低着头，没有吭声。班主以为他是不好意思，是默许了。这么好的好事，用脚后跟都能想清楚，谁会不愿意？

张青不知如何是好，正为这事叵烦，娟子那边又出了问题。

有一天，张青在街上碰见了娟子。其实不是碰见，是娟子专门来流曲找张青。娟子低声说，你跟我走。

张青跟着娟子，来到镇子外面废弃的砖窑。

娟子低头缠绕着自己的辫梢说，青哥，我可能出事了。

张青吓了一跳：出啥事了？

娟子红着脸说，我好几个月没来了……

张青没听懂，啥没来了？

娟子脸更红了，说，你真笨，就是身上没来了嘛。

张青似乎明白了，你是说……

娟子点了点头。

张青说，你能肯定？

娟子重重地点点头，然后拿黑亮的眼睛看张青。

张青没有想到会是这样，一时没了主意。

娟子说，青哥，我不怕，只要能跟你在一起，我啥都不怕。

张青将娟子揽进怀里说，娟子你放心，我一辈子都会对你好！你让我好好想想。后天中午你来这里，我们商量办法。

第三天早上，张青向田班主索要了暂存在戏班的所有工钱：三块银圆。说准备回家一趟。田班主以为张青回家是准备婚事，便痛快地给了钱，准了他的假，说钱不够就从我这儿拿，一家人不要客气。张青说够了，足够了。给田班主磕了一个头，他起身出了门。

张青来到砖窑，娟子穿着一件新红格子褂子，已经等在那里，手里还提着一个包袱。

张青问，你这是干啥？

娟子说，跟你私奔呀。

张青说，你咋知道我是这主意？

娟子说，除了这条路，咱还能有啥路好走？田班主不会放过你，我大也不会放过我，咱俩只能私奔了。

张青将娟子揽进怀里，眼睛一下子湿了，说，我对不起你，让你这么狼狈……

娟子说，只要能跟你在一起，啥样的日子我都不嫌。

可是，往哪儿私奔？往南，是国民党统治区，田班主弟弟是国民党的一个团长，部队就驻扎在南边的三原县。只能往北。北边有刘志丹的游击队。干脆投奔共产党的游击队算了。张青说了自己的想法。

娟子说，我听你的。

两人厮跟着往北逃去。

天黑时，他们到了黑水峪。黑水峪崖高谷深，山路崎岖，夜里不好走道。听说土匪剩娃经常在这一带活动，他们就更不敢往前走了。转过一道崖头，前面出现一处灯光。他们走到跟前，原来是一家旅店。

掌柜的是个黑脸矬子，热情地招呼道，二位来了，坐坐坐，先喝口热茶。招呼他们在屋里唯一的木桌前坐下，提壶倒上了茶水。然后说，先吃饭，再住店，二位想吃点啥？

一口气走了三十里路，还真有点饿了。

张青说，来两碗油泼面。

黑脸矬子进灶房叮叮当当做饭。张青喝了口茶，起身转了转，发现这旅店是里外两间，里间是客房，外间是小饭馆。店里连个小二也没有，只有黑脸矬子一个人在忙碌，也不见其他客人进出，心里有点纳闷。

吃完面，天已经黑透。黑脸矬子端着碗筷进了里间。娟子将嘴附在张青耳边说，我咋感觉这店怪怪的，会不会是个黑店？

张青小声说，周围就这么一家店，是福是祸也得住下，总比在半道上碰到土匪强。即使是黑店，那矬子才到我半腰，也不是我的对手。有我在，你就把心放在肚子里，安安稳稳地睡一觉。

黑脸矬子收拾停当，将二人领到客房。屋里一个土炕，一床被褥，一盏麻油灯。除此之外，啥也没有。黑脸矬子用手里的灯盏，引亮炕台上的麻油灯，赔着笑脸说，小本生意，有些简陋，二位将就将就。你们睡觉的时候，最好把鞋放在炕沿上，这样就不会让老鼠打的虚土埋住。山里老鼠多，脚地上的虚土天天打扫也扫不干净。

娟子低头一看，地上果然到处是虚土。

黑脸矬子走后，张青脱了褂子，露出腰里别着的那双鸳鸯鞋垫。娟子说，你没铺在鞋里呀？张青将鞋垫放在枕边，笑着说，我咋舍得铺在脚底下呢？要是不怕人笑话，我都想用绳子串着，挂在脖子上哩。娟子心里感动，嘴上却说，你就是嘴甜。张青说，再甜也没有你的甜。说着就把娟子拥在怀里，想帮娟子脱衣裳。娟子拦住说，你看那被褥脏的，不敢脱衣睡，你也把褂子穿上。张青说，管他脏不脏，我想脱光了跟你睡。娟子说，看你没出息的样儿，我们往后日子还长着呢。张青只好将褂子穿上，将鞋垫揣在怀里。娟子见张青有点失望，想说什么，又没说。

两人躺在炕上，吹灭了灯。

娟子猫一样窝在张青怀里说，他在动呢。

张青没有反应过来，问，谁？

还能是谁？你儿子。

张青“哦”了一声，把娟子搂紧，说，你咋知道是个儿子？

我猜的，我喜欢儿子，想让他像你。

我倒喜欢女儿，像你才好，白白净净、乖乖巧巧的，让人心疼。

山里很静，远处传来几声狗吠和野兽凄厉的叫声。屋里果然有老鼠，灯一黑，就在脚地下到处乱窜，还发出吱吱的叫声，有一只甚至跳到了炕沿上，被张青一脚拨拉到了地上。娟子吓得直哆嗦。到了后半夜，两人才困倦地睡去。

迷迷糊糊的，有光线照进张青的眼缝。他以为天亮了，睁开眼，却不是，是油灯亮着。睡的时候吹了灯的，咋就亮了？

张青一激灵，翻身爬了起来。

脚地站着一伙男人，手里提着盒子炮。

坏了，准是土匪！

站在前面的是一个刀条瘦脸中年男人。见张青醒来了，笑了笑，露出满嘴黄牙，说，不好意思，打扰兄弟睡觉了。

娟子听见有人说话，醒了，看见满地的人，吓得躲在张青身后。

刀条瘦脸说，兄弟你好福气，有这么一个水灵的女娃。我明人不做暗事，我是剩娃，吃百家饭的，今个我们遇上了算是有缘。我把话给你挑明了，既然有缘，就得有点交情。我问你，从哪里来？要到哪里去？

事已至此，害怕也没有用。张青定了定神，对土匪实话实说。

剩娃说，原来你拐骗了人家女娃。

娟子把头从张青背后伸出来说，不是拐骗，是我愿意的。

剩娃笑了，说拐骗也好，愿意也好，咱得商量这事咋办。

张青把身上仅有的三块银圆掏出来，放在炕沿上说，就这么多，你全拿走。

剩娃说，钱我不要，我要这女娃。

张青用手臂护住娟子说，你要我啥我都行，只求你甭伤损她。

剩娃说，我原来是想向你借点钱，可是谁让我一眼就看上这女娃了呢？我既然看上了，钱就不要了，你的命也不要了，只要这女娃。咱做事得讲道理。这女娃是你拐来的，你已经睡了头觉，你不吃亏，我也不计较；我已经四十多了，到现在还没有个压寨夫人，你总不能让我断后吧？再说你还年轻，长得又体面，再找个女人不费啥。钱你留下，命你留下，女娃我带走。

张青护住娟子说，你就是杀了我，也不能把她带走！

剩娃说，咦，你还是个不要命的货！

一摆头，几个土匪跳上炕，把张青打翻，扛起娟子就往外走。张青被打得口鼻流血，见土匪出了屋门，跳下炕疯了似的追了出去。

娟子在土匪的脊背上乱踢乱蹬，拼命哭喊，青哥！救我！

土匪往娟子嘴里塞了个东西，娟子没了声息。

张青追上剩娃，一把拽住他的褂子，说你放了她，杀了我！

剩娃回身一脚，将张青踹出老远。我说过不杀你，就不杀你。

张青爬起来再追。

剩娃啪啪两枪，打在张青的脚跟前，说我这人讲义气，给你留条命，你要再跟着我，我就真杀了你。

张青根本不听剩娃说什么，扑了上去。

剩娃扬起盒子炮，一枪把将张青打倒在地……

张青醒来，天已大亮。过了好一阵，他才记起之前发生的事。他从地上爬起来，踉踉跄跄站稳，头疼欲裂。初升的日头有些晃眼。路上静悄悄的，土匪早已没了影踪。想去追，可上哪儿去追？他突然想起黑脸矬子。或许他们是一伙的。人跑了，店跑不了。对，去找狗日的！

张青冲进旅店。

黑脸矬子哭丧着脸，一个人坐在屋里叹气，还没等张青说话，倒先开了口：日他妈的，真是倒霉！刚攒下两个月的钱，准备回家盖房，让狗日的全收走了，一个子都不给爷剩，这店没法开了！见张青满脸污血，他急忙端来一盆清水，让张青洗了脸，帮忙包扎头上的伤。

兄弟，算你走运，没让剩娃要了小命，我在黑水峪开了三年店，就没见过在剩娃手里能活命的。女人丢了就丢了，回去再找一个，好歹把命保住了。

张青感觉黑脸矬子不像是剩娃的帮凶，问道，你知道土匪窝在啥地方？

咋？你还要去找？不要命了？

不要了。没有了娟子，我活着也没啥意思。

你不要命也救不了你女人。剩娃来去无踪，谁知道窝在哪个山洞？你要是有能耐，就把刘志丹的队伍拉来，除了刘志丹，谁也对付不了那狗熊。你都看见了，狗熊手里有二三十条枪哩。听说这阵子刘志丹的队伍在黄龙山哩，离这里有上百里。可话说回来，人家刘志丹是共产党，是弄大事的，你就是找到人家，人家也不会为一个女人，把队伍拉到这黑水峪来。你自认倒霉算了，还是早些回家吧。

黑脸矬子的话有道理。咱不认识刘志丹，人家凭啥替咱救人？但是矬子的话让张青突然想起一个人，他顿时有了主意，拔腿走出旅店，朝西山方向走去。

张青想到的人，是香草。就是人称“观音土匪”的香草。

张青以前在金家班学戏的时候，跟香草比较亲近，那时他才十三四岁，叫她香草姐。香草性格孤僻，不跟别人来往，却跟张青又说又笑。张青帮香草干点杂碎活，香草经常塞给张青一点小吃食。香草高兴的时候，还摸着张青的脑袋说，我们张青将来肯定是个好小生。后来香草被迫当了朱老三的压寨夫人，听说还吃观音土。张青怎么也不相信清秀水灵的香草姐会吃观音土。朱老三被官府打死后，香草当了匪首。香草姐如果能带着她的人马来救娟子，剩娃肯定招架不住。

张青来到西山，在沟沟岔岔转悠了三天，也不见香草的人马。问砍柴的老人，老人说，你娃寻死哩，旁人躲还躲不及，你却到处寻土匪！

张青说，我等着土匪抢我哩。

老人瞥了张青一眼说，你肩膀吊两胳膊，穷得只剩下一张嘴，土匪抢你干啥？

这话提醒了张青，等老人一走，张青捡了一些石头，塞进褡裢里，弄成看上去像是背了不少硬货的样子，背着褡裢，在山里到处乱走。

果然，不到半日，两个土匪就冷不丁从树上跳到跟前。土匪打开包裹，见里面是一些石头，抡了张青一个嘴巴，一脚把他踹在地上，骂道，你狗日的竟敢日弄爷！举枪就要打。

张青急忙说，香草是我姐，我寻她有要紧事哩。

土匪相互看一眼，收起枪，说你要敢哄爷，小心爷剥了你的皮！

土匪用黑布蒙了张青的眼，押着走了一阵，然后去掉他脸上的黑布。张青发现自己站在一个山洞里，黯淡的光线下，面前坐着的女人正是香草。六年不见，香草还是那么水灵。张青叫了一声“姐”。

你是张青?

是我。我找了你好几天了。

你咋跑来了?

张青把事情经过说了一遍。

香草说，你放心，姐帮你把人要回来。我也正准备找剩娃这货算账呢。几年前，掌柜的遭难，就是狗熊告的密。我曾想收拾他，几次都让他给溜了。这一回，得好好谋划，跟狗熊新账老账一起算!

香草派出三路探子，去打探剩娃的底细。几日后，探子陆续回来了，基本摸清了剩娃的活动规律。其中一个探子说，黑水峪那家小店是剩娃的眼线，前几次让狗熊溜了，都是那黑脸矬子报的信。这一回，我给矬子下了套，说三天后要路过那里，去陕北贩十头驴，让矬子把客房留好。十头驴可是一大笔钱，矬子一定会将消息告诉剩娃，剩娃一定会来打劫，到时候，我们正好拾掇了他。

香草说，好，就这么干!

三天后的傍晚，那个探子装扮成驴贩子，背着沉甸甸的褡裢，住进了黑水峪旅店。入夜，香草带着张青等几十个人，潜伏在旅店周围。到了后半夜，果然有十几个黑影从沟里悄悄摸了上来，刚要进旅店，被香草的人用枪顶住了腰眼，一个个麻利地下了枪。

押进旅店点灯一看，果然是刀条脸剩娃。

剩娃看了一眼咯嘣嘣吃着观音土的香草，尴尬地嘿嘿笑了两声，说，我就知道是你。我就知道迟早会有这么一天。早就听说你爱吃观音土，还从来不摸枪，今个一见，确实如此，兄弟佩服!只是我一个拿枪的爷们，栽到你一个不拿枪的女人手里，确实有点丢人。你痛快点，给爷一枪算尿!

这边正说着话，那边黑脸矬子悄悄从人缝里钻出，朝黑地里跑。香草身边的一个土匪一扬盒子炮，“叭!”黑地里“妈呀”一声，就没了声息。

香草问剩娃，你前几天抢的那个女娃哩?

剩娃说，唉，我毛还没有沾上，她就拿剪子把自个戳死了……

张青一听娟子死了，惊叫一声，扑向剩娃。

香草拦住张青说，人死不能复生，你亲手杀了这货，也算给娟子报了仇。香草从一个土匪手里接过一把枪，递给张青。

张青在一个土匪的指导下，“叭叭叭……”将剩娃打成了马蜂窝……

张青跟随香草回到西山。香草把一个五六岁的男娃叫到跟前，让男娃叫张青叔。张青问，这是谁？香草说是我儿子，叫朱子良。

张青问，是朱老三的儿子？

香草没有说话，脸色很难看，从案几上抓起一块观音土，咯嘣嘣啃了起来……

有一天，土匪从山下带上来一个人，说是仓颉庙化缘的和尚。香草训斥道，你们捉出家人做啥？真是作孽，赶快把人家放了！那和尚双手合十说，阿弥陀佛，我佛慈悲，施主如此仁慈，定会得到佛祖的保佑。

娟子死了，张青心灰意冷。现在看见和尚，心里一动，对香草说，我想跟他出家，去仓颉庙。

香草说，我早看出来了，你压根儿就不想留在山上。这样，我给你点本钱，你下山去做个小买卖，将来娶个女人成个家，何必去当和尚？

张青说，没有了娟子，我对啥都没了兴趣。

香草叹息一声，让张青跟和尚下山去了仓颉庙。

仓颉庙在白水县，背靠黄龙山，南临洛河水，距史官村二三里。这是一座古庙，东汉时期就有了规模，四周土墙环绕，自南向北依次为照壁、山门、前殿、报厅、中殿、寝殿、墓冢，两侧是东西戏楼、钟鼓楼、东西厢房。东西两门上皆镌刻有对联，东门上是“画卦再开文字祖，结绳新创鸟虫书”，横批是“通德”；西门上是“雨粟当年感天帝，同文永世配桥陵”，横额是“类情”。说的是庙的主人仓颉。

仓颉是黄帝的史官，创造了汉字。仓颉庙的寝殿里许多壁画画的就是黄帝的功德与仓颉造字的故事。

仓颉庙有四五十棵古柏，树龄都在三五千年。最大的一棵在西北角，树身粗三丈，高六丈，据说是仓颉当年亲手所植，已有五千年历史，故名仓颉柏。与这棵仓颉柏可以相提并论的还有两棵：一棵是仓颉墓西侧的转枝柏，这树上的枝叶轮流枯荣，可以预兆年景的旱涝丰歉；另一棵是前殿东南角的怪柏。这树长得怪诞，满身鳞片，只有两枝树干，中间夹一凸包，像个龙珠，所以取名二龙戏珠柏。

张青在仓颉庙当了和尚，法号无空。主要事务就是照管这些古柏，倒也自在清静。只是夜深人静的时候，他常常会拿出那双鸳鸯鞋垫，唏嘘叹息，想一会儿娟子，掉几颗清泪。

日子久了，无空便与这些不会说话的古树有了感情。尤其是那棵二龙戏珠柏，越看越像娟子。无人的时候，他就歪着头跟树说话。高兴的事说，不高兴的事也说，什么话都给这树说。

每年的三月二十八日，仓颉庙都要举行盛大的庙会。这一天是仓颉的生日。有庙会，就得唱戏。不是一台戏，是两台戏，一台在东戏楼，一台在西戏楼，这叫唱对台戏。一般请一个秦腔戏班，一个阿宫腔戏班。天一黑，点上清油灯，两个戏班同时开演，一直要演到鸡叫才算完，所以叫“天明戏”。哪家戏班戏好，唱得起劲，观众就往哪家戏台下拥。失去观众的戏班就得赶快换戏。如果连换两台戏，还把观众吸引不过来，就得认输，班主就得跪在仓颉像前谢罪。阿宫腔戏班有几次眼看要输了，无空心里一急，脱了袈裟，跳上后台，抢了戏装戏帽上了台，他一亮嗓子，很快就把观众吸引了过来。可是很少有人能看出，台上那个小生就是和尚无空。有一年，田家戏班也来仓颉庙唱对台戏，无空就站在戏台下面，看着师兄师弟唱戏。但是，台上的人却不知道，台下站着一个原来的张青。

日子一晃，十几年就过去了。

1947 年冬天，解放军与国民党军队在宝鸡打了一仗。结果，解放军打败了，撤退到黄龙山下集训，通信连就驻扎在仓颉庙里。

炊事班的一个战士生火做饭，找不到柴火，就提着板斧，爬上树去，将树枝砍下来，充当了柴火。无空知道后，气得去找一个留着一字胡的解放军首长评理。首长火冒三丈，让人捆了那战士，要军法处置。无空见那战士只有十六七岁，又连忙向首长求情，那战士才免遭惩罚。

后来，那首长用石灰亲手在照壁上写下“保护文物古迹”几个大字。等解放军走后，无空才听说那首长叫贺龙。

“文革”时，一帮红卫兵冲进仓颉庙，砍伐二龙戏珠柏，想要为武斗而死的战友做棺材。无空冲上去阻拦，竟被活活打死。

无空死后，葬在庙后的黄龙山上。

现在，连坟墓也找不见了。

丙申
益民

9. 硬 弦

得娃不是娃，是个老头，是个很老的老头。得娃生性乐观，只会笑，不会哭，他一生没掉过一滴泪。他一辈子最遗憾的事情是，没有看见过老婆白女的俊模样儿。白女是解放初期频阳县闻名的美人儿。一个年轻美丽的女人，怎么会落到一个又老又丑的瞎子手里？这在当年的频阳算是一桩奇事。但细说起来，奇事也不算奇。

得娃在县剧团拉硬弦，许多事情睁眼人都做不到，他却能做到。剧团发工资，他用手一摸，就知道是三十六块八：三张十块的，一张五块的，三张五毛的，一张两毛的，一张一毛的。他把钱卷成一卷，往裤兜里一塞，拄着枣木拐棍，摸黑往家赶。老婆白女等着用钱哩。他虽然是个瞎子，但走路却不比常人慢，这全凭了跟了他多年的那根枣木拐棍。拐棍就是他的眼睛。拐棍被他的手磨得溜光溜光，只是比原先短了一两寸，他后来在下面包了层铁皮，才没有继续短下去。他家在赵村。赵村离县城不远，五里多地。他一路走，一路放屁。那年月整天吃红苕，吃得嘴里直冒酸水，后面臭屁“嗵嗵”。走着走着，感觉肚子不舒服，知道是红苕“驴蹄子”在里面踢腾，只好拐到路边的麦地里。清明刚过，麦苗不高，还戳不到尻子。蹲了一会儿，肚子松泛多了。他提起裤子，又继续赶路。

等他回到家，娃们已经睡了，白女还醒着，伸手向他要钱。他一摸裤兜，坏了，钱不见了。白女脸都吓白了，说赶紧找找，跳下炕动手就在他身上翻，把所有衣兜翻成了狗舌头，也没有找到钱。白女急哭了，说肯定遗在路上了，你咋这么不经心！要是让人拾去了，这个月咱喝风屁屁呀？赶紧去找！得娃摆摆手，让她甭吭声，自己坐在炕廊上低头想。想了一会儿，突然一拍大腿说，我知道遗在哪里了！起身就往外走。白女跟出屋，得娃头也不回地说，你去干啥？你安心睡觉，我保证能找回来！白女心里说，昏天黑地的，明眼人都看不见，你就能找到？但嘴上啥也没说，不再动步。想是这么想，但还是相信他，知道啥事都难不住他。他说能找到，就一定能找到。

得娃顺原路朝县城返，走到刚才解手的地方停下来，拐进麦地，一边往前蹭，一边弯腰用鼻子嗅。嗅到味儿了，从地上捡起土疙瘩，往刚才自己蹲的地方扔。扔到硬处不是，扔到软处才是。“噗”的一声，扔到软东西上了。他在周边伸手一摸，没有摸到不该摸的东西，真就摸到了那卷钱。他直起身子，舒了一口气，嘿嘿笑了，心里说：啥能难住我得娃？把钱塞进兜，又顺原路朝家返。

这是 20 世纪 70 年代的事。得娃现在年纪大了，但腿不圈，腰不弯，就像他拉了一辈子的那把硬弦那么硬邦。得娃是解放后才成家的，成亲时他三十六，白女二十四。白女白白净净，嫩得能捏出水来。头几年他们没有娃娃，得娃回家比较勤，隔三岔五就从县里回去一趟。天黑从县城回家，鸡叫二遍再起身往县城赶，来回这么折腾，也不觉得累。剧团人笑话他：得娃你瘾真大，得是想把前多年的损失补回来？得娃圪挤着瞎眼笑着说，一万年太久，只争朝夕。说着“嗵嗵”放了几个臭屁，惹得大家一阵哄笑。得娃说，笑啥哩？谁吃红苕不放屁？毛主席红苕吃多了，也一样放屁。大家笑得更厉害了。

有天黑夜，得娃回家走进院子，听见白女在屋里跟人争吵。

白女说，你是队长，你还要不要脸？

队长说，你能跟国民党的师长睡，能跟瞎子得娃睡，就不能跟我睡？

我要脸弄啥？脸皮薄，摸不着，脸皮厚，吃个够！

白女说，你再动手动脚，我就喊人呀！

队长说，你喊你喊，你把人喊来，我就说你想腐蚀我！

白女说，你敢胡来，我告诉得娃！

队长说，他一个瞎子，能把我尿咬了？

一股黑血直往得娃头上涌，他冲进屋里，轮起拐棍就打，正好打在队长的头上。队长"哎哟"一声往外跑，得娃从后面又是一拐棍，打掉了队长的半只耳朵。第二天，队长对村里人说，黑夜走路遇见了狼，半只耳朵让狼爪子打掉了。得娃两口装着啥事也没发生。

十六岁之前，得娃睁着眼睛看世事；十六岁之后，他只能闭着眼睛听世事。进县剧团之前，他在田家戏班拉硬弦。进田家戏班之前，他是一名红军游击队员。他是稀里糊涂当上红军的。一觉醒来，眼前红星闪耀。有人问他，你想不想当红军？他反问说，当红军能吃上馍？那人说，能么，不光能吃玉米馍，还要吃上麦面馍。他一听这话就说，我当，我当红军，我想吃馍，我不想饿死！

那时他才十二岁。两年前的民国十八年，关中遭遇大年馑，村里人一片一片饿死。他家六口，除了父母还有两个姐姐，一个哥哥，最后只剩下了他自己。家里只剩下三碗玉米面，父亲对两个姐姐说，你俩大，得让着弟弟。剩下的玉米面，每天不多不少，只熬两碗稀糊糊，兄弟俩一人一碗。他们喝的时候，母亲就把两个姐姐领到后院，等他们喝完再回来。父亲去亲戚家去借粮，粮没借到，人却死在了半道上，等母亲找到时只剩下了半个人，另外半个不知是被狼或狗吃了，还是被人吃了。父亲死后，日子就更难了，两个姐姐瘦得只剩下一把骨头，夜里饿得直哭，后来连哭泣的力气也没有了。姐妹俩坐在墙根下晒暖暖，晒着晒着，大姐的眼睛就闭上了，二姐用手一推，大姐顺着墙根倒下去，没了气息。大姐死后不久，二姐也死了。二姐临死前对母亲说，妈呀，你真偏心啊……母亲流着泪说，娃啊，妈总不能让赵家断后啊。几天后，母亲也死了。

为了活命，兄弟俩骗来村里唯一的一条狗。狗很瘦，风都能吹倒。兄弟俩用裤腰带勒住狗脖子，一人拽一头，使劲儿勒。狗瘦是瘦，但命却很硬，咋勒也勒不死。哥哥说灌凉水，听人说用凉水一激就死了。他们把狗吊在房梁上，哥哥端来一瓦罐凉水，往狗嘴里灌。奄奄一息的狗被凉水一激，突然疯狂起来，一口咬破了瓦罐。哥哥连续灌了几次，狗才踢蹬了几下死了。这只瘦狗，让兄弟俩撑了半个月。哥哥吃得很少，总是让着他。后来哥哥饿得躺在炕上，睁眼都无力。得娃出去找吃食，在邻村遇到一只猫，他将猫“咪咪”地一直召唤到家门口，猫好像预感到了危险，最后一刻转身跑了。那天夜里，哥哥死了。父母姐姐死的时候，他和哥哥还有力气掩埋，现在哥哥死了，他已经没有一点儿力气掩埋了。他让哥哥原样躺在炕上，然后锁上家门，离开了村子。

后来他饿晕在路上，遇到了红军。他年龄小，拿不动枪，只能跟在队伍后面刷标语。红军每到一个村，他就提着糨糊桶，在墙上树上刷标语：“红军是穷人的队伍”“扛枪参加红军，打倒土豪劣绅”……一年后，红军在照金建立了根据地。后来根据地范围越来越大，国民党的“围剿”也越来越凶猛，红军不得不边打边往北撤退，撤退到甘肃与陕北交界的南梁，建立了陕甘边区苏维埃政府。1935 年秋天，红二十五军从陕南一路突围来到陕北，两路红军胜利会师，成立了红十五军团。再后来，毛主席率领的中央红军长征到达了陕北。但是那个时候，得娃早已离开红军队伍，成了一个“逃兵”。其实不是他要当“逃兵”，是连长用枪硬逼着他当了“逃兵”。

早在红二十五军到达陕北之前，“北方代表”的特派员从上海来到陕北，在永坪镇召开的中共西北工委扩大会上，传达了北方代表一封很长的指示信。信中说，陕甘党内出现了右倾倾向；右倾分子是为日本帝国主义、国民党服务的，实质上是反动统治在党内的应声虫和同盟军；要与国民党的走狗坚决斗争；等等。两路红军会师不久，针对陕甘红军的“肃反”运动开始了，以刘志丹、习仲勋为首的一大批陕甘红军遭到了逮捕，先后有两百多人被枪杀或活埋。

得娃当时是连里的通信员。一天夜里，连长王强把他叫到跟前，神色紧张地说，我已经被列入“肃反”黑名单了，你跟我好几年了，很可能会受到牵连，你年龄还小，你赶快跑吧，咱俩能活一个是一个，不能都等着被人家活埋！得娃说，我不走，要死咱一块死！王连长说，你必须走，现在就走！得娃说，连长，你让我去哪儿？我家里人已经死光了，我没有家了，这里就是我的家，红军就是我的亲人，我死也要死在队伍里！王连长怒吼道：你这娃娃咋不听话呢！想死是吧？那好，你再不走，我就枪毙你！得娃一向很佩服连长，从来没有顶撞过连长，只得转身朝门口走。连长突然叫住他，从衣兜里掏出一支钢笔递给他说，你逃出去后，去照金柳林镇看看我媳妇，把这支钢笔交给她留个念想，就说我死在了战场，让她另嫁人吧。连长说着，眼泪流了下来，紧紧抱住了得娃……

得娃朝南跑出几十里，天亮了，他坐在地上喘息，这才发现身上还穿着红军的衣裳。他坐的地方是红区与白区交界处，几十万国军正在围剿陕甘红军，穿着这身衣裳跑，无疑就是活靶子，得想办法换身衣裳。可这附近都是沟岔，看不到一户人家。他不敢走山梁，专拣窄小的川道走。一边走，一边留心寻找人家。走着走着，山梁上突然冒出一支队伍，他想躲藏，但已经来不及了，山梁上有人喊：红胡子！你站下！他撒腿就跑，只听身后“叭叭”两声，子弹在脚下直跳。有人喊：用手榴弹炸狗日的！一声轰响后，他就啥也不知道了……

等他醒来，天色已暗。他弄不清自己在哪里。感觉头疼欲裂，伸手一摸，两只眼睛肿得比拳头还大，一只啥也看不见，另一只剩下一条细缝儿，只能影影糊糊看见一点儿昏暗的天光。他这才想起自己被手榴弹炸了。天快黑了，不能躺在这里等死，得继续赶路。他摇摇晃晃站起来，继续朝南走。天越来越黑，半只眼睛很难看清东西。他一阵恶心，两腿稀软，又一次晕倒了。

再次醒来已是第二天早上，他的眼睛比昨天肿得更厉害了，几乎看不见东西。他用手指撑开眼皮，看一下，走一截，磕磕绊绊继续朝南走。路上遇到兵马，不管是白军还是红军，他都得赶紧躲起来。他身上穿着红军衣裳，遇到白军是死；他是红军逃兵，遇到红军也是死。走走躲躲，走到后晌，看见半崖上散落着七八孔窑洞，认出是他前两年来过的村子，他在村里刷过标语，当时住在村头老杨家里。杨家两个儿子，都在红军队伍里，家里只剩下老杨两口。他想找老杨换身衣裳，但不知道村里有没有白军，不敢轻易进村。一直等到天黑，他才摸进村子，走进老杨家。老杨看见他，愣住了。他说杨叔，我是红军里的得娃。老杨很惊讶，终于认出了他，说，你咋弄成这样了？他说，杨叔，我快要饿死了，你先给我弄点吃的吧。说着就瘫软在地上。老杨两口急忙把他扶到炕上，拿来冷馍，端来开水。吃喝之后，他慢慢恢复了力气，说了自己路上的遭遇，但没有说自己是逃兵，只说是去南边送信。老杨说村里天天过白军，都是开到北边去打你们的，早上才刚刚走了一拨，说不定啥时候又来一拨。得娃说，我知道，我不会连累你们的，你给我找套衣裳换上我就走。老杨说，我不是赶你走，我是想把你藏起来，要是让白军看见了，你可就没命了。得娃心里说，让红军看见了，我也会没命的。老杨说，你伤成这样咋走？等把伤养好了再走。得娃说，我有任务哩，我得赶紧走！老杨吭哧了半天说，那好，队伍上的事我知道，不敢耽误，天一亮你就走，我不拦你。得娃也实在走不动了，再说眼睛也看不见啊，只得住下。

天麻麻亮，老两口早早起来，女人照顾得娃吃喝，老杨提着砍刀去后院，从那棵老枣树上砍下一根树枝，削成拐棍，交给得娃说，你眼睛伤得厉害，这枣木拐棍能帮你探路，路上还能打狗。又往得娃怀里塞了几个冷馍，一直把得娃送到川道路口。

得娃走了三天，来到照金柳林镇。一问才知道，连长的媳妇已经死了三年了。红军从薛家寨撤退后，白军包围了村子，把连长媳妇和村里另外三个红军家属抓起来，用绳捆了，推进一个提前挖好的土坑，用枪逼着村里人把他们全给活埋了。有人把得娃领到土坑前，他“扑通”跪下说，嫂子，连长让我来看你，可你咋就不在了呢？鼻子发酸，想哭却没有泪，瞎眼里流下的只有两股脓水。他掏出那支钢笔，插在土坑上。想想又拔出来，揣在身上说，嫂子，你人不在了，钢笔就不给你了，我留着做个念想。想到连长可能已经被人活埋了，心里又是一阵悲伤，对着土坑说，你们两口命咋这么苦，都被人活埋了……

离开柳林镇，往老家方向走。走啊走啊，眼窝里直淌脓水，后来眼睛彻底看不见了。走到频阳老城西门外，听到了鼓乐声，心想是哪个戏班在唱阿宫腔哩。一听到家乡的曲调，腿一软，再也走不动了，一屁股瘫坐在地上。谁家在过事，戏班唱的是《屎巴牛抬轿》。曲终人散，只剩下戏班人收拾摊子。有个人走过来问得娃，伙计，你咋还不走？得娃说我腿软，我走不动了，我歇会儿。那人对另一个人说，田老板，是个瞎子，要饭的。那个被叫作田老板的人走过来，对得娃说，你跟我来喝碗粥，先暖和暖和。班主说着扶起得娃，领他喝了三碗粥，吃了两个馍。得娃用衣袖抹了把嘴，问班主，戏班要不要人？没等班主说话，一个人说，你个瞎子，你能干啥？得娃说，干啥都行，只要给我一口饭吃。那人说，你以为谁都能吃这碗饭？班主用干咳声阻止了那人，对得娃说，好吧，你就跟着戏班，我们吃干的，不会让你喝稀的。那人说，你娃有福，今个遇到了活菩萨！

田家戏班人多，文乐武乐比较齐全，最拿手的戏是《天台山》《蛟龙驹》和《屎巴牛招亲》。文乐是管弦乐，武乐是打击乐。文乐以硬弦、月琴和黄调板胡为主；武乐有干鼓、暴鼓、战鼓、牙子、钩锣、铙钹、铰子、手锣、梆子等。得娃刚进戏班那阵子，正好少个钩锣的，班主就让得娃钩锣，偶尔也让他插几声吼：

得娃——

哎——

娃们来了么？

来了！

来了就走啊——

走啊——

一场戏下来，就这么简单几声吼。日子长了，得娃不满足钩锣和吼这几嗓子，想跟班主学拉硬弦。田班主的硬弦在全县几个戏班无人可比，能拉几十种曲牌，《小桃红》《柳生芽》《金钱》《苦相思》《宝箱芽》《蟠桃宴》《点花开》《钻烟筒》《杀妲己》《八步》《永寿奄》《普奄咒》，他都会拉。得娃喜欢硬弦。他犹豫了好一阵子，才硬着头皮给班主说了自己的想法，班主勉强答应了。班主心里清楚，学硬弦可不是一桩简单的事，别说是个瞎子，就是睁眼人也很难出师。但他能学会也好，忙时也好替换我，学不会还钩他的锣。

硬弦也叫二弦，是阿宫腔的乐器之王，由琴筒、琴杆、琴轴、琴弦、琴弓组成，样子跟胡琴差不多，但琴杆比胡琴粗短，两根琴弦用牛筋做成。演奏时左手三指得戴铁套，这样按弦、滑弦、揉弦时不伤指头，而且音色明亮清脆。得娃记性好，人很灵醒，班主在一边拉，他闭着瞎眼坐在一旁听，不管啥曲调，只要听上一两遍他就全记下了，不到三个月，他就学会了全部曲牌，连班主也不得不咂舌佩服。班主背后对人说，得娃天生就是拉硬弦的料，他拉硬弦就像拉自个的神经，听得人心疼，唉，可惜是个瞎子。

新中国成立后，县政府组建了阿宫腔剧团。剧团在老县城东北角。老县城也叫斩城，元末明初从义亭城迁到窑桥寨时，窑桥寨是一处高台，人们便削壁为墙，以险代防。斩城呈长方形，东临温泉河，城内除了县府和数百住户，还有望湖楼、藏书楼、城隍庙、文庙、关帝庙等。剧团院子很大，但很破旧，藏书楼就在院子里。那时田班主已经去世，得娃成了县剧团的头把硬弦，演出时坐在乐队第一排正中位置。团长慈眉善眼，人很厚道，对得娃很尊重，得娃也把团长当知心人，有啥话喜欢给团长说。一次俩人闲谝，谝到高兴处，得娃嘴一松，说了自己当过红军的事。团长很惊讶，说原来你是老红军啊，我明天就让人给县里写报告，给你申请革命待遇。得娃一听紧张了，急忙阻拦说，我只是随口说说，你千万不要给县里写报告，我很早就离开了队伍，后来一直在戏班混日子，没资格享受革命待遇，求团长以后不要再提这事了。团长想想也是，叹息一声说，你要是在队伍里一直待到解放就好了。

得娃性格随和，爱开玩笑，生活上却有一些不被人理解的怪癖。自己是个瞎子，却喜欢晚上点灯。别人说你点灯不是白费油嘛，他圪挤着瞎眼笑着说，我不是为自己点灯，我是为老鼠点灯，我怕老鼠偷吃东西时栽倒了。他走夜路时，喜欢手里捏根电筒，他对人解释说，我怕别人看不见我，把我撞倒了。他一个瞎子，倒替明眼人操心。

团长的孙子过满月，请剧团的人喝酒。得娃喝多了。大家唱戏凑热闹，得娃摇头晃脑拉硬弦，拉了一阵说，我也给咱吼两嗓子。有人说你快算了，你那破锣嗓子，可别把我尿唱出来。得娃不管别人咋说，自拉自唱起来：

咱团长德行好人丁兴旺，
儿孙们站满了一街两行。
我得娃孤单单实在恓惶，
黑夜里睡光席空着半炕……

有人说，好你个得娃，今天是团长的喜日子，你咋唱起自己的恓惶！

得娃不管不顾，只管乱唱。团长嘿嘿笑着，摆摆手，意思是甭管，让他唱。但团长从此心里多了一个心思。

省上有个领导喜欢看戏，秦腔、眉户、碗碗腔，只要是戏都爱看，但唯独没有看过阿宫腔。听说频阳有全国独一无二的阿宫腔，就请剧团去西安易俗社演出。演的是传统剧目《女巡按》。演出开始前，得娃听说看戏的领导叫王强，一下子惊呆了：王强？不会是连长吧？他当年没被活埋？激动得不行，又不敢胡乱打问。上场拉硬弦时脊背湿透了，手不停地哆嗦。幕间休息，团长小声问他咋回事，得娃说咋也不咋，身子有些不舒服。团长说，今儿个非同寻常，省上领导坐在台下，你可得撑硬些。再上场，得娃心里平静多了，手也不再哆嗦。心想：世上叫王强的多了，或许碰到个重名的。

等到演出结束，领导上台接见。领导说：同志们辛苦了！得娃一听这洪亮的嗓门，就知道是他的老连长王强。可是老连长跟他握手时，却没有认出他来，他手抖得厉害，话到嘴边又咽了回去。从戏台下来，他心里叹息一声说：戏上，咱在台上，人家在台下；世上，人家在台上，咱在台下。“闹红”那几年，俩人伙着盖一床被子，分着喝一碗米汤，现在面对面却不认识。人都说戏上就是世上，其实世上也是戏上啊。咱一个百姓，咋能跟人家平起平坐？想到这里，心里酸酸的。后来又想：也不能怪老连长，二十多年过去了，咱成了瞎子，这张脸被手榴弹炸成了这怂样，老连长认不出来也属正常。只要他还活着就好，他当他的官，咱拉咱的硬弦，咱不麻烦老连长。

王强以前没看过阿宫腔，看过一场就喜欢得不行，尤其喜欢得娃拉的硬弦，就让剧团多演了三天。每天谢幕时，王强都上台跟演职员握手，可他始终没认出得娃。得娃心里很不是滋味，但没有说破。

半年后，团长问得娃，六里店有个白女，你知道不？得娃说，频阳县谁不知道？她给牛师长当过小老婆嘛。团长嘿嘿笑了，说，我打问过，她现在是一个人，你三十六，她二十四，你们不如搭伙一起过，你嫌不嫌？得娃说，只要是个女的就行，我都不弹嫌。咱一个瞎子，人家不弹嫌咱就行了，咱有啥资格弹嫌人家？怕是人家看不上咱哩。团长说她人长得好，心肠也好，就是出身不好。你也有你的优势，你一个老红军，娶她是抬举她哩。得娃脸红了说，团长，你以后不要再提老红军的事了。我不嫌弹，管她给谁当过小老婆，娶到咱炕上，就是咱的女人！团长说，我已经给人家说了，人家愿意，你看啥时成亲？得娃说，那你给我半个月假，让我回村把老房子拾掇拾掇，就也好娶人家。

得娃娶白女时，没有办喜宴。得娃不想亏待白女，想好好办一下，可白女不同意，说她不喜欢张扬，得娃尊重白女的意见，就对想吃喜酒的人说，不办啦，不办啦，两个恓惶娃过家家，有啥好办的？成亲第一夜，得娃发现白女还是女儿身，又惊又喜，心里说肯定是自己祖上积了八辈子德，让自己捡了宝贝疙瘩。得娃去上班，剧团人问：

白不白？

白么，白得跟瓷娃娃一样。

嫩不嫩？

嫩么，嫩得能捏出水来。

结婚是啥感觉？

把他家的，活了几十年，没想这事这么好！

白女娘家在三原，解放前是村里的大户。她十七岁那年，牛师长带队伍路过赵村，一眼看上了她，把盒子枪往八仙桌上一拍，当场向她爸提亲，她爸吓得直哆嗦，哪敢不从？牛师长放下十个大洋，把她带回老家六里店。成亲那天夜里，牛师长吹了灯，扒下她的衣裤，惊讶地说，你可真白！直到这时，才想起问她叫啥。她厌恶面前这个男人，他夸她白，便不想说自己叫白女，故意说自己叫黑女。没想到这话像一把刀，一下子戳在了牛师长的心窝。牛师长是个孝子，母亲年轻守寡，一个人把他拉扯大，吃尽了苦头，五年前母亲过世，心里的悲伤还没有完全消逝。他母亲长得黑，小名就叫黑女。白女哪儿知道这个？一句话惹恼了牛师长，被牛师长一脚踹到了炕下，从此不再碰她。说是小老婆，其实跟丫环一样，在家里啥活都干。牛师长有时看见白女心里发痒，想要她，又想起母亲，只好作罢。解放前夕，牛师长战死在外省，白女成了寡妇。解放后她想回三原娘家，但娘家已被划为地主，她这个国民党师长的小老婆再回去，会给家人雪上加霜，所以只好留在六里店，一个人过日子。年轻寡妇的日子并不好过，其中缘由谁都知道，所以剧团团长一提亲她就答应了。得娃虽说是个瞎子，但听说是老红军，根正苗红，就凭这一点，她就该嫁。成亲后得娃很疼她，这让她心里更踏实了。三年困难时期，得娃几乎饿死，也没有让白女饿肚子。得娃瘦得趴在炕上，像一张纸，叹息一声都能吹跑了，可他还跟白女开玩笑说，我这人皮实，十八年年馑都没饿死，我扛饿，挨饿我有经验。感动得白女直掉泪。

那年，队长被得娃打掉了半只耳朵，当时没敢声张，可“文化大革命”刚一开始，他就开始报复了。那时每个队都要找一两个“反革命”“阶级敌人”，队长就把白女定为“反革命”，不光本村斗，还“借”给外村斗。每次斗白女，得娃都从县城赶回来陪斗。他站在白女旁边，低声说，不要怕，有我哩，谁也不能把你咋样！红卫兵把得娃推开，他又站过去。再推，再站。台下人喊口号：打倒国民党军官小老婆！得娃也朝台下喊：她没有给牛师长当过一天小老婆！她名义上是小老婆，其实只是个丫环。我可以证明，她从来没有跟牛师长睡过觉！她跟我成亲时还是浑全身子。台下一阵哄笑，说你个瞎子，能看出她浑全不浑全？得娃说，我眼瞎心红，我当过红军，我用红军的名义为我老婆担保！有人听说过得娃是红军，但都不知详情，也不敢拿得娃咋样。剧团当时正在排练“样板戏”，离不开得娃的硬弦，但得娃经常给团长请假，说要去陪老婆挨斗。得娃一走，排练就得停下。团长去找县革委会领导，说，得娃是个老红军，为革命弄成了瞎子，能不能看在老红军的份上，放过他老婆？革委会领导点了头，这才停止了对白女的批斗。

“文化大革命”第二年，剧团团长被打倒了，换了一个新团长。新团长姓侯，三十多岁，不懂业务，但很有政治头脑。当时各单位都争树革命典型，剧团没有典型，侯团长很着急，找到得娃问，你真当过红军？得娃已经把话说出去了，只能硬着头皮说，真的。侯团长说，那你给我讲讲你当红军的事。得娃讲了他如何逃荒快要饿死时被红军救了，如何在渭北和陕北打游击的事情。侯团长说太好了，我们团也有革命典型了！侯团长向县革委会汇报后，县里组成写作班子，开始整理得娃的“革命事迹”。材料整理好后，一篇一篇念给得娃听，得娃有些迷糊，问，你们写的这是谁？写材料的人说，当然是你呀。得娃说，我咋听着不像。写材料的人说，典型来源于生活，但必须高于生活，像不像你不重要，重要的是教育群众。

县里开群众大会，得娃被请到主席台上，侯团长陪在身边。先是领导讲话，然后几个人介绍得娃的“革命事迹”。得娃像听天书一样，满脸羞红，一脑门的汗。轮到他发言了，他圪挤着瞎眼说，全县都在学习得娃，我也得学习得娃哩，因为材料里的得娃比我这个得娃更先进、更革命……侯团长低声说，甭说这个，说说你小时候吃的苦。得娃对着话筒说，要说小时候吃的苦，再苦也苦不过六一二年，民国十八年年馑我都没被饿死，六一二年我几乎被饿死……台上的领导一个个惊出了一身汗，仓促结束了大会。后来再开大会，再也不敢请得娃上台讲话了。再后来，县里也停止了宣传得娃。

那年秋天，省里的王强被打倒了，天天挨批斗。得娃听说后心里很难过。老连长“肃反”都躲过了，咋就躲不过红卫兵？他提着自己那把硬弦，白女背着十斤小米，两口子厮跟着进城去看老连长。七找八问，才找到老连长的家。可是家里没人。他们就蹲在门口等，等到天黑，王强才一瘸一拐地走回来。白女拽了拽得娃的袖子，得娃忙站起来，对王强说他是阿宫剧团的，知道老领导喜欢听阿宫戏，专门来给他拉几曲。王强很感动，说，我已经不是领导了，谢谢你们，你们赶快走吧，要是让人看见了会惹麻烦的。得娃说，一个瞎子，他们能把我咋样？王强紧紧握住得娃的手说，你们是好人，我不想连累你们。得娃说，我们走了一天的路，也乏了，你先让我们进屋歇一会儿。王强只好把他们让进屋。家里被洗劫一空，找不到一口水。王强苦笑着说，唉，想让你们喝口水都办不到。得娃说，我们不渴，我给你拉上几曲，解解乏。王强环顾四周，竟然找不到一个凳子，都被拉走了，只剩下一张床。要不你们坐床上？得娃盘腿往地上一坐说，还是这样舒坦。坐在地上开始拉。一连拉了三曲。得娃圪挤着眼，笑着问王强，好听不？王强说，好听，好听。得娃问，你知道为啥好听？王强被问住了，说，为啥？得娃说，因为这硬弦硬嘛。王强“哦”了一声。得娃说，其实人跟这硬弦一样，软了拉不成调，硬了才能拉出好声色。老领导，再苦再难，你都要撑住哩。

王强很感动，点了点头。

老领导，你认得我不？

认得，你是阿宫剧团拉硬弦的。

你还是没认出来。得娃说，我给你看样东西。

得娃从身上掏出那支钢笔，递给王强说，你认得这个不？

王强接到手里一看，吃了一惊，抬头看着得娃问，你是谁？这钢笔咋在你手里？

连长，我是得娃啊，你真不认得我了？

王强从地上拉起得娃，仔细看，抓住得娃的手：你真是得娃？

得娃仰起脸说，连长，你好好看看，我真是得娃啊！

王强仔细打量了一会儿，突然抱住了得娃，泪如雨下。

真是你呀得娃！你还活着？你咋弄成这模样了……

后来，得娃和白女又去西安看望过老连长几次，有时带点小米，有时带些豌豆。到了第二年夏天，得娃再没有去看过老连长。因为那时县里已经开始批斗他了。有人揭发他从前说过“毛主席吃红苕也放屁”的话，用毛主席语录“只争朝夕”形容夫妻房事；有人揭发他捏造红军经历欺骗组织；有人还联系到他前两年在全县大会上说过“六一二年几乎把人饿死”的话，说他给社会主义抹黑，新账老账一起算，得娃被打成了“反革命”，天天被揪到各种会场去批斗。以前批斗白女，得娃陪斗；现在批斗得娃，白女不敢去陪斗。以她的身份，去陪斗只能是火上浇油。得娃接受批斗时，腰板挺得很直。红卫兵说，听说你面软心硬，从来不哭。你哭一个，我们就放了你！得娃说，我家里人旧社会都死光了，我活在新社会，长在红旗下，幸福得很，我心里没恓惶，你让我哭啥？红卫兵说，你仇恨新社会，你说反动话，你不哭就是心里不服，我们打也要把你打哭、打服。打！打狗尿！几个人上来拳打脚踢，打得他鼻青脸肿，从台上滚到台下，又被架到台上，嘴角打出了血，也没有打出一滴泪。接着打。还是没有。实在撑不住了，得娃说，甭打了，甭打了。你们不就想看我的眼泪嘛，我给你们看就是了。他用手指蘸了嘴角的血水，抹在两只瞎眼下说，你们看，这不就是眼泪吗？红卫兵们被他的滑稽样逗笑了。

那时王强已经重新上台，恢复了职务。白女去省城找王强。还是在门口等。看到王强从黑色小汽车里钻出来，白女迎上去哭着说，老连长，你快救救得娃吧，他快被人斗死啦！王强派秘书带着他的亲笔信去了一趟频阳，这才停止了对得娃的批斗……

“文革”之后，王强视察渭北，绕道来到频阳，看望了得娃。王强想请得娃去省城的易俗社当艺术顾问。得娃说，我一个瞎子，去省城会给你丢脸。说啥也不去，还在剧团拉硬弦。

得娃跟白女婚后育有三男一女，孙子孙女一大堆，现在重孙已经三岁了。得娃现在九十七了，从剧团退休都快三十年了。白女比他年轻十二岁，可十年前就去世了。那根枣木拐棍跟随得娃八十年，被他的手磨得油光发亮，只是比先前短了一两寸。他是个闲不住的人，喜欢帮孙媳妇干一些家务活：照管重孙子、剥苞谷、生炉子、喂鸡喂羊、开门关门，啥都喜欢干。没事干的时候，就拿出他的硬弦，坐在院子里拉上一阵儿。徒弟们常从县城来看他。他们坐在院子里喝茶、抽烟、唱阿宫。几年前，他被列入省“非遗”人物。电视台记者找上门采访，他圪挤着瞎眼说，你看我这尿样，上电视还不把人吓死？

报社记者说，我们不拍照片，只发文章。

他笑着说，我只会拉，不会吹。

记者死磨硬缠，他只东拉西扯谝闲传，就是不谈自己。记者没办法，最后说，你只回答我一个问题，行不行？

他竖起一根指头说，行，就一个问题。

记者问，听说你一辈子只会笑，不会哭，真有这事？

得娃有些得意，圪挤着眼说，哭有屁用？笑才能消愁。其实有时我也想哭，可就是哭不出来。为啥？我的泪腺被手榴弹炸断了嘛。我的泪只能倒流，往肚子里流……

10. 上官云秀

上官云秀是频阳阿宫剧团的青衣，1951 年剧团成立的时候，她就被选了进来，也算是剧团的“老人”了。但是她在剧团满打满算，只待了一年零九个月，就“走”了。“走”的时候，才二十四岁。

县剧团是在民乐剧社和几家戏班的基础上建立起来的。刚开始那几年，既唱秦腔，又唱阿宫，后来才专门演阿宫腔。当时演出的剧目，都是从皮影戏演变过来的，如《七箭书》《白河用水》《天台山》《蛟龙驹》《屎巴牛招亲》等。那时没有正式剧场，就在城隍庙的老戏楼上演，露天。台下没有座位，人们胳膊弯里挎个小板凳，肩上扛个长板凳当座位，没有板凳的屁股下就坐块砖，有的干脆袖着手，仰着脖，站着看。直到 1953 年，县政府才投资修建了县剧院，有八百个座，旁边还能站一百多人。可惜那时，上官云秀已经“走”了。

上官云秀是金班主的小女儿，小时候不叫这个名，叫金云秀。

有一年，金班主金成去刘集唱戏，看上了一户人家的女子，托人送去三十两银子，就将那女子娶回来做了二房。那女子叫刘伶，眉清目秀，身材小巧，进门第二年，就给金班主生下了个女儿，取名金云秀。

云秀出生后，金家戏班的祸事就接连不断。先是旦角莲子带着土匪朱老三的人票跑了，后来，朱老三又逼迫另一个旦角香草做了他的压寨夫人，香草让朱老三割了金班主的舌头。没过多久，金家戏班就散了。

云秀之前，金成的大老婆生过三个女儿。金成娶刘伶，一是贪恋她年轻美貌，二是想让她生个儿子。可是娶进家门后才发现，刘伶是个白虎星。他没想到长相俊美的刘伶会是个白虎星，心里有些失望。白虎星就白虎星吧，只要能生个儿子就行。可是刘伶肚子不争气，又给他生了个女儿。而且这个女儿一出生，家里就接二连三地出事，最后连戏班也散了。金成断定这母女是一对灾星。云秀不到一岁的时候，金成就将母女俩赶出了家门。

刘伶与女儿云秀在刘集娘家住了一年，后来嫁给了东上官的上官青山，金云秀便改名上官云秀。

上官青山是村里的私塾先生，先前娶过一个比他大三岁的女人，但是没两年就死了；后来又娶了一个年轻寡妇，不到一年也病死了；再后来就没人敢嫁给他了。上官青山听说了刘伶母女的事，很是同情，说白虎星就白虎星，我本来就是个丧门星，两个灾星凑到一块儿，看他还能瞎成啥样子！上官青山托人去说媒。刘伶打问清上官青山人很厚道，又有学问，就带着女儿嫁了过去。

上官青山长得清瘦，一袭青布长衫，脾气温和，说话慢条斯理。他教学生《三字经》《弟子规》《朱子家训》《幼学琼林》，要求学生“入则诵诗读书，出则亲师会友”，但学生听懂没听懂，他却不管。他在西安上过学，但不知为什么没有在西安落住脚，回村里当了私塾先生。有人说他是虎落平川，他笑笑说，我哪儿是虎呀，我只是只猫。

上官青山待刘伶母女很好。他从私塾一回到家，就脱去长衫，卷起衣袖，帮刘伶干这干那。他也很疼爱女儿云秀，没事的时候，就将云秀架在脖子上在村里晃悠。云秀有时尿他一脖子，他乐不可支，说是天女降甘霖。云秀长到五六岁，上官青山带她上私塾，教她读书断句。云秀是村里唯一进私塾读书的女孩子。

云秀七岁那年，县城发生了一件大事。

当时的县长胡子和是河南人，父辈逃荒到了西安，落脚在城北的窝棚里，靠捡破烂打零工为生。父母西瓜大的字不识几筐，却偏偏生了个爱读书的儿子，就拼了老命供养儿子读书。这儿子也争气，考上了西安最好的中学，后来又考上了陕西师范，毕业后七混八混竟做了官，而且官越做越大。后来不知因为什么事，被下放到频阳当了县长。

胡子和到频阳任职，老婆没来，小舅子却跟了来。小舅子叫高培文，游手好闲，靠姐夫混吃混喝，又爱拈花惹草，看上人家漂亮的大姑娘小媳妇，就要想方设法弄到手。

有一次，他将一女娃骗进客栈给糟蹋了。

女娃的哥哥叫杨更民，是频阳有名的愣头青，哪肯善罢甘休！他纠集一帮村民，扛着镢头铁锨围了县城。附近的村民早就对官府越来越重的赋税怨声载道，一呼百应，城外很快就聚集了上千人，人们烧了城门，呐喊着要县长交出小舅子高培文。

胡县长一下慌了手脚，突然想起老同学“上官诸葛”就在频阳，更重要的是，听说杨更民是上官青山的学生，就急忙让人将他请到县府，商量对策。上官青山听说有人主张去省城搬军队来镇压，便对老同学胡子和说，万万不可，还是招安为上。一是事出有因，这是官逼民反；二是如若去省城搬救兵，上峰会觉得你这个县长无能；三是发兵攻打民众，会使民众铁了心与官府为敌，频阳日后恐无宁日；四是久拖不决，民众会越聚越多，局势会失去控制。

上官青山说，办法只有一个：尽快惩治高培文，以安民心。

胡子和说岳丈一家对他有恩，他下不了手，请求上官青山出面去找他的学生杨更民商谈。上官青山看在老同学的面子上，只好去找杨更民。

上官青山对杨更民说，这畜生欺人太甚，确实该杀！但是你这样围城也不是个办法，围久了，势必会招来省城的官兵，如果让人家当土匪来剿，那局面就不好收拾了，到时候丢了命不说，也无法为你妹妹报仇。

杨更民一听也是，但毕竟咽不下这口气，问老师，您说咋办？

上官青山说，这畜生是很可恶，但也罪不该死，照我的意思，让他蹲几年牢狱，再给咱赔上一百两银子，你看咋样？

杨更民想，这样僵持下去也不是个事，就说，我听老师的。

胡子和觉得这样处理也算公平，当下就将小舅子收进牢狱，赔偿了杨更民一百两银子，杨更民撤走了人马。一场民乱就这样结束了。

胡子和很感激上官青山，邀请他到县府当师爷。上官青山笑着摇摇头说，我就不是当官的料。胡子和说，你一定得对我提个要求，我才心安。上官青山想了想说，你非要帮我，就在县城给我找间小铺子，我也不想教书了，想做个小买卖，挣点碎银子，好养活妻女。胡子和满口答应，很快就让人在繁华地段给上官青山找了一间铺子。

上官青山用那间小铺做了一个书画坊，取名“上官书斋”，经营西安书画名家的作品。几年下来，也赚了一些钱，日子越来越滋润。

上官书斋东隔壁是个布庄。布庄老板姓何。何掌柜四十多岁，红脸膛，不爱说话，整日低着头，好像跟谁生气，只有在顾客来了的时候才仰起脸来，露出谦和的笑容，“来啦？”“吃啦？”“走好！”除此之外，再无多余的话。何掌柜的话都让他那年轻俊俏的媳妇说了。

那女人叫秋兰，比何掌柜小十多岁，原来在董家戏班唱阿宫腔，后来嫁给何掌柜，何掌柜就不让她抛头露面唱戏了。不让去外面唱，她就一个人在家里唱。秋兰在院子里一唱，何掌柜就在前柜皱眉头。

云秀喜欢听秋兰唱戏。只要秋兰一亮嗓子，不管是早是晚，云秀就跑到隔壁院子里来，一个人站在那里认真地听。秋兰见有观众，越发唱得起劲。天长日久，秋兰将小云秀当成了自己的知己，后来干脆教云秀学唱戏。没想到云秀悟性很高，一点就通，而且嗓子又出奇的好。

刘伶得知云秀跟秋兰偷偷学唱戏，不好怪人家秋兰，就将云秀摁在膝盖上拍了一顿屁股，不准她往后再去隔壁。上官青山却劝刘伶说，你的心思我知道，但孩子喜欢，就让她去唱吧。上官青山收留了她们母女，刘伶一直心怀感激，他这么说了，她也不好再说什么。

云秀长到十岁，就在频阳城唱出了名气。上官青山干脆花钱将云秀送到西安易俗社学艺。三年后，云秀回来进了县城的民乐剧社。新中国成立后，县政府以民乐剧社为基础组建了县剧团，云秀便成为最早的女演员。看过云秀戏的老人都说，活脱脱一个当年金家班的莲子。

剧团组建半年多，从西安来了一个年轻编剧，叫朱子良。

解放军收编“观音土匪”香草的队伍时，朱子良正在西安上中学。朱子良六岁时，就被香草送进了西安寄宿学校上学。香草是个聪明的女人。自己无奈当了土匪，总不能让儿子接着当土匪。朱子良在西安上学，很少与母亲见面。香草不允许儿子再回西山。每年春、秋两季，香草都会悄悄去西安城看望儿子，给儿子交了来年的所有费用，跟儿子待上十天半月，然后留下足够他零花的碎银子，又返回西山。这样一来，倒锻炼了朱子良独立生活的习惯。更重要的是，朱子良从小远离西山，渐渐淡化了小时候的土匪生活记忆。这也正是香草所希望的。

1949 年春，渭北四股土匪被解放军剿灭了三股，只剩下了香草这一股。解放军先派人上山跟香草谈判，香草不愿意交出武器。香草不信任解放军。不信任解放军，不是因为以前跟解放军打过交道，上过解放军的当，而是因为她以前吃过国民党军的亏。在香草眼里，军队都一样，以胜败论英雄，从来不讲江湖义气。

几年前，国民党想收编香草，曾派人上西山谈判，说只要她愿意接受收编，让她当中校团副。但是就在交接的前一夜，香草得到消息说，国民党军准备在她交接时干掉她。她派出探子去侦察，在交接地点的山林里果然发现了国民党军的伏兵。香草杀了接头的国民党军官，重新返回西山。国民党军恼羞成怒，集中两个营的兵力，攻打了七八天，也没有攻下来。

后来解放军开始大反攻，国民党军只好放弃西山，仓皇向南逃窜。

解放军没有强攻，只是将西山团团围住，不打也不撤。双方僵持了三天。到了第四天，山下走上来一个人，赤手空拳，走到山门跟前，说要见香草。一个老土匪突然认出来人，惊叫道：这不是二当家吗？

来人点点头说，是我，快去禀报嫂子。

老土匪跑去禀报，很快又跑回来说，二当家，快快有请。

香草见到来人，先是愣了半天，然后说，你是鲍义兄弟？

来人说，是我，嫂子。

十七年不见，你可见老了。

嫂子还像从前那样，年轻，漂亮。

香草拢了拢头发说，都四十多岁的女人了，能年轻个啥？你也别叫我嫂子了，你比我还大两岁呢。看你这一身行头，一定在解放军里当了大官。

鲍义说，啥官不官的，一个营长而已。

鲍义原来是朱老三的二当家。朱老三死后，香草当了家。鲍义一直暗恋香草，觉着自己继续留在山上，说不定哪天把持不住，做出对不起朱老三的事来，坏了山上的规矩，就悄悄一个人下了山。他参加了国民党的军队，驻守在临潼。后来随部队东渡黄河，在中条山与日本人打仗。一次战斗失利，全营三分之二的人牺牲了，他被俘虏，关押在日本人的俘虏营里。在那里，他结识了一个八路军的连长。两人经过半个月的密谋，一天半夜打死了哨兵，逃出了俘虏营。后来找到了八路军的队伍。鲍义由连长保举，加入了八路军，随着部队又跟日本人打了几仗。几年后到了延安，被提升为副团长。之后因为一次指挥失误，被降为营长。

鲍义对香草说，解放军向来说话算数，只要你答应接受改编，肯定会给你一个职位。你看我，现在不是挺好？

在鲍义的劝说下，香草同意改编。但是她拒绝在解放军队伍里担任职务，提出让共产党安排她在西安定居，陪伴儿子，过一种隐居的生活。

香草在西安定居后，改名朱琴。她先是隐居在家，但毕竟才四十多岁，日子久了又憋得难受，就去找鲍义，想找个工作。新中国成立后，鲍义脱了军装，在区政府当了科长。牛娃子的表哥频阳乡党王天祥，是区委书记。鲍义向王天祥汇报了香草的事，王天祥批示后，安排香草在区文化局当了一个普通职员。香草对这份工作很满意，白天上班，晚上回来给儿子朱子良做饭。有时饭做好了，不见朱子良回来，也不知道他在忙些什么。问他他也不说。问多了，朱子良说，我已经长大了，您就别为我操心了。

朱子良大学毕业后，在报社找了一份工作。一次采访中，结识了易俗社的著名编剧王绍猷先生。其时王先生编写的《秦腔记闻》一书刚出版，报社让朱子良去采访。见面一聊，才知道王先生也是频阳老乡。

王先生毕业于陕西巡警学堂，后来加入了同盟会、渭北民团和陕西靖国军，参加过讨袁护国运动。再后来，又加入国民革命军第二集团军，直到20世纪30年代初，才退出军界，从事秦腔编剧和研究工作。王先生创作和改编过大小四十余个剧本，如《铡美案》《周仁回府》《新紫霞宫》《解甲封王》《法门寺》《蛟龙驹》《拷红娘》《双愚记》，等等。新中国成立前夕，他以明代农民起义为背景，编写了《金光玉》，演出后在西安轰动一时，但很快就被国民党封杀，说他“鼓吹反叛”“影射当局”。幸亏省府社会处邵滋甫等人从中斡旋，才保住了一条性命。

朱子良读过《秦腔记闻》之后，对戏曲编剧产生了浓厚兴趣，经常去向先生讨教，想跟王先生学习当戏曲编剧。王先生对朱子良说，现在秦腔剧目已经不少了，如果你真想在这方面有所建树，就得另辟蹊径，我建议你在老家频阳的阿宫腔上下功夫，将来说不定会弄出些名堂。但要学习阿宫腔，就得回频阳，那里是阿宫腔的故乡。朱子良当即表示愿意去频阳。王先生说，频阳县剧团马团长我很熟，你要真想去，我可以给你写推荐信，你在那里干几年，一定能写出好东西来。

朱子良辞了报社的工作，准备去频阳县阿宫剧团。他知道母亲不会同意他去频阳，更不会同意他去剧团当编剧，所以就没有给母亲说实话，谎称报社让他去三原下乡，锻炼两年。

既然是报社安排的，朱琴还能说什么呢？

就这样，朱子良背上行囊，一个人去了频阳。

频阳县剧团的院子很破旧，也很偏僻，朱子良找了半天才找到。走进院子，迎面碰上一个六十多岁的干瘦老头。

朱子良问，马团长在哪？

老头上下打量了一下朱子良，问，你是朱子良？

朱子良感到很惊讶，说，是我，您是……

老头说，王先生说你这两天要来，我估摸着就是你。

您就是马团长？

老头点点头说，我是马亚民。

马团长将朱子良领到院子西南角的藏书楼，说你先住在这里，既可以写剧本，还可以照看道具和楼上那些旧书，我已经让人打扫过了，缺啥东西，你再吭声。

马团长走后，朱子良打开行李，铺好床，在藏书楼上下转了一圈。说是藏书楼，其实只有两层，下面两间，一间住人，一间堆放着剧团的道具行头；上面两间，全是旧书，书架东倒西歪，书籍散落一地，上面落满了灰尘。朱子良爱干净，也爱书，见屋里凌乱，就想动手打扫。刚拿起扫把，只听有人在门外喊：人哩？

朱子良说，在这儿呢。

朱子良从里屋出来，见一个瘦高女娃站在门口。由于是背光，看不清脸面，只看见两根辫子搭在肩上。女娃怀里抱着一床被子。

马先生说你的被褥薄，让给你送一床厚点的来。

马先生是谁？

就是马团长啊。我们都叫他马先生。他不喜欢别人叫他团长。

朱子良“噢”了一声，说，谢谢你！

女娃把被子抱进屋子，动手要给朱子良铺上。

朱子良拦住说，不敢劳驾，我自己来。

女娃“扑哧”一声笑了，学着朱子良的口气说，不敢劳驾，你们读书人就是客气！

朱子良这才看见女娃的脸，肤色白净，眼睛黑亮，牙齿雪白，一笑俩酒窝。朱子良有些慌张，急忙把目光转向别处。

女娃说，那你自己铺吧，我走呀。

没等朱子良反应过来，女娃已经到了屋外。

朱子良站在屋里待了半天。他没想到在这小县城里，还有如此美丽的女子。痴痴迷迷地想着，正要铺床，听到身后“哎”了一声，吓了一跳，扭头一看，又是那女娃。

给你。

女娃手里举起一个铜脸盆。

团长——马先生给的？

不是。是我的，你先用。

不用不用。

咋？你们西安人不洗脸？

朱子良有些窘迫，不知说什么好。

嫌脏？

朱子良急忙说，不是不是，我是说，我用你的，你用啥？

我家近，回去再拿一个就是了。

那多不好意思，我明天出去买一个。

我放这儿，用不用随你。

女娃有些不高兴，将脸盆放在地上，转身走了。

朱子良“哎”了一声，追到门口，想说什么，女娃已经走远了，两根辫子赌气似的，一甩一甩的。朱子良又站在门口待了半天。

第二天一大早，就有女声在藏书楼后面咿咿呀呀地吊嗓子，那声音清丽婉转，悠扬悦耳。朱子良想去看看是谁，又不好意思。

早饭后，马团长来了，看见一夜之间变得整洁有序的藏书楼，高兴地说，小伙子，难得难得。马团长将七八本手抄剧本交给朱子良说，这是我这几年整理的流传在民间的阿宫腔戏本，你看看，或许对你写剧本有帮助。

朱子良很是感激，说，谢谢团长！

团长说，以后甭叫我团长，我以前在国民党军队里干过，听见这么叫不舒服，好像我是个老军阀似的，就叫我马先生好了。

朱子良说，好的，马先生。

马先生说，等会儿排练《凤仪亭》，你跟我去看看，认认团里的人。

朱子良跟着马团长来到城隍庙戏楼下，看剧团排练。一个青衣正在台上表演，背身、颤身、翻身、旋身、下腰、抢背、卧鱼，碎步、云步、催步、跨步、扭步、横步、退步、醉步，一招一式，有板有眼，看得朱子良目瞪口呆。定睛一看，竟是送被褥脸盆的那女娃。

马先生说，她叫云秀，上官云秀，是剧团里最好的青衣。

后来马先生介绍了好几个人的名字，朱子良也没有记住。只记住了一个云秀，上官云秀。

剧团正在排练《貂蝉》，云秀扮演貂蝉。

一连多日，朱子良每天清早都能听到那个女声在藏书楼后面吊嗓子。会不会是上官云秀？朱子良好奇，又不好意思去看个究竟。一天早上，他洗漱过后，装着在门前扫地，等那人吊完嗓子出来。

果然是上官云秀。

云秀见朱子良扫地，说，朱先生真是个勤快人。

朱子良直起身说，醒来早，活动活动筋骨。

不会是我吵着你了吧？

不是不是。你的声音真好听！

朱子良没话找话说，问云秀《貂蝉》的剧情。

云秀就对朱子良说，貂蝉是东汉末年司徒王允的义女，为拯救汉朝，由王允授意施连环计，使董卓和吕布反目成仇，最终借吕布之手除掉了董卓。之后，貂蝉成为吕布的妾，董卓部将李傕击败吕布后，她随吕布来到徐州。下邳一役后，吕布被曹操所杀，貂蝉跟随吕布家眷前往许昌……

云秀说完，朱子良嘿嘿一笑说，我知道。

云秀红了脸说，你知道，还让人家说，你可真坏！

这么一来二去，两人越来越熟悉，有时在一起还开两句玩笑。云秀知道朱子良比自己小一岁，就说你该叫我姐。朱子良说，你看着比我还要小，叫你姐也不像呀。云秀说，小啥小，我都二十三了，老姑娘了。朱子良就叫了一声“姐”，问，姐夫在哪里公干？云秀“扑哧”一声笑了，说，还姐夫呢，人老珠黄了，嫁不出去了。朱子良说，你这么漂亮，怕是说媒的踢破了门槛，挑花了眼。

说笑一会儿，两人东拉西扯，话题后来扯到了马先生的身上。

云秀告诉朱子良，在频阳，马先生可是个传奇人物。二十三岁就是拔贡，按例授七品京官，后来回到美原镇做了私塾先生。民国七年，朋友推举他当了陕西靖国军第四路军司令部秘书，后代理乾县县长，再后来担任国民二军第三师秘书兼任泾阳县县长。十年后，厌倦了军旅生涯，回到频阳当了教育局局长。三年后又辞去局长职务，在庄里镇立诚中学教书。教了两年，又跟随朋友去了西安，在印花税局当了秘书。六年后又回到频阳立诚中学教书，空余时收集流散在民间的阿宫腔唱段，潜心研究阿宫腔艺术。新中国成立后，受县政府邀请，借支二十石小麦作为经费，组建了县阿宫剧团。

朱子良觉得马先生就是一部好戏，想以此为题写个阿宫剧本。

朱子良把自己的想法告诉了马先生。马先生说，我的经历是有些坎坷，但对社会没有啥教育意义，再说你写我，别人会认为你是在拍我马屁，对你不好。我给你出个主意：你去米家村了解一个人，这人叫李介民，早去世了。李介民小时候跟随乡邻远走新疆，当过商店学徒，也在政府当过职员，后来逃到苏联，参加了布尔什维克，之后又被派回伊犁，秘密开展地下党活动。新疆当局得到密报，到处捉拿他，他才逃回老家频阳，继续开展革命活动，组织农民协会、示威游行，不久被国民党当局逮捕……他的经历很有意思，戏名我都替你想好了，就叫《回乡》。

朱子良去米家村详细了解了李介民的情况，很是兴奋，回来后把自己关在藏书楼里，开始创作阿宫腔新剧《回乡》。

朱子良编好几段，就把云秀叫到藏书楼，试唱一下，看上不上口。云秀很乐意帮他，用“一起清雪”“迁仙客”“春宴开”“点绛唇”等各种曲牌试唱。朱子良一边听，一边在剧本上修改。

一天下午，云秀帮朱子良试唱完，说父母回了东上官，家里还有几只鸡等着喂，就匆匆走了。云秀刚出门，天上一道闪电，白雨就噼里啪啦地下起来了。朱子良正担心云秀被雨淋了，云秀又落汤鸡似的跑了回来，说钥匙忘在桌子上了。拿了钥匙，扭身要走，这时雨越下越大，跟脸盆往下倒一样，根本无法出门。

朱子良拿来毛巾，让云秀擦擦头上的雨水，说等雨小了再走吧，小心着了凉。云秀擦着头发，真的“阿嚏”了一声。云秀的衣衫湿透了，紧贴在胸上，饱满的奶子随着手的动作一颤一颤的。朱子良看傻了眼。

天色变得昏暗，院子里雨水横流，不见一个人影。

云秀见朱子良看她，就说，看啥？

看你。

云秀脸腾地红了，扭过头去说，我有啥好看的。

你是世上最好看的女子。

云秀脸更红了。

朱子良颤声说，我想抱抱你……

云秀背过身去说，我是你姐，甭胡说！

我真的想……

我比你大，我是你姐……

朱子良不管，一把抱住了云秀……

多日后，云秀将朱子良带回家，见了自己的父母。

母女俩在厨房炒菜，云秀问母亲，咋样？母亲故意问，啥咋样？云秀红着脸说，你再装傻，我就一辈子不嫁了。母亲刘伶笑着说，人干净清爽，又有学问，你看上的还能有错？

父亲上官青山见到朱子良，有些相见恨晚的意思，两人谈天说地，之乎者也，喝了不少酒。

朱子良经过半年的苦心写作，完成了《回乡》，交给马先生过目。马先生看过之后说，我看很好，你回一趟西安，让王先生再看看，他是戏曲专家，让他提提意见，你再好好修改一遍，咱们就可以排演了。

朱子良回到西安，拜访了王先生。王先生对剧本非常肯定，提了点意见，让朱子良好好修改一下。朱子良很高兴，晚上回到家，有些忘乎所以，就给母亲说了实话，说自己不是去三原锻炼，而是去了频阳阿宫剧团当了编剧。朱琴一听很生气，但是木已成舟，骂了几句，只有认了。

朱子良得寸进尺，对母亲朱琴说，他在频阳找了一个未婚妻。朱琴一听就炸了，坚决不同意，说，你去了频阳也就罢了，你还去了我最不喜欢的县剧团；去了县剧团也就罢了，还私自找了一个戏子当未婚妻，而且还比你大一岁，这门亲事我是绝对不会同意的！有她没我，有我没她，你自己看着办！

母子俩不欢而散，朱子良第二天赌气回了频阳。

事隔不久，省上举办戏曲培训班，马先生让朱子良带着云秀和几个年轻演员去参加，说等他们从培训班一回来，就开始排演《回乡》。

朱子良想借这个机会，与母亲缓和一下矛盾，就带着云秀经常回家看望母亲朱琴。朱琴绷着个冷脸，看也不看云秀。朱子良提早做了云秀的工作，云秀并不生气。云秀很会来事，一回到家，就卷起袖子进厨房做饭，朱子良暗中指点，全做的是朱琴爱吃的频阳小吃。拾掇完碗筷，又扫地，又抹桌子，又洗衣裳，忙完之后向朱琴告别：姨，你忙，我走呀。也不管朱琴理识不理识，自己笑笑，就走了。

日子一久，朱琴的脸上绷不住了，慢慢开始跟云秀说话。这一交流，发现云秀真是个懂事的孩子，心里也就渐渐默许了这个未来的儿媳。

一天，朱子良培训结束后，去找王先生请教修改剧本的事。云秀一个人回到家。朱琴正在做饭，云秀洗洗手，进厨房帮忙。两人一边做饭，一边说着闲话。朱琴问了云秀家里的一些情况，云秀如实说了。又问云秀是跟谁学的戏，云秀说小时候跟董家戏班一个叫秋兰的学过一阵，后来在易俗社又学过三年。朱琴到底是唱过戏的，心里痒痒，就说你唱一段，让姨听听。云秀一边择菜一边清唱了几段。

朱琴说，真是好嗓子，地道。

云秀说，其实我家以前就是开戏班的。

朱琴一愣，说，你家不是开书画坊的吗，咋又说是开戏班的？

云秀说，书画坊是我后大开的，我亲大以前是开戏班的，当年在频阳很有些名气哩，后来不知因为啥原因，戏班散了……

你亲大？叫啥？

金成。

金成？

朱琴手里的碗“叭”地掉在地上，碎了。

云秀吓了一跳，问，姨，你咋啦？

朱琴脸色煞白，盯着云秀看，你是金成的女儿？

云秀点点头说，咋啦，姨？

朱琴痛苦地闭上眼睛，往后踉跄了一下。

云秀急忙扶住朱琴。姨，姨，你这是咋啦？

云秀将朱琴扶到客厅坐下。朱琴半天才睁开眼睛，眼窝里是一泡泪。

云秀吓坏了，说，姨，你这是咋啦？哪里不舒服？

朱琴突然一把推开云秀说，你快走，我再也不要看见你！

云秀的眼泪唰地流了下来，说，姨，你这是咋了嘛？刚才还好好的……

朱琴摇了摇头，摇落一串泪水，说作孽呀作孽，这都是报应啊。我求你了，你赶快离开子良！

云秀跪倒在朱琴面前，哭着说，姨，我喜欢子良……

你必须离开子良！

朱琴用力推了云秀一把，云秀倒在了地上。她爬起来，又一次跪倒在朱琴面前说，姨，我离不开他，我们已经……

天哪！真是作孽啊！朱琴仰头大叫一声说，你要真想知道，我就告诉你。朱琴把如何被金成糟蹋，怀了朱子良，然后又如何当了朱老三的压寨夫人，一五一十地说给云秀听。朱琴说，子良是你同父异母的弟弟，你知道吗？

云秀惨叫一声，跑出了家门……

第二天，公安局在护城河发现了上官云秀的尸体……

11. 三根金条

胡子和当频阳县长那些年，渭北的阿宫戏班子一共有七家。著名的有金盆子、金马驹、陈相公，还有三原的王仓、礼泉的有娃子、频阳的乔娃子等。后来因为战乱，有的戏班子被打散了。到了新中国成立前夕，老戏班子只剩下了三家。

频阳的田家戏班不是老戏班，是新近才搭起来的；演的剧目也不多，只会《离魂记》《滚龙床》《红拆书》《铁冠图》四本戏，但生意却很红火。原因是田掌柜的弟弟在国民党队伍里当团长，没人敢欺负他们。老戏班不敢去的地方，田家戏班子敢去；老戏班不敢接的活，田家戏班子敢接。

但是，田掌柜最忌讳别人这样说。用他的话说，他们生意红火，是因为有一个好旦角，一把好胡琴。这话也没错。在剩下的几个戏班子里，田家的那个旦角确实长得水灵，嗓子也亮堂，窄音细嗓，清丽婉转，余音悠长。

拉胡琴的老齐，那就更不用说了。他是从打散了的老戏班跑来的，拉了一辈子胡琴，用渭北话说，已经成了“胡精”。从他的慢板、二六板、二倒板、带板、箭板、滚板里面，能听出喜怒哀乐，甚至长吁短叹。他的一板三眼、三板一眼，更是到了炉火纯青的地步，令人叫绝。

有一天，戏班去三原为于右任的堂兄唱堂会。唱的是唐代传奇《离魂记》。《离魂记》原本是秦腔，田班主让人改成了阿宫腔，后来就成了田家戏班的拿手好戏。说的是倩娘与表兄王宙从小相爱，倩娘父亲张镒也常说将来当以倩娘嫁王宙。但等到二人成年后，张镒又把倩娘另外许给了他人。倩娘因此抑郁成疾，王宙要赴长安，与倩娘诀别。倩娘半夜追来船上，二人一起私奔，同居五年，生下二子。后来倩娘思念父母，与王宙回家探望。王宙一人先到张家说明与倩娘私奔之事，才知倩娘一直卧病在家，私奔的只是倩娘的离魂。两个倩娘相会，最后终于合为一体。

唱完堂会，戏班一干人等往回走。两个旦角偏腿骑着毛驴走在前头，三个小生走在驴旁，跟旦角嘻嘻哈哈说笑。田掌柜骑着一匹高头大马跟在后头，脸上乐滋滋的。平时脸色惯常阴沉的他，也不知道今儿个为啥那么高兴。老齐走在最后。

日头已经三竿高了，有些晃眼。几个月没落雨，路上尘土很厚，走在上面“扑哧扑哧”的，鞋里灌满了尘土，有些烫脚。老齐走一截就停下来，倒倒鞋里的土；走一截就停下来，倒倒鞋里的土。这么着，就跟戏班子落下二十来步的距离。

老齐走着心里就想：日他妈，拉了一辈子胡琴，也没有混上个驴骑。日他妈，让年轻女娃骑驴哩，让我老汉在尘土里扑腾哩。

老齐对田掌柜心里有气。

老齐有气，不光是骑不骑驴的事，主要是酬劳的事。老齐的酬劳比两个旦角少。比那个当红的旦角少，老齐不生气，人家娃确实唱得好，吃这碗饭靠的就是真本事，谁本事大谁酬劳多。可是另一个旦角为啥比他也多？就因为年轻，是个女的？老齐想不明白。但是老齐心里能猜到田掌柜是咋想的：要不是我收留你老齐，你上哪里去拉胡琴？这年头，有钱挣就不错了，还弹嫌个屁！

老齐一路走一路想，心里很窝火。在他又一次倒掉鞋里的尘土，拾起身准备继续往前走的时候，一抬头，看见田掌柜的马屁股那里闪了一下，掉下来一个东西。老齐揉揉眼，再看，马屁股那里又闪了一下，掉下一个东西。老齐觉得日怪。马拉下了金蛋？

老齐想喊，嘴刚张开，又闭上了。他怕自己眼花，看错了。这么一喊，不更让田掌柜觉得自己老了，不中用了？

老齐没喊，想等看清是啥东西再说。走到马屁股掉东西的地方，老齐低头去找。两寸厚的尘土里，有一道一拃长的沟槽。日他妈，狗日的真还丢下了东西。老齐抬头看看田掌柜他们。田掌柜他们有说有笑地走着，没人往后看。老齐装着倒鞋里的土，蹲下来，扒开尘土。一根黄灿灿的东西露了出来。老齐的心扑通扑通地乱跳。日死他妈，是金条！

老齐急忙抬起头。田掌柜渐行渐远。

老齐想喊一嗓子，张了张嘴，没喊出来。

又张了张嘴，还是没喊出来。

日他妈，谁让你平日里对我不好！

老齐捡起金条，手哆嗦着揣进怀里，继续寻找。又让他找到了两根金条。这一回老齐没犹豫，捡起来就揣进怀里。

老齐边走边在心里骂：狗日的，谁让你平日里对我不好！

老齐现在明白田掌柜马背上的褡裢里装的是啥了。怪不得早上装东西时，小生们要帮他把褡裢往马背上搭，他不让，要自己亲手搭。当时老齐就觉得奇怪，但也没有多想。原来狗日的褡裢里面装着金条呢。

可是，他哪儿来那么多金条？老齐的脑袋"哗"地裂开一条缝，照进一道光：昨天晚上唱完堂会回到旅店，田掌柜团长弟弟的勤务兵来过一趟，手里拎着一个沉甸甸的藤条箱。莫非那藤条箱里装的是金条？一定是！一定是他弟弟让把金条带回家。难怪掌柜的今儿个这么高兴，小生们跟两个旦角调笑他也不管，原来狗日的发了大财。

不用说，肯定是他弟弟打仗捞的浮财。

不捡白不捡，谁让他平日里对我不好！

这叫啥？黑吃黑。

黑吃黑，不算缺德。

捡了就捡了，不捡白不捡。狗日的！

三根金条揣在怀里沉甸甸的，老齐没走几步，腿就开始发软。要是狗日的发现少了三根金条咋弄？不行，揣在身上危险。老齐左右看看，刚收割过的麦地光秃秃的，没个藏处。正踅摸着，看见路边有个黄鼠洞。老齐走到路边，装出尿尿的样子，从裤裆掏出东西，左右看看。周围除了他们戏班的人，没有别人。老齐心里紧张，尿不出来，但是他还是故意抖了抖，装出尿完的样子。然后掖好裤子，扭头看戏班的人，没人回头，老齐急忙掏出金条，塞进黄鼠洞里，又朝上面踢了几脚土，这才重新回到路上，继续往前赶路，感觉轻松多了。

那天夜里，老齐一个人悄悄返回去，取走了那三根金条。

半个月过去了，田掌柜那里一点儿动静也没有。看来他根本就没发现少了三根金条。一定是褡裢里金条很多，狗日的记不清了。

老齐心里踏实了。

踏实是踏实了，可是毕竟捡了人家三根金条，见了田掌柜就心里发慌，手心出汗。老齐受不了这种折磨，就向田掌柜辞了差事，回了家。

离开了戏班，见不着田掌柜了，老齐心里彻底踏实了。

老齐想用这三根金条盖一院新屋。正打算盖哩，解放了，又是打土豪，又是搞土改，老齐害怕了，没敢再想盖房的事。老齐心里甚至有些庆幸：多亏没有早些盖房，要不然，非让人家定个富农不可。

老齐把金条藏在后院茅坑的脚踏石下面，连老婆也没有告诉。

后来成立了合作社，老齐看房子一时半会儿盖不成，可金条老放在茅坑也不是个办法。合作社成立后，大家一起劳动，互帮互助，万一哪天起粪时让众人发现了，那可不得了。

老齐琢磨着把金条藏在哪个更安全的地方。

老齐的儿子叫齐英。老齐喜欢拉《惊耗》那段，特别是敫桂英的唱段，拉着拉着，自己也随着胡琴声落泪。因为喜欢《惊耗》，喜欢敫桂英，就给儿子起名叫齐英。齐英是老齐家的独苗。

齐英从小跟老齐学胡琴，虽然比不上老齐的胡琴老道，但是在县里也算得上前三把。新中国成立后县里成立阿宫剧团时，齐英跟上官云秀一起被选了进去。只可惜上官云秀没多久就死在了西安，让齐英唏嘘感叹了很长时间。那时，齐英一直在暗恋上官云秀，所以心里就特别恨朱子良。

剧团是由几个老戏班凑起来的。建团之初，人手不够，所以齐英不光拉胡琴，有时也帮忙干点别的，比如敲敲梆子、干鼓、暴鼓、堂鼓、牙子、大锣、手锣、大铰子、小铰子啥的，也一样有板有眼，很像那么回事。这一点又比老齐强。老齐只会拉胡琴，别的不会干。让他干他也不干。他说术业有专攻，我只拉胡琴。

齐英长到二十多岁，也该成亲了。媳妇早就订好了，是桃花沟的。桃花沟其实也不是沟，不知怎么就叫了这么一个名。也没有桃树。据说前清时期，桃花沟出过一个举人，举人写过一首《桃花吟》的诗，桃花沟因此而得名。别看桃花沟地方不咋样，但那里净出美女。齐英未过门的媳妇虽然算不上桃花沟最水灵的，但也是数得上的美人坯子。

老齐原先跟老伴住在大屋，老伴几年前死了，现在儿子又要成亲，老齐就想把大屋腾出来让给儿子，自己住儿子原先的小屋。成亲前房子总得刷一刷吧，土炕总得重新砌一下吧？老齐就想到了亲家老徐。

老徐是个泥水匠，又是为女儿拾掇新房，这忙咋说也该帮，二话没说，就跑来了。老徐对这桩婚事相当满意，女儿能从山沟沟里嫁到川道里来，是徐家的福气。女儿有了福，将来自个儿也能沾上光。

老徐忙活了一天，把原来的旧墙皮铲了，旧炕拆了，清理干净后，准备砌炕墙。老齐拦住了，说亲家你今儿个累了，歇了吧，明天再接着干。老徐看看天色将晚，喝了亲家准备的汤，也就独自回家了。

等老徐第二天早上赶来，老齐已经砌好了一层砖炕墙。

老徐说，你看你看，你咋不等我嘛，自个儿倒砌起来了。

老齐拍拍手，笑着说，我跟亲家学手哩么，你看我砌得咋样？

老徐说，你拉胡琴的手，细法，砌墙当然没麻达。

老徐从老齐手里要过瓦刀，叮叮当当接着砌墙。老齐在一旁和泥递砖。两人边干边谝着闲传，半天工夫炕就砌好了。

一个月后，儿女成了亲。

第二年秋天，有了一个大胖小子。

“大跃进”那阵，老齐把口粮都留给了儿子和孙子，自己舍不得吃，结果生生给饿死了。老徐来看老齐。老齐躺在炕上，人已经硬了，瘦得像一张黄表纸。老徐流着老泪说，亲家呀亲家，你有难处给我说一声嘛，咱山里人再穷，也有一斗玉米两升高粱啊，你死要面子活受罪，硬硬把自个儿给饿死了。

又过了几年。女儿来找老徐，说炕让娃娃踢腾倒了，让老徐给重新砌砌。老徐提着瓦刀跟着女儿就走。女婿在县剧团很忙，很少回家。女儿在厨房捏蒸饺，外孙在院子里玩耍，老徐一个人拆炕，弄得尘土飞扬。

拆完炕墙最后一层砖，老徐愣住了，发现墙根底下有个坑，坑里放着一个瓦罐。老徐打开瓦罐，里面有一个布包。打开布包，里面有三根金条。

老徐“啊呀”一声，跌坐在地上。

女儿听到老徐的叫声，在厨房问，大，你咋啦？

老徐急忙用屁股压着瓦罐，说没啥没啥，我累了，想歇一下。

女儿端来一碗茶，递给老徐说，大呀，你脸色不好看。你慢慢干嘛，年龄大了千万别累着，一天干不完两天，两天干不完三天，急啥嘛。

老徐说，我坐会儿就好了，你去忙你的。

女儿转身又去捏蒸饺了。

老徐坐在瓦罐上直哆嗦，发现自己脊背都湿了。老徐不明白刚才为啥要这样，为啥没告诉女儿。他心里突然刺疼了一下，觉得对不住女儿。这可是三根金条啊，可以捏四眼窑，盖两个院子啊。

慢着慢着，让我好好想想。老徐心里对自己说。

这炕墙是我十几年前亲手砌的，底下咋会埋着金条？噢，想起来了。把他家的，让我全给想起来了。那年砌炕墙的时候，亲家老齐让我晚上回家，等我第二天再来的时候，他已经砌好了一层。噢，明白了。亲家是把我支开后，夜里自己把金条悄悄埋了进去。亲家呀亲家，看着你挺老实，心里却鬼得很啊。亲家呀亲家，你家里藏着金条，却把自己给活活饿死了。可是，亲家临死前没有告诉儿子炕墙地下埋着金条？看来他们是不知道。要是知道，就不会让我拆这炕墙。可是亲家哪来的金条？管他哪里来的，不想这么多了，想了也没用。现在要想的是，把金条悄悄拿走，还是告诉女儿？告诉了女儿，女儿会给自己分一根吗？即使女儿愿意，女婿也未必愿意。女儿跟女婿关系一直很好，一定会告诉女婿的。要不，自己揣起两根，给女儿留一根？要不自己揣起一根，给女儿留两根？可是不管留一根还是两根，女儿能相信自己吗？她会不会想我私藏了更多？这样不就把事情搞麻缠了吗？罢罢罢，干脆不让女儿知道，自己全留下来。现在女儿日子过得不错，而我还有两个儿子，老大该定亲了还没定亲，老小刚上了小学还缺学费，不管定亲还是上学，都需要花钱。管他的，我先收着。等将来女儿需要，我再接济她。

这么想着，老徐长叹一声，在心里对死去的老齐说，亲家，对不住了，这金条我就拿走了，权当借你的，等我日子好了，再还给你儿子。

他又在心里对女儿说，娃呀，大对不住你了，大也是没办法，谁让咱家穷？谁让你哥没出息、你弟还小呢？你甭怨大心狠，大也是为了你哥和你弟。

老徐把金条塞进裤腰，将瓦罐砸碎，搅和在一堆土渣里。

金条被老徐拿回了家，从此老徐就添上了块心病。老徐觉得自己不是人，越想越觉得对不起女儿。可是事已至此，又不能再给女儿送回去。老徐就多往女儿家跑，尽量帮女儿多干点活，以弥补对女儿的亏欠。

有一天，老徐帮女儿家铡草。老徐入草，女儿压铡刀。在女儿面前，他总觉着抬不起头。抬不起头，那天却偏偏在不该抬头的时候抬了头。

女儿说，该给我哥娶媳妇了。

老徐说，没钱拿啥娶？

说到钱，想到那三根金条，老徐下意识地抬头去看女儿的脸色，心里一慌，就将手伸到了铡刀下。只听咔嚓一声，三根手指齐茬儿被女儿铡了下来。

女儿抱住父亲鲜血直流的手，哭喊着说：大呀，对不起对不起……

老徐看着三根半截手指在地上颤动，心里倒一下子平静了许多。

老徐对女儿说，是大对不起你，大活该。

女儿急忙用手帕捂着父亲的手，哭喊着，没有听见父亲的话。

老徐长叹一声，又说，这是报应啊……

老徐到底也没有给两个儿子捏四眼窑，盖两院房。他不敢。突然有了那么多钱，谁都会怀疑。再说，金条又不是人民币，不好用。想用，还得上县里银行去兑换。一兑换，肯定露馅。银行的人会问，你的金条从哪里来的？咋说？弄不好，还会被公社的群众专干审问半天，说不定还要开批斗会呢，坐牢呢。

老徐把金条悄悄放在屋梁上的一个坑窝里，继续过他的穷日子。

老徐的小儿子叫徐跃进。那时上小学二年级。这孩子爱学习，总是超额完成作业，写字本几天就用掉一个。老师很高兴，表扬说，怪不得你叫徐跃进，学习上就是有一股跃进的劲头。

徐跃进爱学习，这可让老徐犯了愁。犯愁不是因为别的，是因为儿子这么费本子，家里实在供不起。那时一个本子一毛二，这孩子一个月就要用掉五六个写字本，光这一项，一个月就得花费八九毛，还不算铅笔和算术本的费用。这些钱，够一家人吃一个月的盐，点一个月的煤油。

那时生产队一个工分才几分钱，一年下来总共才十几块钱。有时收成不好，还得倒贴给生产队。

每次徐跃进要钱，老徐都要缠磨半天。要三毛，给两毛，要两毛，给一毛。这孩子也懂事，见家里穷，买不起本子，就把用过的本子翻过来当草稿本用。写完了用橡皮擦掉，再继续写，直到纸擦薄了，擦烂了，不能再用了，才肯放下。就这也舍不得扔，堆在墙角，准备当废纸卖。

那时家家都穷，过年才能吃上一顿肉。徐家的屋梁上住进了一窝麻雀。看见麻雀在屋梁上飞来飞去，徐跃进很是眼馋，直流口水。一个星期天晌午，父亲和哥哥都下地干活去了，徐跃进一个人在家做作业。麻雀飞进飞出，有根羽毛掉落在他的本子上，他再也没心思做作业了。他搬来梯子，准备掏了麻雀窝，用泥巴将麻雀包住，然后烧熟了吃。

徐跃进悄悄顺梯子往上爬，猛一伸手，抓到了一只，另外几只扑棱棱飞走了。他伸手去摸，麻雀窝里有几个麻雀蛋。他欣喜若狂，一只麻雀，几个麻雀蛋，足够吃一顿的了。再伸手去摸，咦，咋有一根硬硬的东西？拿出来一看，黄灿灿的。他想，肯定是铜。再摸，又摸到了两根。再摸，就没有了。谁把铜藏在麻雀窝里了？还有谁，不是大，就是哥。这么多铜，到镇上收购站卖了钱，能买多少本子铅笔啊？管他谁藏的，我先拿去换本子铅笔再说。

徐跃进来到收购站。只有一个年轻小伙子站在柜台里。柜台外站着一个六七十岁的陌生老汉，看样子也是来交废品的。徐跃进把三根“铜”掏出来，递给小伙子。

你称称，看能卖多少钱。

小伙子看了看，又用铁片刮了刮，然后说，这不是铜。

徐跃进急了，说，明明是铜么，你说不是铜，你看这黄灿灿的。

小伙子说，黄灿灿的就是铜呀？黄灿灿的都是铜，那屎也是铜。

徐跃进说，那你说，这是啥？

小伙子看了看说，是啥我也不知道，但肯定不是铜。

徐跃进有些失望，说，是不是铜你收了吧，我急着拿钱买本子哩。

那老汉凑过来看了看，摇摇头说，确实不是铜。

小伙子说，不是铜，我收了也没用呀。

徐跃进说，不是铜也是金属，总值点儿钱，你看着给行不行？

小伙子说，那好，我贴赔收了，一根八毛。

徐跃进说，太少了，你再添点儿。

小伙子把三根“铜”往柜台上“哗啦”一扔说，你嫌便宜，拿到别处去！

徐跃进说，肯定不止八毛，我明儿个拿到美原镇收购站去。

徐跃进抓起三根“铜”，揣进怀里，走出收购站。走到一个僻静处，听到后面有人喊：娃呀，你等一下。

徐跃进转过身，见是刚才那个老汉。

徐跃进问，叔，你喊我？

老汉走到跟前，笑着说，把你刚才拿的东西给我看看。

徐跃进把三根“铜”给了老汉。

老汉看了看说，为这点儿烂东西，你明儿个跑一趟美原划不来。我明儿个正好去美原赶庙会，帮你卖了。是这，收购站刚才一根给你八毛，我一根给你两块，三根一共六块。赚了算我的，吃亏也算我的。行不行？

六块？徐跃进从来没有拿过这么多钱，心里很高兴，就说，那行，我卖给你，你可不许反悔！

老汉摸了一下徐跃进的头，笑着说，咱俩谁也不许反悔。

徐跃进把金条交给老汉，手里攥着老汉给的六块钱，蹦蹦跳跳地跑进镇上的合作社，去给自己买本子和铅笔去了。

那个老汉叫赵七。

徐跃进不认识金条，小伙子不认识金条，但赵七认得。赵七是赵村的地主。新中国成立前家里有的是金条，新中国成立时被没收了。现在，比贫农还穷。

“文化大革命”来了。村里没有当权派、走资派可以斗，就斗地主；没有反革命的家可抄，就抄地主的家。民兵们在赵七的家里抄出了那三根金条。这还了得？开批斗会。生产队开了大队开，大队开了公社开；自己公社开了，友邻公社借了人去开，一连开了一个月。

赵七支撑不住了，有一天终于从台上一头栽下来，死了。

12. 半分地

徐跃进回到村里，发觉什么都窄了。路窄了，巷窄了，自家的柴门也窄了。心里说，把他家的，生生让城里的世事把眼窝撑大了。

徐跃进唯一感觉变宽了的是自己女人的身板。这女人，喝凉水也上膘，半年不见，又宽了二寸。女人扭动着圆鼓鼓的腰身，跑进跑出，兴奋得胖脸通红。也难怪，毕竟半年没见了嘛。

夜里，徐跃进急火火爬了上去。人是爬上去了，但心却跑回了城里。隐隐约约看见了城里那个女人。心里叹息一声：唉，把他家的，女人跟女人就是不一样，一个比一个差远了，人家那才叫女人啊！

事毕，女人背对着徐跃进，很快就睡着了。

徐跃进却难以入眠。他的心还在城里转悠呢。那女人的脸蛋，腰身，还有走路的样子，尤其是水雾里白亮亮的身子，高翘的奶子，都让徐跃进燥热得难受。徐跃进又一次爬上了女人的身子。

女人被弄醒了说，咋又来了？

女人一说话，徐跃进的梦醒了，一下子就塌火了。

徐跃进说，叫你甭吭声甭吭声。

女人说，你在城里待了两年，咋沾上了这毛病，不让人说话。

女人见徐跃进真的有些生气，就安慰说，往后日子长着哩，你还怕我跑了？刚转身要睡，突然想起什么，问徐跃进，咦，忘了问你，你在城里干得好好的，咋又跑回来了？是不是惹了啥麻达？

徐跃进说，我能惹啥麻达？在城里待烦了，不想干了嘛。

女人摸黑扯住徐跃进的耳朵问，是不是在城里有女人了？

徐跃进打掉女人的手说，我在城里要是有女人，还跑回来做啥？你个胖婆娘，长个猪脑子！

女人说，你嫌我胖你进城找鸡去！说着蹬了徐跃进一脚，没想到用力过猛，一脚把徐跃进蹬到了炕底下。女人咯咯笑出了声，急忙跳下炕把徐跃进拉了上来。这么一折腾，两人都没了瞌睡，躺在黑暗里说话。

徐跃进问，王芳最近咋样？

王芳是他们的女儿。

女人说，还能咋样？还不是天天坐着县剧团那辆破流动舞台车，走街串巷，给人家红白喜事唱戏么。

徐跃进说，听说现在唱一本戏，能挣六千？

女人说，物价长得比豆芽菜还快，那点儿钱算个屁！再说，落到她身上能有几个？一月到头拿不到一千，还不够她胡糟蹋的，反正我是没见过她的钱。死女子现在可爱打扮了，挣点儿钱全抹在了脸上，花在了身上。

徐跃进说，女娃嘛，爱打扮很正常，干这一行靠的就是个面子。王芳都二十二了，也该谈对象了，不知道现在谈了没有？

女人说，谁知道！上次倒是带回来一个男娃，说是县文化馆的，我问人家是不是对象，你猜人家咋说？说不一定，处处看。你看看，事情没定下来就敢把人领回来，你说这死女子是不是在城里学坏了……

王芳小学一毕业，徐跃进就想托在县剧团拉胡琴的姐夫齐英，将王芳送进县戏校。徐跃进是个阿宫迷，自己嗓子不行，唱不了，但又特别爱听。女儿王芳嗓子亮，模样身段都好，从小就喜欢唱戏，进戏校或许能学成个角。那时徐跃进经姐夫齐英介绍，在剧团看大门，想等女儿从戏校毕业了，再与姐夫一起找团长说说，直接让王芳进县剧团。将来在县城嫁个好人家，女儿王芳就成了城里人了。

女人却不明白徐跃进的心思，跟他闹，说书坊戏坊瞎娃娃的地方，你硬把女子往涝池推哩。徐跃进说，你懂个屁，书坊不好，你看哪个女娃不上学？戏坊不好，你看电视上唱歌跳舞的哪个不挣大钱？就咱王芳念书那架势，你还指望她能给你考个大学？能在城里找个工作，将来成个家，咱就算烧高香了。这么一说，女人明白了，不吭声了。

戏校不是谁都能进的。徐跃进原来想让姐夫齐英帮忙，但一打听，听说姐夫齐英与戏校校长不对付，徐跃进就想到了老光棍曹三。

徐跃进与曹三有些交情。曹三的养子曹文奇在戏校当老师。尽管不是亲父子，但曹文奇很孝顺，对曹三的话说一不二。徐跃进就提了二斤点心五斤苹果，去找曹三。从来没人给曹三送过礼，曹三很感动，就满口答应，说这事包到我身上，你回去等回话。结果，事情还真的让光棍曹三给弄成了。

女儿从戏校毕业的时候，姐夫齐英因为胡琴拉得好，早已调进西安易俗社，很少回频阳，徐跃进就自己去找团长。团长说，剧团一个萝卜一个坑，效益又不好，多一个人多一份花销，不是我不给你面子，是我实在没有办法。徐跃进三番五次找团长，团长不耐烦了，说，要不这样，你辞职，你女子进来？徐跃进说，我走了谁看大门？团长说，让做饭的老刘兼顾上，剧团没钱养活那么多人，只能这样了。徐跃进不好再说什么，第二天就把女儿接到剧团，自己卷铺盖回了家。

徐跃进在县城待惯了，回到桃花沟已经有些不适应了，丢了工作又感觉很没面子，心里毛躁瞀乱，便一个人去了西安，在城南的瑞城花园找了一份保安的工作。起初，人家嫌他年龄偏大，后来徐跃进找姐夫齐英托人给物业说了说，物业又听说他在县剧团看了十几年的大门，有经验，就聘用了他。工资一月一千六，比在县剧团多得多，也算是因祸得福。

黑暗中，徐跃进对女人说，我今儿个回来，在村口碰到了顺娃媳妇，原来漂漂亮亮的一个人儿，现在龟了不少，见人把头一低，顺墙根走。

女人说，男人被人打死了，还能不龟？

徐跃进说，你上次不是说，顺娃在炕上躺了半个月才死的吗？

女人说，当时是内伤，看不出来。

徐跃进说，顺娃媳妇也不去告？

女人说，告个屁！告谁去？当时几十个人，都打乱了，谁知道是谁打到了致命处。再说，男人做了缺德事，她也没脸告。来喜说了，众人就是圣人。法不责众，让她告去，告也赢不了。她要是告，还得退赔顺娃贪污的钱哩。不告，这钱村里也就不追究了。

女人说的来喜，是村支书。

徐跃进说，是啊，谁让狗尿贪污村里那么多钱哩！

顺娃是前任村支书。顺娃的前任是来喜。

来喜当了二十多年村支书。在前年的选举中，顺娃做了手脚，当上了村支书，来喜意外地落选了。可惜顺娃只当了一年半村支书，就被村民活活打死了。

现在，村支书的位子又回到了来喜手里。

有人说，这事是来喜一手策划的，但是来喜当时并不在场。

有人说，顺娃活该，他与乡里县里的干部勾结，将村里靠近镇上的那片地卖给了外乡人，而且还将其中大部分公款贪污了。

有人说，这是两码事。贪污是一码事，顺娃该坐牢坐牢；把人活活打死又是一码事，是犯法，尽管法不责众，但顺娃媳妇要是上告，一告一个准，领头的肯定得偿命。

但是顺娃媳妇一直没告。可怜这女人，刚满三十岁就没了男人。听说顺娃贪污的钱，有一部分给她娘家兄弟盖了两层板楼。女人认为是自己害了顺娃，隔几天就要到顺娃的坟头上去哭一场。听说她曾对顺娃父母说，她永远不改嫁，一直守着顺娃，伺候公婆。

女人说，哼，说不改嫁，谁信呀？我看她能憋到啥时候！现在龟了，以前仗着自己长得好看，走路圪拧圪拧的，那骚情样，恨不得把全村的男人都勾到她炕上去。现在不骚情了，龟得跟孙子一样。

徐跃进说，你嘴甭太损了，人家男人刚死，怪可怜的……

女人说，咋啦，心疼啦？她炕现在空着哩，心疼你去呀！说着又用脚蹬徐跃进。幸亏徐跃进早有准备，才没被蹬下炕去……

收割后的麦地，比秃子的头还干净。从前人工收割，可没有这么干净。干活粗疏的，收割过的地跟狗啃了一样。现在收割机往地里一开，嘟嘟嘟绕上几圈，粮食就装进了麻袋，然后送到你家门口，你把钱一付就行了，很方便。

所以夏收的时候，徐跃进没有回来，只把钱寄给了女人。

徐跃进蹲在自家地头，心想自己在外面混了这么多年，如今又回来种地了，心里多少有点儿怨恨那个城里女人。要不是因为她，他现在还在城里当保安呢。可是细想想，怨人家也没道理，事情是自己惹的，怪人家什么？又想想，也跟她有关。谁让她长得那么水灵，谁让她洗澡时总是不拉窗帘呢？

这么想着，看着，就看出了毛病。

咦，这地咋窄了？

原来的地畔子正对着坟地里的那棵柏树，现在咋差了一截子？这个发现，让徐跃进暂时忘掉了城里的女人。他急忙站起来，用脚丈量，果然发现窄了两步。两步就是五尺呀。徐跃进记得很清楚，这块地长二十四步，也就是六丈。五尺乘以六丈，就是三平方丈，六十平方丈是一亩，一亩是十分，这么算下来，这地整整少了半分。徐跃进心里一惊。

以前我咋就没发现？这地是啥时候少了的呢？

一亩地能打六百斤小麦，半分地就是三十斤，一斤小麦按一块钱算，三十斤就是三十块。这是夏季。还有秋季，一亩少说也能打一千斤玉米，半分地就是五十斤，一斤玉米九毛钱，五九四十五，就是四十五块钱。半分地一年的收入加起来，就是七十五块钱。除去十五块钱的生产投入，一年少说吃六十块钱的亏。一年六十，十年哩？二十年哩？这么一算，徐跃进感觉这哑巴亏吃大了。

关键还不是吃亏不吃亏的问题，这明摆着是欺负人哩么！

徐跃进感觉这几年很不顺。先是为给女子王芳安排工作，自己丢了干了二十多年的工作。后来进城打工，又出了那么一档子事，龟顺顺地回了村。徐跃进回来半个月都窝在屋里，不好意思出门，怕村里人见面问他："你干得好好的咋回来了？"所以他一大早就上了地里。本来是到地里散心来的，没承想却碰见了窝心事。

日他妈，这也太欺负人了！

不行，我得寻狗尿去。

可是，跟他连畔的不是别人，正是村支书来喜。咱能弄过他？顺娃日能，贿选夺了来喜的权，可到头来还不是让来喜给整死了？呸呸，咋跟顺娃比上了？顺娃是个贪污犯，咱可没贪污过一分钱，怕他来喜狗尿啥？只要能赢，我徐跃进在村里就有了威信，看谁敢看不起我！

但是徐跃进心里多少还是有些怯火。为了慎重起见，又用脚量了一遍。没错，是少了半分。又用脚量了村支书来喜的地。不量不要紧，一量吓一跳。不是多了半分，而是多了两分半。徐跃进有些迷糊。咋会多出两分半呢？该不会是当初分地时，狗尿多给自己分了？徐跃进怕出错，又量了一次。没错，就是多出了两分半。徐跃进激动了。这就不是侵占自己半分地的事了，而是狗尿侵占国家土地的事了。现在，一件事变成了两件事，这事就大了。后面的事比前面的事还要大。性质也变了。这是以权谋私，是贪污。跟顺娃的性质一模一样的。

想到这里，徐跃进兴奋得手直抖。

来喜啊来喜，你狗屄牛么，你在村里牛了一辈子，吹牛说自己是两袖清风，这回可让我踏住了你狗屄的牛尾巴了，看你往哪里跑！

可是冷静下来一想，徐跃进又不想把事情弄大。弄大对自己没啥好处。损人不利己的事我徐跃进不干。我先去找他，把事情挑明，看他咋说。他狗屄如果服软，把多占的半分地退给我，最好把这多年的损失赔给我，我就啥话也不说了。多个朋友多条路，多个仇家多堵墙。手里有他娃的把柄，还怕他狗屄以后不尊重咱？村支书对咱礼让三分，还怕在村里捡不回个面子？

这么想着，徐跃进回了村，直接进了村支书来喜家。

来喜正在喝玉米粥，见徐跃进进来，坐在那里没动窝，用筷子一指对面的板凳说，来来来，坐下。吃了没？

徐跃进说，没。

来喜说，没吃来一碗？

徐跃进说，不了，回去吃。

来喜说，那你喝茶。扭头招呼女人倒茶。

徐跃进说，没吃饭喝茶，挠心。你吃你的。

玉米粥很稠，来喜用筷子一剜一疙瘩，吃一口，就一口红萝卜丝，吃得很香，脑门上净是汗。来喜一边吃粥一边说，早就听说你回来了，我还纳闷呢，咋在巷道里见不着个人影。

徐跃进说，人龟了，不想见人。

来喜说，有啥龟的？不想在城里干就回来嘛，哪里的黄土不埋人？我倒觉得村里比城里自在，起码空气好，吃的没污染。再说打工是年轻人的事，你也奔五十的人了，在外面折腾个啥？回来好。以后有啥事张口。

徐跃进说，我还真有个事，想给叔说哩。

来喜停住筷子，看着徐跃进，你说，啥事？

徐跃进看了一眼来喜女人，女人知趣地进了里屋。徐跃进干咳了两声，低下头，把来的路上想好的话一股脑儿说了出来。

来喜把碗往桌子上一摔，顿时黑了脸。

跃进，这话可不敢胡说！

我没胡说。不信，你去地里量量。

我还用量？那地我种了几十年，我能不清楚？

你那地不只是多了半分，是多了两分半。

来喜把筷子往碗上“啪”的一搁，说，我说跃进，你刚从城里回来，一大早就跑来给我寻事，你想弄啥？

我不想弄啥，我只想要回我那半分地。

在村里，很少有人跟来喜这么说话。来喜气得脸乌青。

来喜说，你就给我避！

徐跃进“噌”地站起来，说，我这可是跟你商量哩，你要是这话，咱往巷道里走。

话是这么说，但徐跃进没有马上走。他在等村支书来喜的反应。如果这时来喜服个软，说“你看你这尿脾气，有啥话不能好好说，要到巷道里丢人现眼？来来来，坐下坐下”，他也就借坡下驴，给来喜个面子，人家毕竟是村支书，不到万不得已，不要在众人面前撕破脸。脸撕破了，要想长好可就难了。即使长好了，将来也会留下个疤。

可是，来喜头也不抬，用手背往外赶徐跃进，像轰一只苍蝇。你赶紧避！你想咋弄你弄去，我看你娃还能把天日个窟窿？

徐跃进涨红着脸说，你可甭后悔！

来喜目光阴冷地盯着徐跃进说，我就不信，你能把我尿咬了？

徐跃进没有了退路，腾腾腾来到巷道里，站在来喜家门口，冲着门里大声说，你有种你出来，让大伙儿评评理！

正是饭时，一看徐跃进跟村支书来喜叫板，人们很吃惊，端着饭碗围拢了过来，想看个究竟。徐跃进当着众人的面，把事情的来龙去脉说了一遍。边说边骂：你村支书咋啦？你村支书就可以多吃多占，就可以欺负人？我就不信这个邪！

人越聚越多。

过了很长时间，来喜才从门里走出来。

巷道里顿时鸦雀无声。

来喜看也不看徐跃进，一脸平静，一边剔牙，一边在人群里用目光搜寻。他找到会计徐昆，对徐昆说，你回去拿皮尺，跟徐跃进去地里量一量，如果他的地少了一分，就从我地里给他划过去一亩。

说完，转身进了家门。

话说到这个份上，徐跃进还能说啥？

徐昆拿来了皮尺，跟徐跃进往地里走。后面跟了十几个村民。

徐昆是徐跃进的远侄，但年龄只跟徐跃进差一岁。徐昆当会计已经十多年了，谁都知道他是村支书的亲信。徐昆是个精明人，要不是小时候得了小儿麻痹，早就出去当兵或者打工了，也不会屈就在村上当个会计。

来到地头。徐昆低声劝徐跃进，叔，我看甭量了，肯定够。你想，村支书能看上你那半分地？甭到时候弄得下不来台。

徐跃进说，让你量你就量！

徐昆说，叔，你再想想。

徐跃进说，想个屎，让你量你就量！

把徐昆弄了个大红脸。徐昆吊着脸，招呼一个村民帮忙，一颠一跛地开始用皮尺量。量过之后问徐跃进，你这块地多少亩？

徐跃进说，二亩半。

徐昆说，你看，我说甭量甭量，你非要量。

徐跃进说，咋啦？

徐昆说，不但没少，还多出了半分。

徐跃进疑惑地看着徐昆，说你娃胳膊肘可甭往外拐！你再量一遍。

徐昆不高兴了，说你既然信不过我，你自己量去！

徐昆把皮尺重重地拍在徐跃进手里。

徐跃进只好自己量。确实多了半分。

徐跃进不吭声了。

徐昆说，村支书说少一分，给你赔一亩。现在多了半分，咋说？

徐跃进说，那也得量他家的地。

徐昆说，村支书家的地又没少。

徐跃进说，他家的地没少是没少，可多了两分半。

徐昆说，你这人，你家地不少就行了，管人家！

徐跃进说，他多占国家的地，是公民，谁都可以管。

旁边的村民说，徐跃进让量你就量嘛，让他心里也落个明白。

徐昆说，要量你去量，我可不量。

徐跃进对众人说，大家都看着，我来量，到时候大家作个证。

徐跃进让徐昆帮忙，徐昆转身走了。又招呼别人帮忙，没人敢帮这个忙。他只好自己量。将皮尺一头用石头压住，牵着另一头走，量一下，在地上用柴棍画个印。等量完了，已经是一头汗。

徐跃进对众人说，他家这块地应该是三亩二，现在是三亩五分半，多出了三分半，比我用脚量的还多出了一分，这说明啥？说明他不光多占了我家的地，还多占了公家的地。大家说，咋说？

没人吭声。

徐跃进说，走，找他去，看他咋说！

一帮人回到村支书家门口。

听到吵嚷声，村支书来喜出来问徐昆，量了？

徐昆说，量了，不但没少，还多了半分。

村支书看了徐跃进一眼，大度地说，行了，我不跟你计较，你回吧。

徐跃进说，你不跟我计较，我还要跟你计较哩，你给大家说说，你的地为啥多出了三分半？

村支书没想到徐跃进会这么说，看了看徐昆，徐昆低了头，村支书心里就明白了。他黑了脸，对徐跃进说，我看你今儿个是成心寻事哩。

徐跃进说，就算是。当着众人的面，你给个说法。

村支书说，啥说法？当初分地的时候，皮尺放得宽，每家都有多余。你有能耐，你把全村的地都量一遍。

徐跃进说，就算家家有多余，为啥你家多三分半，而我家只多半分？

村支书说，这你就问不着我了，当初地是老队长分的，要问你问他去！

老队长是村支书的二伯，已经死了十几年了。

徐跃进说，这明摆着是你叔侄当初搞的鬼！

村支书说，你要不服，爱上哪告告去！

徐跃进告到了乡里。

第一次去，乡长不在；第二次见到了乡长，乡长说，我知道了，你先回去，我派人下去调查调查。徐跃进回家等了半个月，也不见乡上来人调查，就又去找乡长。乡长说，对不起对不起，最近县上来人检查，一忙乱就把这事给耽误了，你先回，我马上派人去调查。徐跃进不走，要跟乡长派的干部一起回去。乡长没法，只好派了一个干部，跟徐跃进去了。

乡里的干部按徐跃进的要求，把徐跃进的地量了一遍，又把村支书的地量了一遍，结果跟会计徐昆和徐跃进量的一样。徐跃进不相信村支书说的“家家都有多余”话，让乡干部把全村的地量了一遍。结果家家的地都有富余，有的占便宜多些，有的占便宜少些。徐跃进占的便宜最少，等于吃了亏。徐跃进怀疑村支书把地畔子挪了，但又没有证据。但事情闹到了这一步，已经没有了退路。这次又让乡干部量了全村的地，等于得罪了全村人。如果不闹出个结果，以后就没法在村里混了。

徐跃进对乡干部说，我不是胡搅蛮缠，我不是为我自己，他这可是侵占国家土地，性质很严重。我希望乡上能严肃处理。

乡干部说，我回去向乡长汇报一下，再给你答复。

乡干部一走，就没了下文。

徐跃进又去找乡长。乡长让他先坐下，给他倒了一杯茶，和气地说，徐跃进啊，你这种较真的精神很好，值得肯定和学习。可是，这是历史遗留问题，不好解决啊。你们村的地就那么多，多划点就多划点，大家都有份，要是重新丈量核定，很麻烦，你说是不是？

徐跃进说，话是这么说，可是国家的地不能这么乱分。

乡长耐着性子说，国家的地也得有人种嘛。这事就这样了，你不要再跑了。你再这样闹下去，不光得罪了村支书，连全村人都得罪了。

徐跃进说，我不怕得罪人！

乡长笑着说，你就是告到天上，也不就这么屎大点儿事嘛。我看就这样吧，你先回去，我下午还有个会。

徐跃进再去找乡长，乡长避而不见。徐跃进只好找县里，县里批给了乡里，乡里又推给了县里。这么推来推去，把徐跃进推燥气了，直接上了北京。徐跃进之所以绕过了省里，主要是因为省城西安是他的伤心地。告状是正义的事，他不想让自己心情不好。

徐跃进找到中央电视台焦点访谈。人家觉得这事是个事，但是没有什么典型性，意义不大，让徐跃进回省里反映情况。徐跃进天天守在电视台门口，扬言不解决问题坚决不走。栏目就给县里打电话，让派人来把徐跃进领回去。

一听是焦点访谈，县里很紧张，赶忙派专车把徐跃进接了回去。

这一下，徐跃进在全县可出名了。

出了名的徐跃进在村里遇到了村支书来喜。

来喜笑呵呵地问，事情办得咋样？好像在问别人的事。

徐跃进说，暂时还没结果，不过要不了多久，上面就会给个说法。

来喜说，你可甭让上面的人日弄了，你继续告，村里支持你，只要你能赢，路费村里全给你报销。

徐跃进那个恨啊，嘴上却显得很轻松，说，你说话可要算数。

村支书来喜说，我是村支书，当然说话算数。

看见来喜这副得意的样子，徐跃进更是铁了心，决心要告到底。

徐跃进再次去了北京，找到了国务院信访办，可是状还没告呢，就被领回了省里，省里又让县里把徐跃进领了回来。

县里一个副县长接见了徐跃进。劈头就训：我说徐跃进啊徐跃进，让我咋说你呢！你迟不告早不告，偏偏这个时候去北京告，你这不明摆着给咱县抹黑哩么？给咱县里抹黑不要紧，你这是给咱国家抹黑！人家省上才不管你有理没理，只要县里有人上京告状，就在表格里给咱县画一道黑杠杠，年底考核时扣分。多大个事嘛，用得着这么不依不饶地告！这对咱县影响多坏！

训过之后，就让徐跃进在县政府招待所住下，好吃好喝伺候着，徐跃进倒也自在。这么吃喝了三天，没人理识，徐跃进坐不住了。老这么住着吃着也不是个事，得去找县领导解决问题。

刚要出门，女儿王芳来了。王芳一进门就哭，说，都怪你，你告啥告嘛，告得我都不敢上街，一上街人家就指我脊背说，快看，这就是徐跃进的女儿。你出了名，我跟着你倒霉。现在对象都不理我了，嫌我有你这样一个丢人现眼的大，呜呜，你不好好过日子，告啥告嘛……

哄走了女儿，徐跃进一个人坐在屋里正伤心，县剧团团长来了。

团长说，我也不拐弯抹角了，直说了，县上领导知道你是剧团的老职工，专门找到我，让我做你的工作，说要是你不再到处告状，就让你还回剧团看大门，每月一千四，比以前多多了。你说，咋样？

徐跃进落了泪，说，团长，你说我是惹事的人吗？我是让事情逼到这一步了，我不是不给你面子，我是实在没法下台阶……

团长吊着脸走了。

当天晚上，徐跃进一个人悄悄回了家。从此他很少出门。

几个月后，听说中央领导要来县里视察奶山羊基地和苹果园，徐跃进觉得机会来了。这一次他想豁出去了，准备拦车告状。天不亮，他就悄悄出了村。可是刚走到镇汽车站，就被乡上的两个干部拦住了。

原来县上乡上早有准备，提前让村支书来喜派人盯着徐跃进，一旦有风吹草动，马上用手机报告。乡里专门指定两个干部阻拦徐跃进。

徐跃进哪儿也去不了。他走到哪儿，那两个干部跟到哪儿。他要买烟，干部给掏钱。他要吃饭，干部给结账。他要下地干活，干部跟着一起干活。他晚上睡觉，干部就睡在门口的桑塔纳车上。搞得徐跃进一点儿脾气也没有。两个乡干部把徐跃进请到镇上的饭馆，让徐跃进随便点。

一个说，你想吃啥点啥，随便点，甭手软，反正县上给报销，我俩也跟你沾光。只一条，你今天不能出这饭馆。

徐跃进不傻，知道肯定今天中央领导要来。

另一个说，徐跃进，你也甭为难我俩。陪好你是我俩的任务，出了问题我俩就麻烦了。你总不能让我俩为了这事，把饭碗弄丢了吧？

三人点了一桌菜，要了瓶六年西凤。吃着，喝着，说着。

一个干部说，徐跃进，听说你上小学时就很聪明。一次你迟到了，老师不让你进教室，问你咋迟到了，你说我昨晚睡得太早了，老师“哦”了一声，说要是这，你就进去吧。等你进去了，老师才反应过来：不对呀，昨晚睡得早，今天应该起来早啊。老师进去要收拾你，但是你已坐在那里大声朗读了，老师不好再说什么。有这事吧？

徐跃进笑了，说有这事。

那个干部又说，还有一次，老师让同学去操场叫你打扫卫生，你对同学说，你就给老师说，他说他不在。同学跑回去告诉老师，他说他不在。老师说，不在就算了。但回过神后老师很生气，罚你打扫了一个礼拜的教室。有这事吧？

徐跃进笑着说，有。你们真下功夫，我小时候的事都了解得这么清楚。

那个干部说，知彼知己嘛。

吃着喝着，徐跃进就喝大了。一个干部也喝多了。另一个则很谨慎，没有多喝，一直警惕地盯着徐跃进。

徐跃进心烦，越喝越多，最终喝醉了。

等徐跃进酒醒，天已经黑了，饭馆里只剩下了他们三个客人。挂在墙角的电视里，正在播放中央领导在县里视察的新闻。现在他才知道，中央领导总共在县里停留了半小时，然后去了邻市。

徐跃进后悔不迭。都怪自己贪杯，上了两个乡干部的当。

上海世博会就要开幕了，徐跃进准备到世博会上去闹一闹。那里外国人多，只要一闹，影响面大，上面就会重视，问题也就有希望解决。

可是，还没有等他起身，县公安局的人来了。

县公安局一共来了三个人。一个年轻的，一个年老点的，还有一个徐跃进认识，是县公安局的司机赵茂才。三人都穿着便服，也不见赵茂才开的警车。一老一少两个警察进了屋门，赵茂才站在门口守着，板着个脸，装着不认识徐跃进的样子。

公安局的人找我弄啥？徐跃进心里怦怦乱跳。

老警察说，徐跃进，你知道我们为啥穿便衣来？

徐跃进故作镇静地说，你们爱穿啥穿啥。

年轻警察说，你知道我们为啥把警车放在村外，没开进来？

徐跃进说，我咋知道为啥？

年轻警察说，我们这是给你留面子哩。

徐跃进说，你这话是啥意思？

老警察扭头对徐跃进女人说，你先出去一下，我们有话跟徐跃进说。

女人脸色煞白，问，我们家徐跃进犯了啥事？

老警察说，没啥事，我们男人说几句话，你在这里不方便。

女人看了看两个警察，又看了看徐跃进，扭着胖身子出去了。

老警察问徐跃进，你在西安瑞城花园当过保安？

徐跃进心里一惊，说，当过，咋啦？

老警察说，我们去了瑞城花园，还去了辖区的派出所。

徐跃进脸色一下子灰了，低下了头。

年轻警察说，根据我们调查，你被派出所拘留过。原因是你经常夜里站在水房屋顶，看一个年轻女人洗澡，后来被居民发现了，扭送到了派出所……

老警察说，徐跃进你看，我们已经给足了你面子，没穿警服，没开警车，也没让你老婆知道你在城里干的丑事。如果这事让你老婆知道了，让你女子王芳知道了，让村里人知道了，你可真就没法活人了。

徐跃进蹲在地上，把头埋在裤裆里，头顶冒出了细密的汗。

老警察说，徐跃进你甭怕，我们没别的意思。如果你从现在开始，不再到处告状，你在城里干的那些事就当没发生。你是聪明人，应该明白我的意思。你表个态吧。

徐跃进沉默了半天，无奈地叹息了一声……

13. 伙　计

渭北农村把嫁女不叫嫁女，叫“打发娃”。女子迟早是要嫁人的，迟嫁不如早嫁。“女大不能留，留来留去留成仇。”打发走了，父母也就省心了。“嫁出去的女子，泼出去的水”，大概就是这个意思。

男方家不叫娶媳妇，叫“了媳妇”。娶妻盖房，是农村人一生中的两件大事。给儿子把媳妇娶到了家，老人心里也就踏实了，人生中的一件大事也就“了”了。所以叫“了媳妇”。

赵喜怎么也没想到，自己“了媳妇”会“了”出人命。

这事还得从曹旺“了媳妇”说起。

初夏的时候，曹旺带着未婚妻刘兰去西安。曹旺身上揣了一万多块钱，准备给刘兰好好买几身衣裳，然后扯结婚证，结婚。

长途汽车刚一进城，曹旺就给赵喜打电话，说，我进城了，你要有空，咱们晚上见个面。赵喜说好呀，咱哥俩好长时间没见面了，好好喝两盅。又说，你就不要登记房间了，跟我合租的那人回老家去了，你住我这里。曹旺小声说，我不是一个人。赵喜说，还有谁？刘兰？赵喜知道曹旺未婚妻叫刘兰，但从没见过面。曹旺偷看了一眼坐在旁边的刘兰，不好明说，只“嗯”了一声。赵喜那边笑了起来，说你放心，我们住的是两居室，不会影响你干好事。曹旺说，那好，晚上见，你定好地方后，发短信给我。说完，就挂了电话。

刘兰眼睛看着窗外，耳朵却没闲着，等曹旺挂了电话，扭头问，你给谁打电话？

曹旺说，我伙计，赵喜。

渭北人把铁哥儿们、好朋友，叫伙计。

刘兰说，就是看上你妹子的那个赵喜？

曹旺看了刘兰一眼，笑着说，还没过门呢，我家的啥事你都知道。

刘兰说，所以呀，你以后啥事也甭想瞒我。

又说，你不是看不起赵喜么，咋又跟他粘到一起了？

曹旺说，两码事，你不懂。

刘兰“嘁”了一声，没再吭气，扭头继续看街景。

在村里，谁都知道曹旺和赵喜是伙计，但是很少有人知道两人心里在较着劲呢。其实也没有什么矛盾，只是一种嘴里说不出、心里搁不下的感觉。说没矛盾，也有那么一点。这都因为曹旺的妹妹麦香。

从小学到初中，曹旺和赵喜关系一直很好，好得像指头缝里的肉。赵村和曹村挨着，赵喜上学路过曹旺家门口时，朝门里喊一嗓子，曹旺就很快跑出来，手里拿个辣子夹馍，边走边吃边谝，厮跟着一起去上学。有时曹旺饭没吃完，赵喜就在一旁等着，遇到好吃的，曹旺妈就让赵喜也尝尝。赵喜也不客气，就尝几个饺子，或者半碗搅团。赵喜家里有好吃的，也给曹旺捎点儿。但曹旺舍不得吃，都给了妹妹麦香。

赵喜没有考上高中，经在县公安局开车的远房叔赵茂才介绍，去县阿宫剧团跟齐英学拉胡琴，两人见面机会就少了。但是赵喜每次从县城回来，都会去看曹旺，有时给曹旺妈提盒点心、提袋水果，有时给麦香带个小玩意儿。

事情到了曹旺高考落榜后，起了一点微妙的变化。啥变化？曹旺说不清，赵喜也说不清，只是一种感觉。曹旺高考落榜了，感觉低人一等，心想自己上了高中，反而不如初中毕业的赵喜。赵喜每次回来都去曹旺家，西服笔挺，皮鞋锃亮，自我感觉良好，曹旺就感觉有些扎眼，觉得赵喜这是有意在自己面前显摆，心里不大舒服。

其实赵喜显摆，不是给曹旺看的，更不是有意气他，而是给曹旺的妹妹麦香看的。曹旺后来才悟到了这一点。

逢年过节，赵喜回来，都要上曹旺家去喝一场。赵喜自带了西凤酒，咋呼着让麦香炒几个菜，两人喝得也很尽兴。一喝酒，话就稠，两人好像又回到了以前的状态。

麦香没有考上大学，也没有出去打工。不是不想去，是曹旺不让去。曹旺说外面世事那么乱，你一个女娃打啥工？一句话，把麦香堵在了家门里。麦香从小就听哥的，哥说不去就不去。父亲死得早，长兄顶半父，在麦香心里，哥就是父亲。

有一年中秋节，赵喜从县城回来，又上曹旺家喝酒。这回他提的是十五年西凤。曹旺说喝这么贵的酒，你抢银行啦？曹旺知道赵喜在县剧团拉胡琴，一个月也就七八百块钱。赵喜说，就凭咱俩的关系，我请你喝茅台都不为过，不过我现在还请不起茅台。等我有钱了，我买两瓶茅台，咱喝一瓶，倒一瓶；等我有钱了，咱在城里买三套别墅，你一套，我一套，剩下的一套养猪；等我有钱了，咱买三辆奥迪，你一辆，我一辆，另外一辆在后面拖着。

曹旺笑了，知道这是一条手机短信。麦香头一回听这笑话，笑得肚子疼，蹲在那里半天起不来，眼泪都笑出来了。

两人喝着喝着，就喝高了。赵喜搂着曹旺的脖子叫“哥”，曹旺说你胡叫哩，你比我还大一个月，我应该叫你哥。赵喜说咱俩谁跟谁？狗皮袜子没反正，想咋叫就咋叫。曹旺也有些晕乎，说你想叫就叫，这是你自己要叫的，可不是我欺负你。

两人继续喝。麦香进厨房去炒菜。

赵喜喝了一杯后，冷不丁对曹旺说，哥，把咱妹子嫁给我吧？

曹旺没想到赵喜会这么说，酒一下醒了，这才反应过来他刚才为什么叫他“哥”，心里就有点儿不高兴。

曹旺正色说，这种玩笑话，你以后最好不要开！

赵喜认真地说，我不是开玩笑，我说的是真心话。

曹旺说，你喝多了，我扶你回去。

这事就算过去了。

其实赵喜那天并没喝多，他早有预谋，就是想趁着酒劲把话给曹旺挑明，没想到曹旺会当面拒绝他。赵喜心里知道，曹旺看不起他。

曹旺也不是看不起赵喜，只是从来没把赵喜跟妹妹麦香联系在一起。妹妹人长得漂亮，又很懂事，十里八村也难找。在曹旺的心里，他的妹夫绝对不是赵喜这样的，起码是个有正式工作的城里人，或者是部队的一个军官。所以他才不让妹妹外出打工，怕她在城里被人带坏，掉了身价。你赵喜算啥？没有正式工作，也不是城里人，在县剧团拉个胡琴，跟打工没啥两样，就敢开这口？

从此，两人就生分了。

几年前，赵喜离开县剧团，去了西安。赵喜去西安，是因为师傅齐英去了西安易俗社。赵喜也想去易俗社，但易俗社不是随便什么人都可以进的，经过考试审查，人家将他拒之门外。既然已经来到了西安，再回频阳就有点儿丢人，赵喜就在一家夜总会拉胡琴。他不光拉胡琴，还唱阿宫腔，自拉自唱；不光唱男腔，还捏着嗓子唱女腔。夜总会里都是些野歌星、女脱星，来自渭北民间的阿宫腔反倒让城里人觉得稀罕。吃惯了山珍海味的人，有时就想吃一口玉米、红薯。赵喜的自拉自唱，效果出奇的好，他的阿宫腔很快就成了夜总会的金牌节目。据说他一个月比师傅齐英挣的多两倍，比在县剧团一年挣的还多。村里人说，赵喜这下发了。

但是发了的赵喜，并没有疏远曹旺，反而更加靠近曹旺。他还和以前一样，每次回家都去看曹旺。照样给曹旺妈提点心、水果，好像那个事根本就没有发生过。不同的是，赵喜再也没有给麦香带过东西，也没有在曹旺面前说过那样的醉话。

但是赵喜心里想的啥，曹旺心里明镜似的。你以为你有钱了，我就会把麦香嫁给你？做梦吧你！我曹旺眼窝子没有那么浅。夜总会是啥地方？书坊戏坊，瞎娃娃的地方。我可不能把妹子往火坑里推！

曹旺带着刘兰在西安城逛了一天，兜里的一万块钱基本花光了，一看时间到了，急忙打的往吃饭的地方赶。到了那里才知道是“海底捞”。

赵喜早到了，身边坐着一个漂亮的女孩。

只有四个人，赵喜却要了一个足以坐七八个人的大包间。曹旺说咱在外面大厅吃点儿算了，包间太破费了。赵喜说，你倒无所谓，人家刘兰头一次跟你进城，不能委屈了人家美女啊。曹旺有点儿感动，在刘兰面前，赵喜给足了他面子。

赵喜介绍说，她叫王菲，著名舞蹈家。

王菲倒不怯生，大大方方跟曹旺握手，打招呼。握手的时候，曹旺感觉王菲的手有点儿粗糙，不像她的脸蛋那么光鲜，觉得有点儿奇怪。

赵喜向王菲介绍说，这是我伙计，曹旺。

又介绍刘兰，这是他媳妇，刘兰。

刘兰忙说，别乱说，我们还没结婚呢。

赵喜笑着纠正说，对对对，大婚还没结呢。

刘兰没听出其中的潜台词。

曹旺听出来了，笑着说，你小子，在城里学坏了。

赵喜问王菲，咋样，我们频阳的女孩漂亮吧？

王菲说，漂亮，真漂亮！

其实刘兰算不上漂亮，充其量算是顺眼。但是刘兰身材好，屁股翘，腰细，胸大，是城里女孩最羡慕的那种魔鬼身材。难怪刚才一进门，王菲的目光就在刘兰的身上瞟来瞟去，看得刘兰都有些不自在。

吃饭少不了喝酒，喝的是啤酒。刚喝了几瓶，刘兰就拦住了，说啤酒喝多了胀肚子。赵喜开玩笑说，还没过门就管得这么严？不喝就不喝，免得耽误了晚上的正经事。刘兰问啥正经事，赵喜不说话，看着曹旺坏笑。曹旺说，别听他的，狗嘴里能吐出象牙？刘兰问赵喜，你晚上不去演出？赵喜说，不去了，你来了，我给自己放一天假。刘兰说，不好意思，耽误你挣钱了。赵喜说，世上的钱挣不完，人不能让钱给累死。

曹旺要上厕所，赵喜说我带你去。两人上完厕所，站在那里洗手。

赵喜说，住的地方准备好了，今晚你可以尽情发挥。

曹旺说，你不了解刘兰，她脾气倔，不一定能成。

赵喜说，这么说，你们还没有过？

曹旺说，她那人很保守，说不到结婚那一天，啥也不让碰。

赵喜说，现在啥时候了，还有这种人？

曹旺说，她这个样子，我心里倒觉着踏实。

赵喜说，那倒是。

曹旺问赵喜，那女娃，你们是……

赵喜说，唉，烦死了，她一直在追我，一心想跟我，我哪能那么傻？粘上了就甩不掉了，就得娶她。

曹旺说，女娃长得那么漂亮，娶了不正好嘛。

赵喜说，漂亮有啥用？谁知道她以前跟多少人睡过。我跟你一样，不喜欢疯疯癫癫的女娃，就喜欢文静清纯的女娃。

赵喜看了曹旺一眼，想说什么，又没说。

曹旺知道赵喜想说什么，心里说，你小子，贼心不死。

其实，那个王菲并不像赵喜说的那样，在死命地追赵喜；也不是什么舞蹈家，只是个打工妹。她以前在夜总会当服务员，后来老板看她身材好，就让她上台跳肚皮舞。她今天是被赵喜花三百块钱雇来的。赵喜是有意做给曹旺看的。

你不是看不起我吗？我要让你看看，我赵喜已经不是从前的赵喜了，我现在有钱了，有身份了，有品位了，城里这么漂亮的女孩都在追我，我都坐怀不乱。为啥？还不是为了麦香！

吃完饭要走，王菲腻在赵喜身边不想走，意思很明白，想跟赵喜回他的住处。赵喜一本正经地说，我跟朋友还有事，你自己打车回去。顺手大方地掏出一张五十，给了女孩，让她打的走了。

女孩一走，赵喜一脸无奈地说，烦死了，天天缠着你。

曹旺没说什么，笑了笑。

刘兰不明就里，说挺漂亮的呀，别得了便宜还卖乖。

赵喜说，天地良心，我可没得啥便宜，你们回去可不能乱说，不知道的人，还以为我赵喜在城里学坏了呢。

刘兰笑着说，不想让谁知道呀？你不就是不想让那个人知道嘛。

曹旺瞪了刘兰一眼说，就你话多！

刘兰知道自己失言，不再吭声了。

赵喜租住的地方很小，一个小厅，两个房间。赵喜指着其中一间说，你们住那间。刘兰说，不行，他跟你住，我一个人住。赵喜把两人朝房间里推，说，马上结婚的人了，还装啥哩！刘兰手抓着门框，死活不进去。但是架不住赵喜死劲推，曹旺也在暗中用力，三搡两搡，就被推进了房间。赵喜从外面把门拉上。刘兰想出去，曹旺挡在门口。

曹旺说，行啦，让人家笑话。

刘兰说，这样才让人笑话哩。

刘兰说着，推曹旺。曹旺趁势抱住了刘兰。刘兰在曹旺怀里直扑腾，扑腾来扑腾去，不知咋弄的，嘴就被曹旺的嘴逮住了。刘兰的头摆来摆去，呜呜躲避，却怎么也躲不开。从来没亲过嘴，不会亲，就那么堵着，堵得刘兰喘不过气来。曹旺把刘兰往床边推。刘兰倒在了床上，曹旺趁势压住刘兰，将手伸进刘兰的衣服里。曹旺想解刘兰的裤带。刘兰双手揪着裤带，喘息着说，你再这样胡闹我就翻脸呀。曹旺说，马上就结婚了，迟早就那么回事。刘兰一把将曹旺掀翻在床下说，你真不要脸！说着飞快地下床，拉开门跑了出去。

赵喜听到动静，跑出来问，这么快就完了？

刘兰说，完你个头，都是你教的。

赵喜哈哈大笑。

曹旺红着脸从屋子里出来，说，赵喜，我跟你睡。

曹旺结婚那天，赵喜专门从西安赶了回来。上次曹旺离开西安的时候，赵喜问曹旺日子定了没有，曹旺说还没定呢，赵喜就掏出一个信封，硬塞给了曹旺说，到时候我不一定能回去，这就算我的门户。曹旺路上打开信封一看，里面是一千块钱。刘兰说，呀，赵喜的门户这么重，赵喜这人够意思！

在渭北农村，结婚随礼不叫随礼，叫“行门户”。大概因为随礼都是以户为单位，所以叫门户。既然叫门户，一般情况下，一户行一份。关系特别好的，还会单独再行上一份。一般门户也就是五十一百，最多也就二百三百，一千块钱的门户确实有些重。门户都行了，赵喜还会回来？曹旺当初这么想。

但是想是这么想，日子一定，曹旺还是给赵喜打了电话。回来不回来是他的事，打不打电话是自己的事，礼数要到。

赵喜一回来，就卷起袖子当起了乡奉。渭北把过事的时候，村里来帮忙的人叫乡奉。就是端盘子洗碗，代替主人招待客人，有乡党相互奉承帮衬的意思在里面。有乡奉，自然有乡奉头。乡奉头一般由村里能说会道有威望的长者担任。赵喜不是乡奉头，只是一般的乡奉，跑腿，打杂，倒茶，端盘子。

麦香在后厨切菜。赵喜见旁边没人，走过去开玩笑说，啥时候能喝上妹子的喜酒？麦香看了一眼赵喜，脸红了，低头切菜，说赵喜哥拿我耍笑哩。赵喜说，哥是关心你哩。麦香说，我都老了，没人要了。赵喜说，你才多大呀就说老了，也不知道害羞。没人要？没人要哥要。麦香满脸通红，小声说，赵喜哥你甭胡说，小心我哥听见。身后响起了一声咳嗽，赵喜一扭头，看见曹旺离去的背影，心里一片冰凉。

“汤水”开席了。赵喜心里凉，脸上却不能凉，仍然一脸笑容，跑前跑后倒茶端盘子，一刻不停地忙碌。

渭北把赴宴叫吃汤水。大概因为以前穷，席面上都是汤菜。来吃汤水的一般都是家里的男主人，一家一个，也有不自觉带着小孩一起来的。现在不那么讲究了，女人也能来，但是得男人吃过之后才能上席。男人坐席比较讲究，吃相文雅，一个个正襟危坐，一脸见过世面的样子。女人就不那么讲究了，婆娘娃娃一大堆，菜一上来，乱哄哄一阵乱抄，转眼碟子就见了底。女人们不喝酒，所以坐席的速度比较快。

先上凉菜。凉菜上齐，却不马上动筷子，得先喝一轮酒。一桌只有一把酒壶，一只酒盅。酒壶和酒盅大多是银质的。银质的好烫酒，烫热了又不容易凉。酒盅放在酒壶上，正好把壶口挡住，热气不会冒上来。喝酒从长者开始，自己倒上一盅，举起来谦让一下，然后嗞溜一下喝了，再将酒盅放在酒壶上，往下轮。不会喝酒的，也得倒上一盅，举起来，谦让一下，然后把酒倒进壶里，传给下一位。

这是以前的老规矩。现在，人们嫌那样轮着喝不卫生，都是一人一个酒杯，有的为了省事，干脆用一次性纸杯。也有更讲究的，像城里人那样，摆上高脚杯，客人可以喝白酒，也可以喝红酒。

一轮酒过后，席上年长的这才招呼一声：“捉起”，“抄着”，大家这才拿起筷子，开始吃菜。吃也不能想吃啥就吃啥，只能吃自己面前盘子里的。更不能抄菜梢子，只能从四周抄。抄着抄着，菜梢子就倒了，有人眼疾手快，一筷子抄了去。菜梢子是肉丝，过去农村穷，大家都稀罕。现在农村生活好了，再也没人稀罕菜梢子了。

以前的汤水，大部分是九碗，也就是九碗汤菜。汤菜不经吃，几筷子下去就剩下了一碗汤。肚子没吃饱的，端起一碗菜汤，泡上一个蒸馍，囫囵吃下，嘴一抹，也就饱了。菜上面苫着肉片子。有人上来就先抄那几片肉，夹个馍，自己却不吃，放在一边，先占着，准备回家给孩子吃。这种人大家都说“可憎”。渭北话里的“可憎”，就是反感、讨厌的意思。对付这种人有的是办法，看见他刚吃完菜汤碗里的泡馍，还没来得及喝汤，有人又给他碗里压一个馍，而且是捏烂了往里压，让他想捞出来都不可能。那人只好继续吃，吃得肚子胀得难受，站都站不起来。大家就围在一边笑，心里说，看你娃还占便宜。

现在农村日子好了，汤菜变成了干炒，九盘子十盘子，很扎实，很丰富，肉也少了，讲究的是营养搭配，色、香、味俱全。有人嫌麻烦，干脆在镇上包个饭馆，让亲戚朋友开个洋荤。或者叫饭馆把饭菜做好，用面包车直接送到家里来，省了许多事。

曹旺家的席面是十盘子凉菜，十盘子炒菜。男人喝的是西凤酒，女人喝的是长城干红。村里人都说，曹旺家的汤水不错。

新婚三天无大小，谁都可以去“骚房”。“骚”得再过分，新郎新娘都不能翻脸。尽管有些玩法很过火，但是谁也不希望自己新婚之夜没人来骚房。如果没人去闹腾，主人就会觉得很没面子。

第一天晚上，是男人骚房。这是新娘最倒霉的一个晚上。新娘得严防死守，否则会吃大亏。第二天是女人，那些小媳妇大嫂子也不好对付，有的是损招。不过这一天倒霉的不是新娘，而是新郎。

最让新娘头疼的是头一天的后半场。前半场人比较多，大人娃娃混杂其中，一般不会出太大的格。到了后半场，情况就不同了，留下来的都是新郎的发小。这些人最后才上场，对新娘杀伤力最大。

这天闹腾到半夜，赵喜和几个伙计把娃娃们轰了出去，然后把房门一关，窗帘一拉，新娘刘兰的麻烦就来了。

他们先让新娘点喜烟。点烟有讲究，一根火柴只能点一根烟。新娘刘兰早有准备，知道有这么一关，身上揣了一盒长火柴。但是伙计有的是坏招，火柴再长也架不住不用力吸，不吸不说，还往外吹气，这烟就很难点着。几个人的烟点下来，刘兰额头上已经沁出一层细汗。

闹腾了一会儿，赵喜说，该“摸跳蚤”了。说着伸出一只手，张开来给曹旺看，说你可看好了，三颗麦粒，一颗都不少。

曹旺求饶说，这就算了，难度太大啦。

大伙儿说，玩的就是高难度！

曹旺挠了挠头，偷眼看刘兰。刘兰知道啥叫“摸跳蚤”，双手揪紧自己的领口，直往炕边躲。

赵喜说，刘兰你甭躲，到时候把麦粒弄丢了，麻烦可就大了。

这边说着话，那边已经有两个人抓住了刘兰的胳膊。赵喜将麦粒轻而易举地放进了刘兰的领口。刘兰瞪了赵喜一眼说，就你瞎点子多！

赵喜说，你甭瞪我，三分钟他要是摸不着，我就下手呀。

“跳蚤”既然已经放进去了，曹旺只能硬着头皮往刘兰跟前走。刘兰瞪着曹旺说，曹旺你敢！扭来扭去，不让曹旺的手伸进去。曹旺说你就甭圪拧了，让我早点儿摸出来，这事就过去了。

刘兰闭着眼，只能让曹旺在身上摸。

曹旺费了很大劲，才摸到两颗麦粒，另外一颗怎么也摸不着。

当然摸不到，因为那一颗还在赵喜手里呢。

大伙说，不行，一个也不能少！

曹旺又摸。

刘兰梗着脖子，闭着眼，继续忍受。

曹旺摸了半天，还是没有摸到。在地上找，也没有。

赵喜幸灾乐祸地说，再摸不着，我就下手呀。

曹旺让刘兰抖一抖身子，看麦粒能不能掉下来。刘兰很配合，使劲儿抖抖衣衫，仍不见麦粒的踪影。

赵喜说，时间到！看来我不下手，还真不行。

大伙一阵哄笑。几个人上去抓住了刘兰的胳膊，赵喜夸张地卷了卷衣袖，就要下手。刘兰用脚踢赵喜，说，你敢碰我！赵喜笑着说，嫂子长嫂子短，你看兄弟敢不敢！说着就解开了刘兰的领口，把手伸了进去。

刘兰动弹不得，就骂赵喜，赵喜你不要脸，你个缺德货！

大伙只顾闹腾刘兰，没人注意曹旺的笑已经僵在了脸上，很难看。脸色再难看也不能翻脸。如果今天翻了脸，以后在村里就没法活人了。谁都会有这一天。曹旺以前也没少“骚”别人的新房。

闹腾完了，赵喜将手拿出来，展开来给大家看，手心里有颗麦粒。

曹旺心里说，等着，等你狗日的那一天，看我咋拾掇你！

过了一年，赵喜托朋友去给曹旺提亲，曹旺一口给回绝了。赵喜彻底失望了。心里说，有啥哩，看我找一个比麦香好十倍的媳妇。

赵喜的远房叔叔赵茂才在公安局开车，跑的地方多，认识的人也多，胳膊接胳膊，给赵喜在雷村介绍了一个姑娘。这姑娘比赵喜小四岁，刚过二十一岁，高中毕业，有一个很洋气的名字，叫雷蕾。人也长得洋气，脸白，腿长，一根长辫耷拉在腰里，走路一甩一甩的。雷蕾很腼腆，一说话就脸红。半年后，赵喜就张罗着“了媳妇”。

赵喜新婚头天晚上，曹旺憋足了劲要“报复”。但是谁知道雷蕾比刘兰还要保守，一来硬的她就浑身发抖，逼急了就哭。雷蕾一哭，曹旺也就不好意思玩得过火，最后只能悻悻地收场。

但是曹旺不甘心。心想不能就这么算了，这也太便宜赵喜这小子了。

曹旺苦思冥想，终于想出了一个“报复”赵喜的办法。

赵喜以前在县阿宫剧团拉过胡琴，结婚那天剧团来了许多朋友，除了带门户，还带了锣鼓家伙。锣鼓家伙一开场，旦角“咿咿呀呀”地一唱，图个热闹。

剧团本来有一辆“流动舞台”，上面音响啥都有，车厢一打开，就是一个舞台，立马就能演唱。平时哪里有演出，一台车就把整个剧团拉走了。农村有钱的人家，红白喜事都喜欢请县剧团去唱台戏，一场本戏六千，折子戏三千四千不等，看你唱几折。除了有偿演出，团长一般不会让“流动舞台”出来。所以剧团的朋友来的时候没有带音响。曹旺那里有音响，正好派上用场。谁家过红白喜事，曹旺就拉着音响去给人家播放秦腔或者阿宫腔，赚个仨瓜俩枣的，也算是个收入。没人请的时候，就自己在家里听戏，图个乐子。

剧团的人唱了一下午折子戏，天黑的时候回了县城。曹旺操心着晚上骚房的事，音响还没有来得及收。从赵喜新房出来，夜已经深了，曹旺一个人闷闷不乐地收拾音响。一边收拾一边想骚房的事，越想越生气，心里就突然冒出了一个主意。

等院子里没了人影，赵喜新房的灯熄灭了。曹旺悄悄将麦克风塞进赵喜新房的窗户底下，悄悄将音响声音拧大，房顶上的两个大喇叭里就传出了喘息声……

第二天，全村人都在议论曹旺的新婚之夜。

赵喜去找曹旺，没有找到，就把曹旺的音响砸了个稀巴烂。

雷蕾一天没出门。开始屋里还有哭声，到了下午哭声没有了。大家以为雷蕾想开了，事情也就过去了。可是到了晚上，还不见雷蕾出来。赵喜感觉不对，一脚将门踹开，进去一看，傻眼了。

雷蕾将自己挂在屋梁上，身子早已冰凉……

雷蕾娘家来了许多人，扬言要报案，要将曹旺送去坐牢。赵喜私下里塞给娘家人十万块钱。他叔赵茂才开着警车回来，把娘家人叫到屋子谈了半天话，娘家人才不闹了。

半年后，赵喜从城里回来，去看曹旺。

曹旺低着头说，我对不住你。

赵喜说，事情已经过去了，就别再提了。

曹旺看着地说，不是你，我会坐牢，这人情我咋还？

赵喜沉默了一会儿，说，我心里想啥，你知道。

曹旺没有说话。

赵喜没再说什么，拾起身，走了。

一年后，曹旺把妹妹麦香嫁给了赵喜……

14. 曹老师

曹老师在频阳很有名。有名不是因为他有本事、有钱，而是因为别的原因。曹老师小名叫舍娃，大名叫曹文奇。曹老师至今也不知道自己的亲生父母是谁，在哪里。一岁多的时候，曹老师被曹三从半路捡了回来。曹三是曹村唯一的雇农，光棍半生，突然捡到一个孩子，喜不自禁，开始起名叫得娃，后来听人说名字反着叫好养活，又改叫舍娃。曹三一把屎一把尿地把舍娃拉扯大，很不容易。

曹老师从小少言寡语，念书倒很争气，在班里排名第一。上初中时，曹老师觉得舍娃这个名字不好听，就自作主张，改名叫曹文奇，意思是将来要写出奇妙的文章来。但是谁也不叫他的大名曹文奇，还叫他曹舍娃。多数时候连姓也不叫，就叫舍娃。舍娃长，舍娃短的。

曹老师从小喜欢画画。没有钱买双道林纸和水彩颜料，就在地上画，在墙上画。家里村里的墙上、学校的厕所里，到处都是曹老师的杰作。曹三给他三毛钱让去买盐，他就扣下五分钱。曹三给他五毛钱，让他去买煤油，他扣下一毛钱。天长日久，积攒上两三块钱，就悄悄去镇上买上一盒水彩，几张双道林纸。回到家把自己关在屋里，偷偷地画。

过年的时候，村里家家户户都贴窗花。曹三家没女人，没人剪窗花，从来没贴过窗花，糊张白纸就算过年。有了水彩，曹三就给自家窗户上画窗花。他往菜碟子里挤上颜料，端着，提笔在窗户上画。这个格子里画一朵牵牛花，那个格子里画一只翠鸟；上头画一个辣子，下头画一个南瓜，惟妙惟肖，怪鲜艳，怪好看，把个曹三都看呆了。

村里人都喜欢曹老师画的窗花，就请曹老师到自己家去画。东家请，西家请，大年三十，天黑了很久，曹老师才回家。后来每年过年，村里人就请曹老师画窗花。曹三走在人前，觉着脸上也很有光。

小时候的曹老师，不仅画窗花，还画电影票、戏票。那时公社没有剧场，不管是放电影，还是唱阿宫腔，都在露天。四堵墙一围，就是剧场。前面人屁股底下坐块砖，后面人坐下肯定看不见，就蹲着看。再后面的只能站着看。更后面的，大人站在凳子上看，娃娃骑在大人脖子上看。周围的树上还挂满了调皮的学生娃。

那时的电影票和戏票都不贵，也就一两毛钱。可是曹老师一毛钱也没有，但又特别喜欢看电影看戏。咋办？只有画票。别的同学买回来一张票，曹老师就照着画。不能用铅笔画，要用碳素笔画。铅笔画的在灯光下反光，容易被检票的人看出来，碳素笔不反光，看上去跟油印的票一模一样。曹老师一下午能画十几张，分给要好的同学，晚上大家分头混进剧场。没票的也有办法，用“航空票”，也就是翻墙进入剧场。曹老师有时也给曹三一张自己画的票，曹三开始有些胆怯，怕让检票的逮住，但试了几次，啥事也没有，就觉得儿子很了不起。

1971 年秋天，阿宫剧团在美原演现代剧《槐树庄》。戏票分发到各生产队，但是不够分，曹老师就从镇上买了一张红纸，自己画了十几张，分给了同学和村里人。

那是个星期天，曹老师帮生产队出红苕。太阳还有两竿子高，队长就站在地头喊：收工了，早早回去看戏去了！曹老师就跟着男女社员一窝蜂地往回走。回家喝上一瓢凉水，拿一个冷馍、一根生葱，斜披上衫子，就往十几里外的美原镇赶。路上的人一绺带串，熙熙攘攘，一个个连说带笑的，比过年还热闹。

看戏的人特别多，黑压压全是脑袋，挤得无法转身。曹老师好几次被人群架空，双脚离地，游来荡去。好不容易等到锣鼓响戏开场，可是刚开场，后面的人就潮水似的往前涌。负责维持秩序的民兵拿着长竹竿边抡边喊，但是一点用也没有，民兵很快就被人潮淹没了。台下乱了，灾难来了。前边的人被拥倒，后边的人从前边人的身上踏过去。关键时候，民兵们又出现了，把踏死的人一个个从人头上举过，往后传递。死人嘴脸乌青，龇牙咧嘴，样子十分吓人……

戏没看成，却踏死了三十七个人。这事震惊了全国，听说中央领导都有批示。好在曹老师给过票的人没有一个出事，否则他一辈子都会愧疚。

从此，曹老师不再画戏票。后来索性连画也不画了。

小时候，曹老师还喜欢写作文。他的作文经常被老师在班里高声朗读。朗读还不算，还要撕下来，贴到教室后面的墙上，让同学们天天看。从小学三年级到初中毕业，曹老师的作文本写完了也撕完了，到头来一片纸也没留下。

后来，曹老师考上了渭南师专，学的是中文。大学毕业，曹老师本想在渭南甚至西安找个工作，可是一直没有找到，无奈回到县里，在阿宫戏校当了老师，教授阿宫腔剧本艺术。曹老师一直想当个作家，就像路遥、贾平凹、陈忠实那样。可是直到现在，也没发表过只言片语。

有人拿曹老师开心，说得娃得娃，你作文写得那么好，咋不写写你大曹三呢？你大曹三的事更有趣，保险能登到报纸上去。

一听这话，曹老师就变脸。曹老师不愿意别人提他大。在曹村，甚至整个县城，曹三是一个笑话。

曹三不仅在村里闹过笑话，后来还把笑话闹到了县城，这就使他成为村里人和城里人共同的笑话。曹村人提起曹三时，喜欢学着曹三的口气说：我拉入拉出的为个啥嘛！然后就会心地一阵哄笑。县城人提起曹三，都这样开头：要说苦，再苦也苦不过六一二年……

曹三走路爱猫个腰，两只手往后一甩一甩的，好像在赶谁，不让在后面跟着。曹三为人本分，一辈子与世无争，在村里跟谁也没红过脸。他爱说的一句话是：灵人能人是天生的，瓷尿（笨人）的面子是黑青的。他认为一切都是前世注定，苦命人就是苦命人，一尺的命拽不到一丈。所以，他从不怨天怨地，从不跟人争个眉高眼低。曹三认命。可是有一次，曹三觉得自己吃了亏。

那时他在生产队当饲养员，一个人养三匹马五头牛。有一次，牛正在犁地，扶犁的男人只顾跟旁边地里摘棉花的女人说笑，结果把牛赶到了一眼废弃的机井里。牛头朝下卡在半腰里，上上不来，下下不去。开始牛还哞哞地叫，后蹄胡乱蹬达，屁股上的肉直哆嗦，后来牛就没了力气，不再动弹了。但还活着，时不时地“哞”一声。听说牛跌机井里了，全村的人都跑了来。队长指挥人用撇绳把牛捆住，费了好大劲才把牛拉上来。可是牛已经死了。那时牛金贵，死一头牛，对生产队可不是个小损失。许多老人蹲在地上，心疼得直叹息。

队长让人就地把牛剥了皮，把牛肉分给了全村人。刚分完，曹三跑来了。看见牛肉已经分完了，曹三一屁股蹲在地上，一脸委屈地说，我一天到晚，把它拉入拉出的为个啥嘛？

这把大家逗笑了。你狗日的养牛就是为了吃肉啊？

队长觉得忘了曹三确实也不应该，就一本正经地对曹三说，你甭难过，下一回再跌死牛，第一个先给你分。

大家又是一阵哄笑。

有老人小声骂，狗日的队长，比曹三还二。

“文革”期间，县文化系统召开忆苦思甜会，邀请曹三上台做报告。为啥请曹三？因为曹村离县城近，来去方便。再就是，曹三给地主曹富贵当过十多年的长工。

忆苦思甜会在阿宫剧团的老剧场举行。文化局长那天临时去市上开会，让剧团团长主持。当时的剧团团长是刘根牢。刘根牢一边领着曹三往台上走，一边振臂高呼口号：

千万不要忘记阶级斗争！

无产阶级专政万岁！

社会主义好！

大家一起跟着喊。场面热烈而庄严。

曹三从来没有见过这阵势，有些激动，有些胆怯，两腿直打战。主席台面上铺着红布，但红布太短，只能盖住半个桌腿，坐在下面的人就清清楚楚地看见曹三的裤管在抖，好像桌子底下有风。有人就捂着嘴笑。人们一笑，曹三就更紧张，腿也抖得更厉害了。

团长刘根牢不知下面为啥笑，黑了脸说，笑啥？严肃点！

底下人不笑了。有的憋不住，把头低到裤裆里，肩头乱颤。

刘根牢先讲了一段大好形势，然后言归正传，清清嗓子说，下面，请苦大仇深的曹三同志，给我们忆苦思甜，大家欢迎！

台下一片掌声。几百双目光齐刷刷地投向曹三。

曹三蒙了，不知道咋开口。

团长说，你不要难过，不要害怕，大胆说！

曹三扭头问团长，我说啥？

台下人都笑了。

团长说，刚才不是告诉你了嘛，就说你给曹富贵当长工的事。

曹三说，好，我说。

曹三开始有些语无伦次，说着说着，话就顺溜了。

曹三说，曹富贵是个会过日子的人，早上起得比我还早，有时我早上到地里，他早就在那里干活了。咱是长工，吃人家的，喝人家的，穿人家的，起得比人家还迟，搁谁谁好意思？可是曹富贵说，年轻人瞌睡多，没啥。他这么说，我就更不好意思了。我想了个办法，悄悄在他屋门口立了个锨，只要他一开门，锨“哗啦”一倒，我就醒了……

曹三说，曹富贵节省，但对自己啬，对长工不啬。他吃黑馍，让我吃白馍，弄得我很不好意思。他说你还小，正长身体哩，不吃饱咋行……

曹三说，起先，曹富贵的小老婆对我挺好的，到了冬天，把曹富贵的旧棉袄翻洗一下给我穿，穿上那棉袄，我一冬天都不冷……

台下的人笑了，场面有点儿乱。团长的脸色很难看，赶紧打断曹三，说甭胡拉被子乱扯毡，说说你在曹富贵家挨打的事。

曹三说，要说那次挨打，还得从曹富贵的小老婆说起……

团长说，甭说曹富贵的小老婆，说你挨打的事。

曹三执拗地说，挨打就是因为曹富贵的小老婆，不说她咋说？

团长不耐烦地说，好好好，你接着说。

曹三说，曹富贵有两个老婆。大老婆只会生女娃不会生男娃，所以曹富贵才又娶了小老婆。这小老婆过门刚一年，就给曹富贵生了一个男娃，把曹富贵高兴得合不拢嘴，天天乐呵呵地围着小老婆转，就慢慢疏远了大老婆。后来大老婆几个女儿中长得最好看的二女儿娟子，跟着田家戏班的小生张青跑了，听说死在了黑水峪土匪手里，大老婆气歪了嘴，成了半身不遂，曹富贵就更疏远了大老婆……

团长打断曹三说，停停停，不是请你来说书的，啥大老婆小老婆的，说你挨打的事，直接说，拣重要的说！

曹三朝下面笑了一下，咳嗽了一声，接着说，好好，拣重要的说：曹富贵的小老婆开始对我挺好，可是后来慢慢就不行了。这也怪我。说怪我也不能怪我。唉，我也不怕大家笑话，就是那个啥，曹富贵的小老婆想跟我那个啥。我咋能跟她那个啥呢？人家曹富贵把我当人，对我那么好，我不能做那个缺德事。就这，曹富贵的小老婆不高兴了，经常给我找茬。有一次，我黑来起夜，迷迷瞪瞪进了茅房，刚掏出来还没尿哩，就听有女人喊：曹三糟蹋我了！曹三糟蹋我了！我一听是曹富贵的小老婆，赶紧提起裤子就往外跑，正好撞上曹富贵提着铁锨跑出来，见是我，抡起铁锨就拍，多亏我躲得快，要不然非得给那一锨拍日塌不可。就这，肩膀上还留下个疤。后来我给曹富贵说了实话，他知道错怪了我，还多给我了三个月的工钱，算是赔偿……

台下的人哈哈大笑。团长气得脸先是红，后是白，最后变得黑青。团长生气地说，甭说这，说说你吃的那些苦。

曹三说，要说苦，再苦也苦不过六一二年，比旧社会还苦，几乎把我饿死……

直到现在，剧团的老人见了曹老师，还经常说“再苦也苦不过六一二年”的笑话。曹老师不好发作，黑了脸，转身就走。

曹老师最喜欢给学生讲阿宫腔《鱼玄机》，讲得头头是道，而且很动感情，讲着讲着，常常会叹息一声说，唉，一代才女，就这样灰飞烟灭了，实在是可惜啊！

鱼玄机是晚唐女诗人，初名鱼幼薇，字蕙兰。起初嫁给李亿为妾，后来被抛弃。咸通七年，进咸宜观出家，改名鱼玄机。这位唐代女道士，才貌双全，率真，泼辣，不拘世俗，一句“易求无价宝，难得有情郎”，说出了她渴求真爱的心声。她的才名和艳名，使得许多王孙贵族、雅士名流，经常到道观中聚集。后来，她因为怀疑自己的婢女绿翘跟自己的爱人有染，心中怨恨，失手鞭笞死了绿翘，被送上了断头台。一代才女鱼玄机死了，却留下了许多诗作。

曹老师特别喜欢在课堂上背诵鱼玄机的《愁思》：

落叶纷纷暮雨和，朱丝独抚自清歌。

放情休恨无心友，养性空抛苦海波。
长者车音门外有，道家书卷枕前多。
布衣终作云霄客，绿水青山时一过。

还有《闺怨》：

蘼芜盈手泣斜晖，闻道邻家夫婿归。
别日南鸿才北去，今朝北雁又南飞。
春来秋去相思在，秋去春来信息稀。
扃闭朱门人不到，砧声何事透罗帏。

他背诵得声情并茂，但是学生大都听不懂。

曹老师还喜欢讲解《王魁负义》《女巡按》《张古董借妻》《屎巴牛招亲》的剧情。每每讲到动情处，自己先落了泪，学生却一头雾水，并不觉得怎么恓惶。

后来，从渭南来了一个女学生，曹老师还没落泪，她却先落泪了。曹老师很是感动，将这个女生引为知己。

女生叫刘爽，十九岁，原先在戏校学秦腔，后来喜欢上了阿宫腔，就自己跑了来。刘爽个子高，比较丰满。只要瞥一眼那鼓鼓囊囊的胸，曹老师就心慌得不行。刘爽每次单独到曹老师屋里来请教，曹老师都不敢把目光放在她的身上，只看她身后的墙。刘爽扭头看看墙，又看看曹老师，就低头抿嘴偷着笑。

曹老师说，笑啥哩？

刘爽说，没啥。

曹老师说，没啥你笑？

刘爽说，你这老师才怪呢，管人学习，还管人笑哩。

曹老师就反不上话来了，红着脸开始讲戏文。

刘爽很崇拜曹老师，但并不怕曹老师。刘爽在阿宫戏校待了半年，知道曹老师没啥脾气，是个好人，越发不怕曹老师了。

星期六的下午，老师和学生都放学回家了。刘爽家远，没回。曹老师有事耽搁了一会儿，准备走的时候，天已经快黑了。他从宿舍里推出那辆半旧不新的自行车，刚准备出校门，身后有人喊：曹老师，等一等。

扭头一看，是刘爽。

刘爽扶着宿舍门框，有气无力地说，曹老师，我难受得很。

曹老师把车子撑在门口，走过去关切地问，你咋啦？

刘爽满脸通红，一只手捏着细腰说，曹老师，我难受得要死。

曹老师吓了一跳，说，你这是咋啦？

刘爽说，我浑身发烫，身子稀软。

说着就要往下倒。曹老师赶紧上前扶住，说，是不是感冒发烧？下午还好好的嘛，咋这一会儿就烧成了这样子？

曹老师把刘爽扶进屋。刘爽靠在被垛上。

曹老师说，要不，我送你上医院？

刘爽说，不用了，我没事。

曹老师说，都烧成这样了，还说没事？

刘爽突然笑了，说我没病，跟你耍笑哩。我刚才喝了点红酒，脸就红了。曹老师你说奇怪不奇怪，我一喝红酒就脸红，一喝白酒就脸白。

曹老师这才闻到一股酒味，哭笑不得，说你这娃，寻老师开心。

刘爽走到曹老师跟前说，谁是娃？你才比我大三岁。

曹老师说，你要没事，我就走呀。

刘爽说，你要走，我就喊呀。

曹老师停住脚步，奇怪地问，你喊啥？

刘爽说，我胡喊哩。不信你走。

曹老师只好站下，说，有啥话你说。

刘爽坐到床沿上说，你过来，也坐下。

曹老师说，我站着听得见。

刘爽说，我喊呀。

曹老师只好坐在离刘爽两尺远的地方，心里慌慌的，一会儿看看门口，一会儿看看门口。曹老师说，这下你说。

刘爽说，我又不想说了。

曹老师站起来说，你不想说，我就走呀。

刘爽说，这可是你让我说的，我说了，你可甭怪我。

曹老师说，你说。

刘爽低下头说，我喜欢你。

曹老师吓了一跳，心怦怦地跳，说，你这娃，甭胡说！

刘爽说，我就是喜欢你。喜欢你衣帽整齐的样子，喜欢你用香皂洗衣裳，喜欢你干净利索，喜欢你上衣兜里总是别个钢笔，喜欢你讲课爱落泪……

刘爽一口气说了一大堆“喜欢”。

曹老师站起来说，你喝醉了。

刘爽说，我没喝醉，我说的是心里话。

曹老师往门口边走边说，等你酒醒了再说。

刘爽说，你走吧，我要是出了事，你是老师你得负责。

曹老师担心刘爽晚上出啥事，没敢回家，只好回自己宿舍暂且住下。其实曹老师也喜欢刘爽。但刘爽是他的学生，他又不能喜欢。在这个事上出了问题，他就会成为一个笑话。他可不想跟他大曹三一样，成为人们的笑柄。心里这么想，可脑子里全是刘爽。刘爽跟蜜蜂一样，嗡嗡地在脑子里乱飞，赶也赶不走。

曹老师迷迷瞪瞪睡到半夜，听到有人敲门。以为是梦，仔细一听，真有人敲门。心里一惊，从床上坐起来，问，谁呀？

外面没人吭声。

曹老师心想不会是刘爽吧？急忙去摸灯绳，“吧嗒”拉了一下，没亮。把他家的，又停电了。外面的人好像等得不耐烦了，一声紧似一声地敲门。他又问，谁？外面的人不吭声。他只好去开门。

果然是刘爽。

有事？

有事。

有事明天说。

你说等我酒醒了说，我现在酒醒了。

那也不行。明天再说。

曹老师说着就要关门。刘爽把一条腿插进来，别着门。曹老师没办法，只好让刘爽进来。刘爽随手把门关上。曹老师很惊慌。

你关门做啥？

怕人看见，对你影响不好。

你这样我才说不清呢，赶紧把门打开。

刘爽靠在门板上说，有本事，你自己来开。

要想把门打开，就必须把刘爽拉开。可曹老师不想在黑咕隆咚的屋里跟她动手动脚。没办法，只好放弃。他站在黑暗中说，你到底有啥事？快说！

刘爽说，你不是说等我酒醒了来找你嘛，我现在酒醒了。

曹老师说，醒个屁！要是醒了，你就不会半夜疯疯癫癫跑到这里来。

刘爽学着曹老师的口气说，醒个屁！曹老师你说粗话真好听。

曹老师拉下脸说，别闹了，回去睡觉！

刘爽说，我睡不着，想跟你说说话。我真的酒醒了，不信你闻。

说着在黑暗里靠近曹老师，仰起脸让他闻。曹老师被逼迫得直往后退，退到床边，无法再退了，身子后仰着站在那里。

你闻还有没酒味儿？

好好好，没酒味儿了。

那你说，有啥味儿？

啥味儿也没有。

你再闻。

我闻不出来。

刘爽一把搂住曹老师的脖子，把嘴唇贴了上去……

这下知道啥味儿了吧？

……

还想不想闻？

……

你要不想闻，我就走呀。

说是走呀，却没走，而是把湿热的嘴唇又贴了上去。

曹老师先是呼哧呼哧地直喘气，后来就死死地抱住了刘爽……

三个月后，刘爽怀孕了。

等肚子无法掩饰下去的时候，刘爽退了学。但她没有回，而是在一天夜里，悄悄跟曹老师回了曹村。

半年后，刘爽生下一个儿子，起名叫曹亮。

曹亮长到半岁时，刘爽给孩子断了奶。孩子哭着要吃奶，刘爽就给乳头抹上清凉油，把乳头塞进孩子嘴里。孩子一吃，不是味儿，哇哇地哭，刘爽却嘿嘿地笑。笑着笑着，眼窝里溢出一汪泪，吧嗒吧嗒地直往下掉。

曹老师从学校回来，抱着曹亮玩。

刘爽冷不丁问曹老师，你说我对你咋样？

曹老师说，那还用说，你是我们曹家的大功臣。

刘爽说，你说我这人咋样？

曹老师说，那还用说，世上再也找不到第二个。

刘爽笑了，说，算你有良心。

曹老师亲了曹亮一口说，我穷得就剩下个良心了。

刘爽低下头说，可是我没良心了。我的良心叫狗吃了。

曹老师吃惊地看着刘爽问，你咋啦？说话怪怪的。

刘爽仰起头，脸上重新露出笑容。但是这笑比哭还难看。刘爽说，其实你不知道，我这人并不好，任性，心野，不安分，浑身都是毛病。

曹老师莫名其妙，不由紧张起来，说，出啥事了？

刘爽说，我问你，我今年多大了？

曹老师说，二十呀，咋啦？

刘爽说，我才二十，就有了孩子。我不想就这么过一辈子。

曹老师不知道刘爽想说什么，吃惊地看着刘爽。

刘爽说，我这人从小就不安分。因为不安分，才跟你有了孩子。因为不安分，我现在又想走呀。

曹老师大惊失色，走？你要去哪里？

刘爽说，我要去深圳打工，等我挣了钱也许就回来了，也许永远也不回来了。你先别说话，让我把话说完。这事我已经想了好多天了，我的主意已经定了，你劝我也没有用。你甭说话，让我把话说完。我喜欢你，可是喜欢是一回事，过日子又是一回事。我这人过不了苦日子。你是一个好男人，可是你没钱，你给不了我好日子。我们还没有结婚对吧？我十九岁就跟了你，二十岁给你生下一个儿子，我背着家里人，偷偷跟了你这么长时间，我对得起你了。剧团我也不想去。去剧团有啥意思？一个月不到一千块钱，根本就养活不了我自己。我最不愿意让男人养活。我要去深圳闯一闯。我同学在那里，一个月能挣五六千，多的时候能挣一万。我要去找我同学……

说着说着，刘爽哭了。

曹老师没有说一句话。

刘爽说，我已经拿定主意了。我走了你还可以另找一个女人。我最后陪你三天。这三天里，你想干啥就干啥，我都随你。

曹老师紧紧地抱着曹亮，一句话没说。

夜里，刘爽把自己脱得精光，对曹老师说，我们好好亲热三天。可是曹老师哪有那心情？刘爽帮他激发热情。曹老师的热情被撩拨上来了，可是刚一开始又不行了。曹老师突然发现自己不行了……

刘爽到底还是走了。

刘爽的出走，对曹老师打击很大，再加上身体上的变故，几乎要了曹老师的命。原本内向的他，后来就更加沉默寡言了。他知道自己已经成为村里的又一个笑话了。走在路上，他跟曹三一样，也开始猫着腰，低着头，像是在寻啥。他总疑心别人在背后笑话他。上课的时候，学生们交头接耳，他也疑心是在议论他。

曹老师觉得，现在，他比他大曹三还丢人。

曹亮这孩子长得很像他妈刘爽，皮肤白净，头发乌黑，嘴巴也甜。看见曹三就“爷爷爷爷”地叫，叫得曹三眼窝一阵潮湿。曹三揉着眼窝说，把他家的，我曹三苦了一辈子，没想到快死呀快死呀，老天爷给我引来了这么好个孙子。

刘爽一走杳无音信。曹老师心里一直盼着刘爽能回来。

两年后，曹老师收到一封从深圳寄来的挂号信，信封下面没有留地址，只写了“内详”两个字。一定是刘爽！曹老师手抖得厉害，哆哆嗦嗦打开了信封，里面却没有一页纸，不见一个字，只有一张银行卡。仔细一看，卡是频阳县建设银行的。曹老师下意识地抬头张望，好像寄卡的人就躲在旁边什么地方。她一定回来过！可是她为啥不来看看我和孩子呢？曹老师一个人呆坐在屋里，看着银行卡，落泪了。

曹老师到银行查了一下，卡里存有两万块钱。曹老师从来没有见过这么多的钱，但他仍然高兴不起来。从此以后，这张卡里每个月都会按时汇入一千块钱。这一千块钱，比曹老师一个月的工资还要多。

又过了一年，一个五十多岁的男人从深圳来到县城，直接找到县长，说要向县戏校和县阿宫剧团各捐资一百万，扶持阿宫腔艺术。县长很高兴，说要给捐资人立碑，男人说不用，他是替夫人来捐资的。县长问他夫人是谁，男人说夫人不让说。男人留下钱，当天就匆匆走了。

这事在频阳县轰动一时，大家都在猜测那位神秘的捐资人是谁，吵吵嚷嚷了好多天，谁也没有猜出来。只有曹老师知道那人是谁，但他没有告诉任何人。从此，曹老师的话就更少了。

2011 年 3 月一稿于北京

2016 年 5 月修订于沈阳

后　记

我的老家富平是关中名邑，建县两千四百余年，富饶膏腴，人杰地灵。历史上出过许多名人，有秦国大将王翦、王贲父子，关学鸿儒李因笃，吏部尚书孙丕扬，一代“诤臣”杨爵；近代有爱国将领胡景翼，当代有党和国家领导人习仲勋、习近平父子。

富平独一无二的戏曲阿宫腔，被列入国家级非物质文化遗产名录。项羽火烧阿房宫后，逃亡的宫女将宫廷歌舞带到了民间，历经两千年传承不断，逐渐演变成了现在的阿宫腔。我从小就爱听阿宫腔。离家三十五年，先青海，再西藏，后四川，又北京，又新疆，现在又到了东北，真可谓“东奔西走风为马，南征北战笔作枪”。但是不管我走到哪里，那“咿咿呀呀”婉转动听的阿宫腔，都时常萦绕在耳际。那是乡音，更是乡愁。所以，在我开始业余文学创作之后，一直想为家乡的阿宫腔写一部书。现在，这个愿望终于实现了。

《阿宫》与我以前的作品很不一样，书中哪个人物都不是主角，因为没有哪个人能活两千年，也没有哪个独立的故事可以演绎两千年。所以，这部小说的主人公不是某一个人物，而是这种奇异的腔调——阿宫腔。这部书的各章节相对独立，都有一个比较完整的故事，但章与章之间的人物相互牵连，故事藕断丝连；单章可以当作短篇来读，把这些短篇组合在一起，就是一部长篇。就跟缝“百家衣”一样，一些看似零碎的布片，用针线细密地缝缀起来，就变成了一件完整的衣裳。这部书看似在写两千年来阿宫腔民间艺人的人生境况，但却并不囿于阿宫腔，而是将阿宫腔作为一个载体，一个框子，里面装入了关中千年历史演进中小人物的悲欢沉浮，以及关中渭北的地理文化和风土人情，故事里散落着秦汉文明的碎片。《北京文学》以短篇小说的形式，曾经发表过《桃花刀》《墨面客》《硬弦》等章节；《中国作家》也以“阿宫五章”为题，刊发过其中五个篇章。

这部书2011年在太白文艺出版社出版后，2013年在台湾出版繁体版。近三年，我对一些地方又进行了修订，新增了一章《硬弦》。需要说明的是，这是一部小说，不是人物传记，也不是阿宫腔的科普读物。写这类小说，我遵从“大事不虚，小事不拘”的创作原则，在基本史实上有所取舍，有所虚构与创造。比如，阿宫腔1958年才搬上舞台，但是为了丰富故事情节，我提前了这个时间。再比如，阿宫腔20世纪中期才有女演员，之前所有戏班的旦角全由男演员扮演，但为了小说的可读性，我在历史演进中虚构了许多女艺人。这部小说中的人物，有些有原型，有些没有，有些是几个人物的组合，虚虚实实，亦真亦假，敬请各位读者不要做历史比照，不要对号入座。齐白石老人说：“作画妙在似与不似之间，太似为媚俗，不似为欺世。”意思是说，描绘对象不能不像，也不能太像，不像观者看不懂，太像又容易流俗，不能给人回味与遐想。艺术是相通的，人们的艺术审美也是一致的，我觉得这话用在小说创作上也很合适。说白了，阿宫腔在这部小说里只是一把老酵头，我想蒸的其实是关中历史“浮世绘”的这锅暄腾的馒头。

我是职业军人，部队一线带兵人，写作只是我的业余爱好，是我灵魂栖息的一种方式。工作之余，读书写作，有时也写字画画。我画画跟写作一样，都是业余水准。《阿宫》修订版里有我自绘的八幅插图。第一版里原来有“阿宫九美图”，是五六年前画的，现在回头去看有点脸红。责编申亚妮说，修订版也要插入我的画，我便画了一组戏曲人物。或许过几年再看修订版里的插图，我又会觉得脸红。但也没什么，说明咱脸皮薄，说明咱进步了嘛。

我每次回家探亲，只要有机会，就会去听听独特悦耳的阿宫腔，或找一些阿宫腔艺术家们喝茶聊天，受益匪浅。国家一级编剧曾长安先生长期致力于阿宫腔的创作与研究，先后创作了《兵撤十八湾》《两家亲》《三姑娘》等优秀戏剧作品，为阿宫腔艺术的传承做出很大贡献。著名的阿宫腔音乐家惠存孝老人，是县剧团头把“硬弦”（二弦）。他八岁因高烧失明，九岁进入民间戏班，对阿宫腔音乐独具慧根，终生致力于阿宫腔音乐的研究与创作，2006年入选国家级“阿宫腔非遗传承人”，为阿宫腔的传承与发展做出了前所未有的贡献。书中新增的《硬弦》一章，写的是他，又不全是他，主要是写惠老那种不屈不挠、不卑不亢的硬弦精神，而并非真实的惠老。惠老只是里面的一个文化符号，小说里只有一点“影影子”。《硬弦》的主人公与惠老除了都是拉硬弦的盲人，其他跟惠老的经历迥然不同，基本都是艺术创造。惠老的爱徒杨丁旺先生是我的好友，与我同岁，去年春节，我与他以及他的妻子刘筱萍女士一起看望过惠老。前不久，杨丁旺出版了《阿宫腔音乐大全》，圆了他和恩师多年的一个梦。今年清明节后的第二天，杨丁旺突然打来电话，说九十二岁的惠老去世了，我心里好一阵难过。但我人在军旅，军务繁忙，没能回富平给老人送行，只能委托杨丁旺夫妻替我送去了花圈。拉硬弦的惠老走了，可小说《硬弦》还在。

此外，阿宫腔剧团杨建州团长，潘桃清、魏建文等老艺术家们，为我的研究与创作提供我许多帮助和宝贵资料；惠老的儿子惠新定先生也给予我许多帮助；富平县委县政府、宣传部、文化局领导和富平新华书店王爱宁经理，也给予我很大支持；太白文艺出版社党靖社长、韩霁虹总编、第一版责编党晓绒女士、修订版责编申亚妮女士，为这本书的面世做了大量编辑勘校工作，在此一并表示感谢！

党益民

2016年5月于沈阳